소년공, 1974

소년공, 1974

초판 1쇄 발행 | 2025년 4월 25일

지은이 | 이종하
펴낸이 | 황규관

펴낸곳 | (주)삶창
출판등록 | 2010년 11월 30일 제2010-000168호
주소 | 04149 서울시 마포구 대흥로 84-6, 302호
전화 | 02-848-3097
팩스 | 02-848-3094

소년공, 1974

이종하 장편소설

삶창

이 소설을 쓰는 내내 아팠다. 예순세 살의 내가 열세 살의 나를 들춰봐야 하는 시간이었다. 오십 년의 세월을 대한민국 국민, 아니 대한민국에서 노동자로 살아온 그 시작이기 때문이다.

내가 살아온 소년공 이야기는 내 청춘 시절을 말해야 하기에 시작한 글을 멈출 수가 없었다. 20대 때를 얼굴과 이름 없이 살아왔으니 10대 시절 소년공의 나를 먼저 들춰보는 것이다.

나는 당시 괜찮은 미싱사였다. 그게 내가 가진 재산이었고, 능력이었다. 더 솔직하게 말하면 1970년대와 80년대를 살면서 하찮게 보이는 하청 공장 사장들에게 갑질하는 미싱사였다. 하청 공장 사장들은 임가공으로 돈을 버는 사람들이어서 사람을 기계처럼 사용했다. 출근 시간도 퇴근 시간도 자기들 마음먹은 대로였고, 걸핏하면 선적 날짜 핑계로 철야 작업을 시켰다. 한 달에 두 번 쉬는 날도 아까워서 몸부림치는 듯했다. 월급이라도 제때 주면 힘든 세상 살 만했는데, 그마저도 자기들 맘 내키는 날에 선심 쓰듯 주었다.

정말 아픈 시간이었다. 그래도 나는 극복해야 했다. 어디 나뿐이었겠는가. 그 시절을 가난하게 살아온 소년도 소녀도, 청춘들도 다 그랬다.

서른 살의 나는 소설을 쓰겠다고 덤벼들었다. 내가 살아온 시간을 쓰지 않으면 살 수가 없을 것 같았다. 그래서 썼고, 1998년 데뷔를 했다. 하지만 나는 문단의 사생아가 되었다. 문단에 출생신고를 하게 한 문예지에서 데뷔 후 원고 청탁 한 번 받지 않았다. 데뷔작인 중편소설 원고료라며 통장에 찍힌 숫자가 너무나 터무니없어 인정할 수 없었고, 편집부 직원에게 항의한 결과가 아닐까 생각하고 있다. 하지만 후회하지 않는다. 그해 12월 세종문화회관에서 받은 신인상 상패를 시상식장에 내동댕이치듯 그냥 두고 왔는데, 편집부 직원이 굳이 술집까지 나를 찾아와 다시 주어서 받아들였지만, 인사동 골목 쓰레기통에 버렸다. 그것도 역시 후회하지 않는다.

나는 2013년 제21회 전태일문학상을 받은 소설 『사람의 얼굴』에서 박근혜가 대통령 후보로 출마했다는 사실만으로 화가

난다고 말했다. 그런데 대통령이 되었다. 참으로 난감한 세월을 나는, 아니 우리는 살았다. 그 소설에서 1979년 10월 26일 독재자 박정희를 총으로 쏴 죽인 김재규를 다시 생각해야 한다고 주장했다. 이 주장은 지금도 유효하다. 김재규는 우리 국민 수백 수천의 목숨을 살린 의인이라고 나는 생각하는데, 이 생각은 매우 단순한 것이다. 그는 대한의 국민을 독재자로부터 구해낸 것이다. 대한민국의 민주주의를 위한 결단이었다.

이 소설을 쓰는 내내 생각했다. 내가 살아온 그 시절, 1970년 대를 소년공으로 살면서 정신만 온전하게 차린다면 학교 교실에서는 배우지 못할 가치관과 세계관을 몸으로 습득하게 된다는 사실을. 절실함으로 노력했다면 꿈을 향해 가는 길은 언제나 열려 있던 시절이었다. 그중에 한 사람이 이 소설의 출간을 앞둔 지금, 대한민국 대통령 후보로 다시 나섰다. 나는 그가 휘청거리는 대한민국을 바로 세워놓을 것이라고 믿는다. 그 시대를, 같은 공간에서 살아온 사람으로서 믿지 않을 수가 없다. 1970년대 좁고 비탈진 골목의 달동네였던 성남시에서 소년공으로 살아온 사람이라면 그를 믿지 않을 수가 없을 것이다.

소년 시절을 학교 교실에 앉아 세상을 공부한 사람과는 다른 절실함을 몸으로 체득했을 것이기 때문이고, 일머리를 본능적으로 습득해야 했기 때문이다. 소년공은 혼자 오늘 할 일을 선

6

택해야 하고, 살아내야 하고, 책임져야 했다. 정의롭지 않으면 한 발자국도 앞으로 나갈 수가 없었다. 꿈을 꾸는 소년공은 늘 그래야 했다. 그가 바로 그런 사람이고, 나 역시 그렇게 소년공 시절을 보냈다. 그래서 나는 그를 믿는 것이다.

이 소설을 쓰는 데 큰 도움이 된 분이 있다. 표지에 사용된 김주대 시인의 문인화가 이 소설을 쓰도록 선명한 영감을 주었고, 내 일을 도와주는 젊은 소띠 엄마가 있는데, 남궁윤 씨다. 지난해 내가 라오스에 취재 겸 글쓰는 시간을 확보하기 위해 다녀올 때마다 내가 해야 할 일을 다 해주었다. 두 사람은 지금도 그렇고 앞으로 써야 할 소설 쓰기에 큰 힘이 되어줄 것이다. 그리고 이 어려운 시국에 선뜻 출판에 동의해주신 삶창 대표님에게 고마운 마음을 전한다. 부디 출판사에 부담으로

2025년 4월,

춘천의 작은 닭갈비 가게 주방에서 이종하

차례

"괜찮아."

나는 이 말을 습관처럼 말하는 편이었다. 아주 어려서부터 듣던 말이어서인지, 나도 모르게 하는 말이다. 힘들 때마다 혼자 그렇게 중얼거렸다. 그런 내가 '괜찮지 않아'라고 말한 것은 결혼한 후였다. 나는 마흔두 살에 결혼했다. 이십 년 가까운 세월을 그렇게 살아왔다. 지금 내 나이 예순세 살이다.

지금 내 주변에 아이들이 없다. 콘크리트 더미에 갇혀 사는 사람들뿐이다. 아래층, 위층, 그리고 옆집 사람들의 목소리는 건조해졌다. 똑같은 공간에 똑같은 위치에 비슷하거나 똑같은 침대를 두고 잠들고 깨어난다. 똑같은 위치에 똑같은 싱크대를 두고 똑같은 콘크리트 더미에서 살고 있다. 사람들의 동공 각도가 좁아진 듯하다. 옆을 보지 않는다. 사람이 마주 오면 시선을 피한 채 비켜서는 시대를 나는 살고 있다. 미래가 없는 것이다.

내가 키운 아이들도 이제 성인이 되었다. 둘이다. 혼자는 외로울 것이기에 둘째를 낳았다. 사이 좋게 잘 지내고 있다. 하지만 두 딸은 이미 나를 떠났다. 아이들이 나를 떠나기 전 나는 내 아이를 마음에서 밀쳐냈다. 상처받는 것에 대한 두려움이 나를 그렇게 만들었다. 떠나는 아이들을 뒤에서 바로 볼 자신이 없었다. 내가 먼저 선수를 친 것이다. 마음 다잡고 냉정한 아빠가 되기로 작정하고 나니 어려운 일은 아니었다. 아니다. 매우 힘들고 고통스러운 일이었다.

4년 전 고등학생이 된 아이는 짐을 챙겨 나와 살던 집에서 떠났다. 그 아이가 초등학교 5학년부터 나는 아이 엄마와 별거 생활을 했다. 아이가 학생 수영선수 활동을 해서 자연스럽게 별거를 할 수 있었다. 아이와 함께 좋은 수영 지도자가 있다는 다른 지방으로 전학을 가게 된 것이었다. 둘째 아이는 한 학기 동안 같이 수영하다가 힘들다면서 수영선수를 포기하고 엄마에게 돌아갔다. 그래서 큰 딸아이는 나와 둘째 아이는 엄마와 생활하기 시작했었다.

내 아이가 없는 나라에서 나는 살 수 없다. 최근에 내린 결론이다. 63년이란 세월을 이 나라에서 살아왔다. 또다시 외로운 경험을 하고 있다는 현실에 내가 무너지고 있다. 늙어가는 게 아니다. 나는 무너지고 있었다. 세상이, 대한민국이 나를 무너지게 하는 것이다.

내 아이를 내 집에서 데리고 간 아이 엄마가 법원에 이혼 조정 신청을 했다. 3년 전이었다. 내 나이 60살에 이혼 청구를 받은 것이다. 나에게 돈이 없고, 내가 돈을 벌 능력도 안 되니 이혼하겠다는 요지의 청구서였다. 황망했다. 그녀와 산 17년 동안, 매번 경험한 거짓과 위선, 그리고 늦게 자고 늦게 일어나는 게으름과 지적 허영심에 나는 지쳐버렸다. 게다가 결정적으로 내 어머니를 같이 살던 집에서 쫓아내다시피 하더니, 지나가는 말이라도 어머니 걱정을 한 번 하지 않는 여자였다. 그러다가 자기의 어머니와 계부를 어느 날 나와 협의 한마디 없이 집에 들였다. 하나 있는 아들이 같이 살기를 거부했다는 것이 이유였다. 아들은 삼 남매 중에 막내였고, 아이들의 엄마는 장녀였다. 나는 그 사람들과 살 수 없었다. 가치관의 차이가 너무 컸다. 하지만, 이혼은 절대로 안 된다는 마음이 굳건했다. 성장 시절의 아픈 기억을 내 아이에게 만들어 주고 싶지 않았다. 아빠 없이 이 세상을 살아가는 게 얼마나 고단하고 외로운지 나는 경험했다. 아이들의 성장 시기에 무조건 나는 좋은 아빠가 되고 싶었다. 그래서 초등학교 4학년 이후 매년 전국소년체전에 도 대표로 참가했던 수영선수 딸아이를 데리고 먼 지역으로 나가 별거 생활을 한 것이었다.

딸아이 엄마가 나에게 이혼 조정 신청을 한 당시, 큰딸아이 고등학교 입학을 앞둔 학생이었다. 재능 있는 아이의 삶에 내가 방해되는 역할을 하고 싶지 않았다. 그래서 거부했다. 긴 답변을 써서 법원에 보냈다. 조정관과 판사 앞에서 나는 말해야 했다.

"나를 바보로 만들지 마시라. 내가 지금 해야 하는 일은 아이의 아빠로 사는 것이 전부이다. 현명하시기를 기대한다."

나는 더 앉아 있을 수가 없었다. 여성 판사가 나에게 법원임을 강조하며 자리에 앉기를 권유했지만, 나는 더 엄중하게 말하고 조정 중 퇴정했다.

일 년여의 긴 시간이 지나는 동안 내 생각은 바뀌었다. 아이들에게 혼란의 시간이 길어지면서 미안함이 크게 작용했다. 나는 아이가 2학년이 되는 그 겨울까지 이혼 신청 철회를 하지 않는 아이 엄마의 이혼 청구에 동의했다. 판사의 판결은 내 의사를 존중해줬다. 위자료 없이, 아이의 양육비로 법정 최저금액을 판사는 판결했다. 그 돈으로 아이들을 성장시킬 수 없음을 판사도 알 것이었다. 하지만 아이 엄마의 이혼 청구가 매우 이기적인 판단에서 비롯되었다는 것을 위자료와 양육비 판결로 말해주는 듯했다. 최저 양육비 판결을 해도 나는 아이의 성장을 위해 필요한 경제적 지원을 다 해줄 아빠임을 긴 답변서를 읽고 판결했을 것이어서 나는 위로를 받았다. 이혼에 결정적인 이유가 나에게 있지 않다는 판결을 받은 것이었다.

그 외 '아빠가 원하면 아이는 한시적으로 아빠와 생활할 수 있도록 하라'는 문장이 판결문에 적시되어 있어서 내가 나쁜 아빠가 아니었다는 것을 증명받은 기분이었다.

그렇게 나는 딸아이를 내게서 떠나보냈다. 내 나이 마흔세 살에 내게 온 아이였다. 태어나면서부터 내 삶의 전부가 되어버린 딸아이를 그렇게 보내고 나니, 나는 늙어 있었다. 나이가 아니었다. 굳건하게 다잡고 있던 마음은 허물어졌고, 흔들리는 정신을 다잡아주던 몸은 낡아져 있었다. 아이가 떠난 방을 보는 것에 견디기 힘든 시간을 보냈지만 시간은 나에게 늘 그래왔듯 다시 한번 더 힘내라는 메시지를 주는 듯했다.

예순 살의 나이에 두 번째 서른 살을 살겠다는 각오로 작은 사업을 시작했다. 나이 먹고 받을 연금은 몇 년 넣은 것이 전부이니 푼돈에 불과했고, 죽을 때 병원 신세 짓지 않으려고 10여 년 동안 납부 잘하던 종신보험을 해약했다. 노인들이 모여 앉아 이상한 말장난에 실랑이를 벌이는 마을 노인정 신세 짓고 싶지 않아 1인 기업을 창업한 것이다. 이 세상을 혼자 살아온 나에게는 여러 가지의 장점인지 능력인지를 가지고 있었다. 결과를 내기 위한 과정을 철저하게 준비하고 만들어가는 능력인지,

장점인지를 가지고 살았다.

예순 살의 나이에 비록 작게 시작한 사업이지만 좋은 결과로 이어졌다. 나는 바빠졌다. 비록 떨어져 살고 있었지만, 매일 딸아이를 생각하며 힘내서 재미나게 일할 수 있었다. 그렇게 세월을 보냈다. 지난겨울 아이는 고등학교를 졸업하고 대학입시를 봤다. 재능있는 아이였는데 게으른 엄마와 살면서 준비가 부족했던 결과였다. 내 나이 63살이 되는 2024년, 딸아이는 재수를 선택하지 않았다. 재수학원을 알아봐 줬는데 딸아이는 초등학교 6학년 때 국가대표 수영선수 꿈나무 출신이란 특기를 살려 인명구조 요원 자격증을 받아 호텔 수영장 인명구조 요원으로 취업했다. 자기 엄마의 경제 활동을 돕고 싶었던 모양이었다. 취업을 선택한 딸아이의 결정 때문에 나는 진정으로 혼자가 되어, 나만을 위해 살아갈 수 있게 된 것이다.

나는 딸아이의 현재와 미래를 생각하고 걱정하는 시간이 필요하지 않았다. 한가해졌다. 그 한가로움이 지루해질 무렵이었다. 나는 관심 한번 가져본 적 없는 라오스란 나라의 시골 마을에서 아이들이 물놀이하는 EBS 다큐멘터리 방송 영상을 보게 되었다. 내가 어린 시절 살던 마을 뒤 방죽과 같은 곳이었다. 나의 어린 시절 모습 그대로였다. 물속에서 텀벙거리고, 둑길을 뛰어가 물속으로 뛰어드는 모습이 영락없는 내 모습이었다.

나는 10살 전후에 본능적으로 수영을 시작했다. 방죽 가장자리에서 땅 짚고 발차기로 텀벙거리며 놀던 나였는데, 두 살 위의 동네 형이 수영을 가르쳐준다며 깊은 곳으로 내 손을 잡고 가더니 손을 놔버렸다. 형은 무어라 혼자 소리치며 멀어져갔다. 나는 당황했다. 그러나 살아야 해서, 죽음에 대한 두려움에 손과 발을 필사적으로 움직였다. 무사히 깊은 곳에서 벗어났다. 그렇게 수영을 배웠다.

처음 수영을 시작한 날 저녁 아무도 없는 방죽에 가서 내가 정말 수영을 할 수 있는지 확인했다. 해보니 자신감이 생겼다. 방죽 한 바퀴를 돌아보니 힘들지 않았다. 그동안 동네 형들이 수영하는 모습을 부럽게 봤는데, 나도 하니까 되었다.

나는 라오스행 비행기 표를 예약했다. 내가 어린 시절 놀던 그 방죽에서 수영을 해보고 싶었다. 2024년 설 연휴가 길어서 어렵지 않은 결정이었다. 설 연휴가 시작되는 3일 전 나는 배낭 하나 챙겨 메고 라오스행 비행기를 탔다. 캄캄한 밤에 인천공항을 출발해 더 캄캄한 밤에 라오스 수도 비엔티안에 도착하는 비행기였다. 그때 나는 몰랐다. 내가 라오스에서 행복해질 수 있다는 자신감을 얻게 될 것을.

나는 숙소를 라오스 수도인 비엔티안 빠뚜싸이 독립문 근처 새벽 시장 옆에 잡았다. 혼자 뚜벅뚜벅 걸어 다니면서 새벽 시장 구경을 하고, 저녁이면 메콩강 야시장과 여행자 거리 여기저기를 그냥 걸어 다니면서 라오스 사람들을 구경하고 다니는 내가 생경했다. 그런데 신기하게도 좋기만 했다. 나도 모르게 좋다 좋아,라고 중얼거렸다. 여기서 내가 좋다,라고 중얼거린 이유는 사람들 때문이었다.

"ເຈົ້າບໍ່ເປັນຫຍັງ (버뺀냥)."

라오스 사람들은 이 말을 정말 습관처럼, 아니 진심으로 하고 있었다. 한국말로 번역하면 '괜찮다'는 의미였다. 그들의 웃는 모습은 환했다. 하지만 내 눈에 보이는 그들은 정말 괜찮은 삶을 사는 것 같지가 않았다. 그런데도 그들은 늘 괜찮다고 '버뺀냥' 하며 서로에게 웃어주었다. 참으로 맑은 눈을 통해 그들의 욕심 없고, 서로를 배려해주는 마음을 볼 수 있었다.

오늘은 2024년 10월 31일. 그러니까 우리가 흔히 말하는 시월의 마지막 밤이다. 좋아하는 계절이다. 가을과 겨울 그 사이를 나는 진심으로 좋아한다. 나를 위로하는 계절 같아서이다. 혼자 서 있어도 혼자가 아닌 듯한 계절이기 때문이다. 혼자 바람 부는 들판에 서 있어도 외롭게 보이지 않는 계절이기 때문이다. 하지만 다가올 겨울을 준비해야 하는 부지런함이 있어야 한다. 그런데 이제는 그 부지런함이 버겁다.

나는 다시 대한민국을 떠날 일정을 생각하고 있다. 내가 그때 그랬던 것처럼 '괜찮아'라고 말하며 살고 싶다. 그런 곳이 지금의 지구에 있다면 나는 굳이 찾아갈 것이다.

그 길을 떠나기 전에 나는 짧은 이야기 하나를 들려주고 싶다.

1

나는 애초부터 소년이 아니었다

내 나이 13살, 1974년 봄이었다. 정확하게 4월 25일 아침 9시 45분에 용동역에서 서울행 완행열차를 탔다. 이날을 나는 잊지 못한다. 그날이 특별한 것은 나는 내가 살아오는 내내 위기 때마다, 즉 살아가는 것에 지쳐 포기하고 싶을 때마다 떠올릴 수밖에 없는 장면이 있었기 때문이다.

그 장면이 떠오르면 그냥 아프다. 그래서 아직 쓰지 못했다. 그 기억 때문에 내가 서른 살에 소설을 쓰겠다고 덤벼들었다. 문예 창작 공부 한 번 해보지 않은 내가 문예지 신인상을 받으며 문단에 데뷔했는데, 25년이 지난 지금까지 쓰지 못했다. 그러나 이제 마음을 다잡았다. 여전히 아픈 장면이지만 이겨내고, 써야 했다. 그 장면을 써야 내 남은 삶에 방향을 찾아갈 수 있을 것 같다.

그날 작은 간이역에서 나는 목포에서 출발해 용산을 향해 가는 기차를 탔다. 서울 사는 엄마 사촌 동생의 아내, 내가 당시 외숙모라고 부르던 외가의 당숙모가 시골집에 일을 보러 왔다가 돌아가는 길에 내가 짐처럼 붙은 것이었다. 앞머리가 투박한 그 기차.

나는 그 기차를 멀리 숨어서 늘 바라보았다. 언제부터였는지는 모른다. 키 큰 측백나무 가지에 숨어서 그 기차를 바라보는 내 모습을 동네 사람 누구라도 봤다면 다들 슬퍼했을 것이다. 얼굴도 기억하지 못하는 엄마를 기다리는 소년, 이 얼마나 아픈 장면인가.

"엄마가 돈 많이 벌어서 올 거니까, 괜찮아. 너무 기다리지 마."

할머니는 매번 똑같은 말을 해주었다. 모르긴 해도 10년 동안 할머니는 나에게 뿐만이 아니라 혼자서라도 그렇게 말했을 것이다. 그것은 할머니의 주문이었다.

내가 그 기차를 타던 13살, 그해 봄이 되기 전 나는 습관처럼 서울 용산에서 출발해 목포를 향하는 완행열차가 지나가는 그 시간이면 외갓집 울타리 측백나무 가지를 붙잡고 올라가 철둑길을 바라보았다. 저녁밥을 먹을 시간 바로 전이었다. 저녁 5시 몇 분이었을 것이다.

목포행 완행열차는 늘 그 시간에 멀리 보이는 철둑길에 나타났고, 정확하게 13초 동안 나의 시선 속에 있다가 산모퉁이 속으로 사라졌다. 용동역(내가 조금 더 어렸을 적에 사는 동네가 용안면에서 용동면으로 분리되며 역전 이름도 용안역이었는데 바뀌었다)에 도착하기 1분 전이었다. 기차가 산모퉁이를 돌아가면서 뿌우 뿌우, 기적 소리로 역무원에게 도착을 알렸다. 그 기적 소리는 키 큰 측백나무 가지 사이에 숨어 있는 나에게도 들렸다.

기차가 용동역에 잠시 멈추면 기차에서 내린 사람들은 각자의 마을로, 집으로 향했다. 용동역에서 내가 살던 마을은 걸어서 13분 거리였고, 역전에서 두 동네를 지나는 7분 정도 걸어오면 내 시야에 사람들이 보이기 시작했다. 그러나 내가 기다리는 엄마의 모습은 없었다. 모두 익숙한, 멀리서 걸음걸이만 봐도 누구인지 알 수 있는 동네 사람들이었다. 가끔 낯선 여자의 걸음을 보면 가슴이 설렜다. 그 낯선 걸음의 여자가 마을 맨 앞집인 우리 집을 그냥 지나치면 열 번 중에 한 번은 실망했다. 아홉 번은 멀리서 봐도 아닐 것 같았고, 아주 가끔은 엄마일 것 같은 느낌이 들었던 것이었다. 그런 날은 여지없이 우울해졌다. 그래서인지 외할머니와 이모에게 어떤 식으로든 위로를 받았다.

내가 그 시간에 우울해지는 날은 나에게 무슨 일이든 일어났기 때문이었다. 예를 들면 학교 선생님에게 제법 자랑할 만한 칭찬을 받았거나, 상장을 들고 집에 온 날이었거나, 친구들과 내 편이 없는 말싸움이라도 한 날이기 때문이었다.

목포행 완행열차는 늘 같은 시간에 나타났다가 사라졌지만 엄마는 오지 않았다. 봄에도, 여름이 되었는데도, 추석이 오는 가을이 되어가는 데도 엄마는 오지 않았고, 다들 고향을 찾아 온다는 설날에도 엄마는 오지 않았다. 외할아버지 환갑잔치를 하는데도, 외할머니 환갑잔치를 하는데도 엄마는 오지 않았고, 외삼촌 둘이 일 년 사이에 결혼했는데도 엄마는 오지 않았다.

그래도 나는 엄마를 기다렸다.

"나는 엄마가 보고 싶은데, 엄마는 나를 보고 싶지 않은 거야."

"엄마는 말이다. 종원이가 너무 너무나 보고 싶은데, 그리고 너무너무 사랑하는데, 그런데 말이다, 너무 바쁘대. 돈 많이 벌어서 너를 데리러 올 거야. 그러니까 괜찮아."

나보다 아홉 살 위의 이모는 항상 같은 말로 나를 위로했다. 그 말을 듣고 고개를 끄덕거린 날은 그래도 괜찮았다. 하지만 열 번에 한 번 정도는 고개를 끄덕거리지 않았다. 눈물을 참았다. 흘러나오려는 눈물을 두 눈 꾹 감고 참아냈다. 그러다 한 번쯤은 그 눈물을 붙잡아두지 못하고 터뜨렸다.

"엄마는 나를 버린 거야."

"……."

내가 그렇게 어깨 들썩이며 울음을 터뜨리면 이모는 말없이 나를 가슴에 안아줬다. 그런 날에 이모는 나를 가슴에 안고 잠을 재웠다. 새벽녘에 얼핏 잠에서 깨어나면 나는 이모의 젖가슴을 만지고 있었다. 그런 내 손을 이모는 물리치지 않았다. 그때 이모는 속으로 울고 있었던 듯하다. 내가 더 어렸을 적에는 외할머니가 나를 그렇게 안고 잠을 재웠을 것이다.

　나는 이 글을 쓰는 지금 라오스 남부도시 팍세의 메콩강변에 있다. 한국에서 비행기를 5시간 타고 라오스 수도 비엔티안의 왓따이공항에 도착했고, 다시 1시간 20분 동안 비행기를 타고 이곳 호텔에 왔다. 메콩강변 산책로에 지어진 호텔이었다. 체크인하면서 나는 강물이 보이는 창 넓은 방을 굳이 강조해서 부탁했다.
　본래 목적지는 북부지역의 루앙프라방이고, 그곳에서 고등학교에 다니는 17살 소녀, 누니를 만나는 것이지만 내가 도착한 어제부터 메콩강이 범람하면서 누니가 다니는 학교도 물에 잠겼고, 지난밤에는 사는 마을과 집에도 황토물이 들이닥쳐 침수 상태라는 소녀의 전화를 이른 아침에 받았다. 소녀가 혼자 자취하는 헝태우(원룸형 작은 월세방)는 루앙프라방 외곽 메콩강변 마을인데, 마을 전체가 침수되어 이동조차 어려운 상황이라며 내가 가도 만나기 어렵다는 전화였다. 누니의 전화를 받고 알아보니 중국 쿤밍에서 라오스 비엔티안을 다니는 기차 역시 멈춘 상태였다. 그 중간역이 루앙프랑방이다. 인터넷에서 예약한 기차표는 환불 신청을 하니까 바로 취소되었다. 라오스 북부지방으로 여행하는 것은 메콩강의 범람으로 위험하다고, 한국 대사관에서 여행객에게 보내주는 문자도 하루 두세 건이나 되었다.

나는 굳이 비엔티안에 있을 이유가 없었다. 비엔티안 중심지인 여행자 거리의 강변 야시장도 물이 턱밑까지 올라와 있어 하루 묵은 호텔의 직원들이 이른 아침부터 호텔 입구에 모래주머니를 쌓느라고 난리들이었다. 그래서 아직은 안전하다는 남부지역으로 이동한 것이었다. 루앙프랑방에 갈 수 있다면 비행기도 가능할 것이고, 팍세공항에서 루앙프랑방으로 이동하는 것은 어렵지 않은 여행 경로였다.

라오스 방송에서는 15일 오전 9시 현재 메콩강 수위는 13.25m로 최고 위험 수준인 12.5m를 이미 이틀째 넘어서고 있다는 보도를 했고, 외국인이 특히 많이 찾는 메콩강 주변의 야시장은 벌써 3일째 강제 폐쇄조치 중이며, 인근의 상점들과 관공서들은 모래주머니를 쌓는 등 만일의 사태에 대비하고 있다는 보도를 시간마다 하고 있었다.

나는 물 구경을 그리 좋아하지 않지만 궁금해서 숙소에서 30m만 걸어가면 있는 메콩강변에 나갔다. 라오스의 수도인 비엔티안의 명소이고 사람이 가장 많이 모이는 곳이다. 세계 각국에서 오는 여행자들이 들르는 곳이어서 관광객을 위한 호텔이 골목마다 있고, 마사지샵이나 호프집과 식당이 많은 한국의 명동과 같은 곳이다.

메콩강은 한국에서 지원해 만들어 준 제방 꼭대기까지 황토물이 차 찰랑대고 있었다. 넓은 강 한복판에서는 물이 흰하게 보일 정도로 빠른 속도로 흐르고 있었다. 말 그대로 물이 한 뼘 정도만 올라오면 제방 위로 쏟아질 것이고, 제방보다 2m 정도 낮은 위치의 야시장 터는 물론 여행자 거리에 물난리가 나는 것은 순식간일 것이다. 제방보다 모든 생활공간은 낮은 곳에 있었다. 아니, 한국이 지어준 긴 강변 제방이 그만큼 높고 안전하게 만들어진 것이었다.

라오스의 수도인 비엔티안의 매콩강변 제방 공사는 노무현 대통령이 기획한 것으로 알려져 있다. 라오스 정부에서 현금 지원을 요청했지만, 노무현 대통령은 돈보다 더 중요한 것을 지원하겠는 약속을 했고, 그것은 라오스의 현재와 미래를 위해 투자가 된 매콩강변 제방 공사였다. 제방 공사가 된 이후 강변에는 어린이 놀이시설이 만들어졌고, 먹거리 야시장과 산책로 등등이 만들어지면서 여행객에게는 관광 명소가 되었다. 라오스인에게는 안전하고 즐겁게 저녁노을을 즐길 수 있는 휴식 공간이 된 것이다.

이번 메콩강 범람은 라오스에 비가 많이 와서가 아니고, 중국이 메콩강 상류의 댐을 개방하여 대량의 물을 방류해 일어난 사태였다. 지난 한 달 사이 중국 남부지역에 비바람이 강한 태풍 두 개가 연거푸 지나갔는데, 중국은 라오스보다 더욱 심각한 홍수를 겪고 있다. 마을 전체가 물속에 잠긴 곳도 많다는 뉴스가 연일 이어지고 있었다. 중국뿐만이 아니다. 태풍이 육지에 처음 접근한 베트남 하노이는 이미 태풍 피해로 도시 전체가 쑥대밭이 되었다는 보도가 있었다.

이번이 나에게는 다섯 번째 라오스 여행이었다. 두 달 간격으로 무언가에 끌리듯 왔다. 그동안은 7박 일정으로 다녀갔는데, 이번에는 마음먹고 길게 잡았다. 누니와 좀 더 많은 대화를 하고 싶어서였다. 비행기 표는 한 달 일정으로 예약되어 있지만 언제 돌아갈지는 아직 장담하지 못하겠다. 라오스는 무비자 여행 국가이고, 기간은 한 달이다. 하지만 라오스에서 강 하나를 사이에 두고 있는 태국이나 캄보디아 국경을 잠깐 넘어 갔다 오면 다시 한 달이 연장된다. 내가 대한민국에 굳이 다시 돌아갈 이유를 찾지 못한다면 나는 아마 좀 더 이곳, 라오스에 더 오래 머물지 않을까 싶다. 현재 생각은 그렇다. 그리고 급하게 결정한 일정이지만 비엔티안에서 남부도시 팍세까지 요즘에는 보기 힘든 프로펠러 비행기를 타고 온 이유인, 7세기경에 만들어졌다는 왓 푸 사원을 갈 수 있을지 모르겠다. 나는 그런 유적지를 정말 싫어하기 때문이다. 사람의 손으로, 사람의 노동을 기반으로 만들어진, 그러니까 과거의 일이라도 강제로 사람이 동원되어 만들어진 역사적인 것을 나는 싫어한다. 특히 사람의 목숨을 희생하면서 가혹한 노동으로 지어진 성이나 건물에 가까이 다가가는 것을 나는 무조건 경계했는데, 스물 몇 살이 지나고부터였다. 심지어 야트막한 성이 있는 동네 뒷산에 오르는 것도 그런 이유로 하지 않는다. 아니, 하지 않았다. 요즘에는 가까운 동네 뒷산에 가끔 오른다. 사람이 아닌 기계로 등산로를 만들었다는 사실을 알고부터다.

나는 5층 건물의 호텔 꼭대기 층 전망 좋은 방을 차지했다. 창문 앞에 서 있으면 강물 위에 내가 떠 있는 기분이 들었다. 수천 년 동안 흐르고 있는 강물을 바라보는 시간이 자꾸 길어졌다. 새벽 강을 바라보다 다시 잠들고, 아침 강을 바라보며 커피를 마셨다. 뜨거운 한낮의 강은 커튼으로 가려버리지만, 나는 오후 5시를 기다렸다. 저녁 시간의 강을 호텔이 아닌 강가에 가깝게 다가앉아서 바라보기 시작한 것도 엊그제부터다.

강물을 바라보고 있으면 머릿속이 텅 빈 깡통으로 변했다. 그렇게 시간을 보내다 보면 머릿속에서 그려지는 것도 있었고 들리는 소리도 있었다. 한두 개의 돌을 깡통에 넣고 흔들면 경쾌한 소리가 나듯 기억 하나하나가 생생하게 되살아났다. 지금의 나는 희미해졌다. 오래전 내가 자꾸 보이기 시작했다. 그러다가 한 가지 장면이 떠오르면 내 기억장치를 더욱 힘차게 흔드는 깡통 속에서 쟁쟁쟁 울리는 소리가 들렸다.

그 기억 하나가 이 아침에 나를 눈물 흘리게 했다. 두툼한 솜이불 속에서 이모의 젖가슴을 더듬던 모습이 생생하다. 눈물 한 줄기가 뜨겁게 내 볼에 흐른다. 어느 날인가는 이모가 나를 너무 강하게 끌어안아서 숨을 쉬지 못할 정도였는데, 그 장면 때문에 나는 이모의 젖가슴을 만지며 잠든 날을 잊지 못하는 것이다. 나는 호텔 방에서는 담배를 피우지 않지만, 결국에는 참지 못하고 창문 앞에 서서 담배 한 개비를 꺼내 입에 물었다.

노래가 듣고 싶어졌다. 조금은 빠른 리듬의 익숙한 팝송을 찾아야겠다. 기타 소리가 좋은 노래라면 좋을 듯하다. 그런데 하모니카 소리로 시작하고 피아노 소리가 좋은 그 노래. 가수와 노래 제목은 바로 생각나지 않는데 익숙한 그 하모니카와 피아노 소리가 귓가에 머물러 들리는 것 같다. 열여덟 살부터 열아홉 살까지 매일, 온종일 들은 노래이다. 가방 공장 미싱사로 일하면서 귀에 이어폰을 꽂고 일할 때였다. 그 노래는 내가 대학 입학을 위해 하는 영어 공부를 하는 데 최고였다. 전파사에서 복사한 테이프로 노래를 일하는 내내 듣고 또 듣고, 잠들기 전에는 그 가사를 쓰고 외웠다. 가사에 나오는 단어로 문장을 만들면서 공부를 했다. 그 노래에 나오는 단어 수십 개로 수백 개의 영어 문장을 만들었다. 죽을 지경이 아니면 매일 쓰는 일기같은 영어 문장 만들기는 내게 아버지 같이 여겨지는 초등학교 담임이었던 최병준 선생님이 내준 숙제 같았다. 그 숙제를 충실하게 잘할 수 있었던 것은 엄한 외할아버지 때문에 매일 천자문을 써야 했던 어린 시절 습관의 힘이었다.

그 노래를 부른 가수도 제목도 생각났다. 정말 오랜만에 다시 들어본다. 빌리 조엘(Billy Joel)의 〈피아노 맨(Piano Man)〉이다. 이 노래는 내가 가진 꿈을 포기하지 말아야 한다고 불러주는 듯했다.

It's nine o'clock on a Saturday
The regular crowd shuffles in
There's an old man sitting next to me
Makin' love to his tonic and gin

토요일 9시가 되었네요
단골손님들이 모여들고 있죠
제 옆엔 어르신 한 분이 앉아 계세요
토닉 앤 진 한잔하면서 말이에요

나는 창문 앞에 서서 흘러가는 강물, 아니 세월을 본다. 오래

전 힘들 때, 정말 귀에 딱지가 생길 정도로 들었던 노래를 내 최신형 휴대전화가 젊은 빌리 조엘의 목소리로 아무런 소음 없이 불러주고 있다. 나는 다시 꿈을 꾸고 있는 듯한 기분이다.

라오스 남부도시 팍세의 메콩강변에 잘 지어진 5층 건물 호텔 맨 위층 전망 좋은 방에 나는 여전히 있다. 4일째다. 소녀, 누나를 만나기 위해 내가 가야 하는 루앙프라방의 메콩강물은 더는 차오르지 않고 있지만, 침수된 물은 아직 빠지지 않고 그대로인 상태라고 한다. 그런데도 소녀는 늘 겪는 일인 양 차분한 목소리로 멀리서 온 나에게 괜찮냐고 걱정해주었다.

호텔 창문으로 넓은 시야 확보가 가능하다. 멀리서 흘러오는 강물이 어제와 같은 모습으로 한눈에 들어온다. 비엔티안에서 수백 킬로미터나 떨어진 이곳에서도 황토색 물이 빠른 속도로 흘러오고 내려간다. 그 황토물이 라오스와 태국 국경을 이루고 있는 약 2,000km의 라오스 메콩강 물이다. 루앙프라방을 지나고 비엔티안을 지나 여기 팍세를 또 지나고 있다. 이 강물은 캄보디아 남부지역을 지나고 베트남을 지나 바다에 닿는다.

이른 아침에 내가 보는 강물과 하늘은 그냥 좋다. 이곳은 지금이 우기여서 밤마다 비가 오는데 비가 오는 하늘도 좋고, 어제저녁처럼 먹구름 두툼한 하늘도 좋고, 오늘같이 맑은 하늘도 똑같이 좋다. 게다가 갑자기 쏟아지는 빗방울이 호텔 앞 낮은 함석지붕에 떨어지는 소리도 좋다. 나는 창가에 서서 가만히 있고, 강물은 아무 말도 없이 나를 바라보지도 않은 채 그냥 흘러가고 있다. 수천 년 동안 메콩강물은 그래 왔다. 다만 나는 고작 6일째 여기에 서 있는 것이다. 2024년 9월 19일인 오늘 아침 하늘도 맑고 투명해서 좋다. 내가 살아온 한국에서 언제 이런 하늘을 봤던가 싶다.

1974년 5월 10일, 나는 이날도 잊지 못한다. 나는 1961년생이다. 만으로 13살이었다. 음력 8월 18일 생이니 정확하게 13년 6개월여가 되는 아이였다.

경기도 성남시 중동(中東)에 나는 있었다. 엄마와 누나가 사는 사글세 단칸방에서 나도 같이 살기 시작한 것이다. 4월 27일에 엄마에게 갔으니 며칠이 지난 그날 나는 허름하지만 제법 큰 가방 공장에서 일을 시작한 것이다. 내가 정확하게 이날을 기억하고 있는 것은 무엇 때문인지 아직도 솔직하게 표현하지를 못한다.

왜일까. 나는 용동역에서 완행열차를 탔던 그 순간도, 영등포역에 내려서 버스정류장을 향해 걸었던 그 10여 분 동안의 시간도, 개봉동 외삼촌이 일하는 벽돌 공장에 가서 땅굴 움막에서 하룻밤을 자고 안경 공장에 들어갔던 그 순간도, 일을 시작했지만 뜨거운 화로 앞에서 송진을 녹여 안경알을 얇게 갈기 위하여 둥근 나무토막에 붙이는 작업을 했던 그 순간도, 하룻밤 자고 송진 냄새 때문에 도저히 견디지 못하겠다며 다시 외삼촌이 일하는 벽돌 공장으로 찾아갔던 그 순간도 나는 잊지 못하는 것이다. 내 기억장치에서 지워지지 않는다.

하루를 산다는 것, 63년이란 세월을 살아왔다는 것, 이 모두가 나에게는 버거움이었다. 그런데 살아 있어야 했고, 잘 살아야 했다. 왜 그런 생각으로 나를 스스로 강박했을까. 과수원집 아들 주평이란 단짝 친구 때문이었을까, 나를 애지중지 여겨주시던 초등학교 5학년과 6학년 때 담임 최병준 선생님 때문이었을까. 부잣집 아들 주평이는 모든 것이 풍족했지만 학교 시험 성적은 나에게 부족했다. 그때마다 주평이 아빠는 주평이 시험 점수와 내 시험 점수를 비교하여 꾸짖었다. 그 불똥이 주평이 엄마에게 튀었고, 주평이 엄마는 주평이를 더 호되게 혼냈다. 과목 별로 없는 교과서가 더 많았던 내가 시험을 잘 보면 주평이가 혼나는 것이 나는 늘 부담스러웠지만, 그렇다고 내 시험 점수를 낮추려는 생각보다 오기가 더 가열차게 발동했다. 딱 한 번 말고는 늘 그랬다. 내가 매월 보는 시험에서 늘 맞는 점수가 100점이었으니 하나라도 틀리면 이모에게 그 원인을 설명해야 했다. 나는 그것이 더 싫었다.

어디 그뿐인가. 서울에서 전근 오신 최병준 선생님이 5학년 2반이었던 우리 반 담임이 된 인연이 나를 그렇게 만들었다. 선생님에게 실망감을 드리고 싶지 않았던 것이 지금 생각해보면 더 중요한 이유였다.

나는 오늘 하루를 선생님은 나에게 어떤 의미였는지를 더 깊이 생각해보기로 정했다. 할아버지는 왜 선생님에게 그렇게 완고하게 말을 해야 했는지, 생각해보는 것을 이제 더 미루지 않아야 한다. 할아버지의 그 완고한 마음을 나도 이제 이해해야 할 나이가 된 것이다.

"저 아이는 말하기 전부터, 걸어 다니기 시작하면서부터 눈칫밥을 먹고 자란 아이입니다. 사고 한번 친 적이 없어요. 항상 참았던 아이입니다. 밤잠을 설치거나 몸에 상처가 나도 울지 않고 자란 아이입니다. 나도 정말 고민 많이 했어요. 공부시켜야 하는데, 공부하면 안 되는 아이라는, 내가 생각해도 이상한 결정을 한 것입니다. 선생님 마음 충분하게 고맙고 이해합니다만, 내 결정을 바꾸려고 하지 마세요. 종원이는 공부하면 절대 안 되는 아이입니다. 제 명까지 살게 두려면 그냥 주어진 팔자 그대로 살게 해야 합니다. 이게 내 결정입니다."

정확한 기억은 아니지만 아마도 할아버지는 이렇게 말했을 것이다. 선생님은 할아버지 앞에 무릎 꿇고 앉아 나를 중학교에 입학시켜야 한다고, 학비와 필요한 모든 것은 선생인 자신이 책임지겠다는 말을 아주 간곡하게 했다. 선생님이 할아버지에게 한 이 말을 나는 토씨 하나 틀리지 않고 지금도 기억한다.

하지만 할아버지는 요지부동이었다. 안방에서 하는 두 분의 말씀을 나는 마루 구석에 걸터앉아 다 듣고 있었던 것이다.

그리고 며칠 후 나는 서울행 완행열차를 탔다.

2

내 생에 단 한 분뿐인 선생님

최병준 선생님을 기억하는 일은 언제부턴가 정말 마음을 단단히 다잡아야 하는 일이 되었다. 생각하다 보면 울게 되고, 오만 가지 기억이 떠올라서 감당할 수 없는 감정에 빠져버리기 때문이다. 그래도 이제 50년, 그러니까 반세기가 지난 일이고 선생님은 12년 전에 돌아가셨으니 조금은 덤덤하게 기억할 수 있을 것 같기도 하다.

나는 전라북도 익산시 용동면 홍왕초등학교에 다녔다. 1학년과 2학년 담임은 정청자 선생님이셨고, 3학년 담임은 민정숙 선생님이셨다. 정청자 선생님은 호리호리하고 예뻤다는 기억만 남아 있고, 민정숙 선생님은 목소리가 좋아 운동회나 학교 행사가 있으면 늘 마이크를 잡았는데, 돈이 없어서 육성회비도 내지 못하고 교과서도 없는 과목이 더 많은 나를 조금 안타까워했다. 있는 책도 동네 누나에게 물려받은 것이었다. 4학년 담임은 나와 먼 친척이 되는 이상재 선생님이셨는데, 나를 아주 기분 나쁜 벌레 보듯 했었다. 그 선생님이 나와 먼 친척인 것을 알게 된 것은 이모가 그렇게 말해주며 인사드리라고 했기 때문이지 내가 직접 아버지의 사촌인지 육촌인지 확인해 본 일은 없었다.

그래서였는지 모르지만, 나는 5학년 첫 등교부터 학교 가는 것을 싫어했다. 교과서도 없었고 공책도 변변한 게 없었다. 4학년 육성회비도 다 내지 못하고 있었다. 할 수만 있다면 엄마가 있다는 서울행 기차를 타고 그곳에서 사라져버리고 싶었다. 그래서 나는 학교에 가지 않겠다고 버티며 울었다.

정말이지 이모가 집에서 손목을 잡아끌어 학교 가라고 그 억센 손으로 등짝을 후려치며 떠밀고, 동네 밖으로 막 쫓아 보내듯 하지 않았으면 버텨볼 요량이었다. 하지만 이모는 내게 엄마 같은 사람이어서 막무가내로 거역할 수만은 없었다. 그렇다고 이모 말처럼 사내새끼가 길거리에서 질질 짜며 눈물 콧물 흘리는 것은 내가 견디기 어려운 짓이었다.

나는 둑길을 휘청휘청 걸었다. 학교와 가까워지고 있었다. 친구들이나 동네 애들은 이미 다 가고 없는 등굣길에 나 혼자 덜컹덜컹 걸어갔다. 돌멩이 하나를 걷어차는 게 내가 할 수 있는 전부였다. 재수 없는 돌멩이 하나를 걸어차고 발끝에서 느껴지는 통증을 참아내는 게 차라리 나았다.

그렇게 가기 싫은 학교에 갔는데, 그것도 새 학년 첫 조회가 다 끝나고 교실에서 수업을 시작하려던 참에 교실에 들어갔는데, 양복을 차려입은 흔하게 볼 수 없는 멋쟁이 선생님이었다. 약간 곱슬머리였지만, 단정해서 더욱 신사처럼 보였다. 뒤늦게, 그것도 학교 철조망 담에 뚫려 있는 개구멍으로 들어와 쭈뼛쭈뼛 교실에 들어갔는데, 선생님이 내 이름을 먼저 불렀다. 마치 나를 기다리고 있었다는 듯이 다정하게 불러줬다.

"네가 이종원이구나?"

나는 머리만 끄덕끄덕했다.

"네가 천자문을 다 읽고 쓴다면서? 선생님도 그건 못 하는데. 대단하다."

그게 대단하다고 말해준 선생님은 처음이었다. 틀리거나 외우지 못하면 할아버지가 회초리로 때리니까 쓰고 외운 것인데, 그게 대단한 것이라고는 생각해 본 적도 없었다. 내가 오래된 천자문 책을 교과서보다 더 많이 보게 된 것은 초등학교 2학년 때부터였다. 밤마다, 그러니까 잠들기 전에 할아버지한테 하루에 3자씩 숙제 검사를 받는 일종의 의례적인 일과였다. 일주일에 한두 번씩 할아버지는 불쑥 하늘 천, 따 지로 시작하는 처음부터 외우라고 해서 긴장하고, 어쩌다가 아무 종이에다가 쓰게 해서, 심지어 할아버지는 누런 종이 비료 포대를 각지게 잘라 만들어 쓰라고 해서 쓰지 않을 수 없었을 뿐이었다. 게다가 가끔은 붓을 들고 쓰라고 해서 등에 식은땀을 흘리기도 했었다.

그것을 학교 선생님들이 알게 된 것은 4학년 여름방학 때였다. 특별활동 시간에 서예반이 만들어졌고, 나중에 알게 된 일이지만 할아버지의 외압 비슷한 것이 작용해서 학교에 서예반이 만들어졌다. 담당했던 선생님은 이상재 선생님이었다. 별로 기억하고 싶지 않은 이 선생님을 기억하는 것은 아버지와 같은 재(宰) 자 돌림을 쓰는 항렬의 친척이었기 때문이었다.

아버지가 돌아가신 그날은 말복 날이었다. 서울 성산대교 아래 강에서 허우적거리는 '서 통장(당시 아버지는 서울시 서대문구 연희2동 18통 통장 일을 보셨고, 말복 날이어서 통장들이 모여 천렵을 했다고 한다.)'이란 사람을 구하러 입은 옷 그대로 강에 뛰어들어서 통장을 구해냈지만, 당신은 정작 그 물구덩이에서 나오지 못하고 물살에 떠내려갔다. 그렇게 나를 두고 세상 밖으로 가버린 아버지의 함자는 이(李) 용(龍) 자 재(宰) 자를 쓰셨다. 첫돌을 막 지나보낸, 천막에서 세상을 보게 한 아들을 두고 아버지는 세상 밖으로 가버리신 것이다.

하지만 이상재 선생님은 내가 오촌 조카가 된다는 사실을 알면서도 아무 반응을 보여주지 않았다. 아니다. 더 냉소적이었다.

그렇게 할아버지의 외압이 작용해서 만들어진 서예반에 들어온 학생은 나 말고 서너 명이 전부였다. 그 학생들은 거의 한 자 공부를 하지 않아서 천자문이란 책을 아는 학생도 없었다. 그런데 첫날부터 담당 선생님은 나를 테스트라도 하겠다는 듯이 일어나서 외워보라고 했고, 나는 선생님이 시키니까 어쩔 수 없이 떨리는 목소리로 하늘 天 따 地 검을 玄 누를 黃을 줄줄줄 읊어대기 시작했다. 그렇게 한 이백 자 정도 외웠을 것이다. 선생님은 교탁 밑에서 한 뭉텅이의 하얀 습자지(당시 집집 마다 하나씩 걸어두고 보던 일력이 있었는데, 붓글씨 연습하기에 괜찮았다) 일력 새것과 붓, 그리고 먹과 벼루를 내 책상에 툭 던지듯 놓더니, 그만하고 써보라고 했다. 그래서 나는 책도 보지 않고 쓰기 시작했는데 서른 자 정도 썼을 때 보니 선생님은 교실에서 사라지고 없었다.

학생들은 자기들끼리 수군수군 무슨 이야기를 하고 있었다. 다음부터 그 시간에 학교에 나와 붓글씨를 쓰는 것은 나뿐이었다. 나는 하루도 빠지지 않고 그렇게 매일 학교 교실에서 하루에 마흔 자씩 써서 선생님 없는 교탁에 놓고 나왔고, 방학 동안 천 자를 다 썼다. 그것을 누가 보기나 했는지 버려졌는지도 나는 모르는 일이었다. 그만큼 누구도 관심 없는 그 짓을 나는 할아버지 때문에 한 것이었다.

그런데 그것을 선생님이 먼저 말해주어서 나는 아주 잠깐 감격하고 말았다. 그것도 처음 온 선생님이 그 사실을 어떻게 알고 있을까 싶어서 가슴이 떨렸었다. 하지만 나는 이내 정신을 차렸다. 나는 육성회비 낼 돈이 없는 가난한 집 학생일 뿐이고, 남들 다 있는 아빠도 엄마도 없는 아이였다. 교과서도 살 돈이 없어서 없는 책이 더 많은데, 그나마 있는 책은 옆집 누나가 공부하고 물려준 헌책이었다.

그랬다. 그런 나를 최병준 선생님은 남다른 학생으로 봐주기 시작했다. 내지 못한 육성회비를 내라고 재촉하지도 않았다. 수업이 끝나도 가지 말고 기다리라고 자주 말했고, 기다리면 선생님이 사시는 관사로 나를 데려가 내게 힘이 되는 좋은 말씀을 해주셨다. 그래서 나는 선생님이 읽으라는 책을 모조리 다 읽었는데, 그게 전부 소설책이었다.

『푸른 꽃』『데미안』『삶의 한가운데』『달과 6펜스』『젊은 예술가의 초상』『나무를 심은 사람』,『어린 왕자』 등등이었다. 맨 처음 읽은 소설은 토마스 하디의 장편소설 『테스』였다. 정확하지는 않지만 50여 권은 읽었을 것이다. 선생님 책꽂이에는 외국 소설이 거의 다였다. 선생님은 저녁을 먹고 집으로 돌아가는 시간이 되면 그중에 한 권을 빼서 읽으라고 주었다.

나는 그렇게 받은 책을 학교를 오고 가는 동안에도, 집에 와서 하는 일 없을 때도, 할머니 밭일을 도와주다가도 나무 그늘에서 읽었다. 이삼일에 한 권씩 읽은 것으로 기억한다.

선생님은 그런 내가 대견했던지 지나가다 마주치면 칭찬을 했다. 복도에서도 운동장에서도 교실에서도 친구들 보란 듯이 이름을 불러주고, 가끔은 눈도 마주치며 까칠까칠한 내 머리를 쓰다듬어 주었다. 칭찬만 자주 한 것은 물론 아니다. 주말마다 관사로 오라고 해서 영어 알파벳을 생전 처음 가르쳐주었고, 영어 단어 외우기를 5학년 2학기부터 시작했다. 중학교 수학도 지금의 과외 수업처럼 해주었다. 6학년이 되는 겨울방학 때는 집중적으로 중학교 수학 공부를 했는데, 중학교 수학이 나는 재밌었다. 나는 초등학교 5학년 산수 시간에 주산을 배우면서 암산으로 다섯 자리까지는 아주 쉽게 계산하는 편이었다. 그런 나를 선생님은 대견해 했다. 분수와 소수점 연산을 배우면서는 계산이 빠른 나를 기특해했다. 선생님은 나만큼이나 둘이 공부하는 시간을 좋아하는 표정이었다.

본격적으로 중학교 수학 공부를 시작하면서 내가 집합 문제와 방정식 문제를 너무 쉽게 이해하고 해결하자 선생님은 놀라시기도 했고, 지금 기억에는 없지만 어떤 문제인가 풀었더니 선생님이 대단하다며 팔짝팔짝 뛰면서 흥분하기도 했다. 그런 선생님의 모습을 나는 처음 보았다. 항상 진지하고, 열정적인 선생님이 그렇게 좋아하는 모습은 이 세상 누구도 보지 않은, 정말 나만 본 모습일 것이다. 나는 그렇게 좋아하시는 선생님에게 더 칭찬받고 싶었는지 선생님 관사를 오고 가면서도, 밥을 먹으면서도, 심지어 수학 문제를 풀고 공식을 외우는 잠꼬대를 하는 나를 이모가 흔들어 깨운 적도 있었다.

선생님은 내가 6학년에 올라가는 그 겨울방학 동안 서울 집에 가시지 않고 나를 위해 관사에 머물렀다. 오전에는 학교 일을 자처하시고 오후에는 내 공부를 지도해준 선생님이 나는 좋았다. 그래서 하루도 빠지지 않고 선생님 관사로 달려갔다. 동네 친구들이 골목에서 구슬치기도 하고 삼치기도 하고 놀았지만 나는 선생님에게 배우는 중학교 수학이 정말 재밌었다. 선생님은 중학교 일이삼 학년 단원별로 이어지는 수학을 집중적으로 가르쳐주었다. 나는 선생님이 하라는 내용을 모두 복습하고, 암기하고, 문제를 풀어냈다. 한번은 동네에서 공부 좀 한다는 중학교 2학년 경종이 형이 이모한테 붙잡혀 왔다가 내가 푸는 문제를 보고 기겁을 하고 도망간 적도 있었다. 자기는 풀지 못한다면서 문제만 읽고, 너무 어려워요, 하고는 도망간 것이었다. 초등학교밖에 다니지 못한 이모는 내가 정말 공부를 잘하는지 확인하고 싶었다고 말했다.

나는 일주일에 한 단원씩 끝냈다. 그렇게 수업을 할 때마다 선생님은 내게 새 책을 사서 주었다. 그 책 냄새가 그렇게 좋을 수가 없었다.

그뿐이 아니었다. 선생님은 가을 운동회를 준비하면서 기계체조부를 담당했는데, 다들 하는 뜀틀 뛰기가 아니라 사람 일곱 명을 공중제비로 넘는 훈련을 나 혼자에게만 시켜서 용동면 어른들이 다 모이는 운동회 날 나를 돋보이게 해줬다. 누구에게도, 세상 어디에서도 기죽지 말라는 그 의미를 나중에 서른이 넘어서야 깨달았지만, 생각하면 할수록 선생님은 내게 아버지를 대신하는 진짜 아버지나 다름이 없었다.

선생님은 늘 같은 양복을 입었다. 계절마다 입는 옷은 달랐지만 계절마다 하나의 양복만 입는 단벌 신사였다. 체육 시간에만 그 양복을 벗었다. 수업시간에는 엄중했고 열정적이었다. 웃는 모습이 멋진데 아끼는 편이었다. 뽀얀 피부와 약간 곱슬한 머리카락이었지만 늘 단정한 7대 3으로 가른 머리 스타일이었다. 초등학교 졸업 사진에서 가끔 보는 선생님은 늘 그렇게 한결같았다.

그렇다. 내가 최병준 선생님을 만난 인연이 없었으면 지금의 나는 온전한 사람의 몰골이 아니었을 것이다. 말 그대로 서울에서 태어났고, 서울에서 공부하고, 서울에서 중학교 선생님만 하셨는데, 아무런 연고도 없는 홍왕초등학교로 자진해서 전근오신 선생님과의 인연은 마치 내게 없는 아버지가 불쑥 나타난 것 같은 기분이었다.

선생님 이야기는 여기서 숨 고르기를 해야겠다. 다시 생각하니 여전히 가슴이 먹먹해져서 오늘은 더 이어 쓸 자신이 없다. 생생하게 들리는 선생님의 목소리가 너무 또렷해져서 고개를 들어 잠시라도 하늘을 봐야 할 것 같다.

여전히 젊은 빌리 조엘은 나를 위로하듯 노래를 불러주고 있다.

Sing us a song, you're the piano man

Sing us a song tonight

Well, we're all in the mood for a melody

And you've got us feelin' alright

우리에게 노래 한 곡 불러줘요, 당신은 피아노 맨이잖아요!

오늘 밤 우리에게 노래 한 곡 해줘요

우리 모두 노래에 취하고 싶은 기분이에요

당신이 우릴 기분 좋게 해주고 있거든요

빌리 조엘이 젊은 목소리로 불러주는 노래와 함께 선생님의 목소리가 들리는 듯하다. 중저음의 선생님 목소리는 언제나 같은 옥타브였다.

"네가 매우 특별한 사람이어서 마음이 쓰인다. 종원아, 너는 힘든 지금을 잘 이겨내야 하는 숙명인 듯하구나. 타고난 너의 재능보다 더 어려운 숙제를 너는 풀어야 하는가 보다. 꼭 이겨내고 잘 견디어주기를 선생님은 항상 응원할게. 포기하는 것은 힘들어서가 아니라, 신념이 약해서인 거다. 알지?"

1974년 4월 25일 용동역에서 서울행 기차를 기다리는 동안 내 손을 잡고 해주신 말씀이다. 선생님은 내가 힘들 때마다 나를 이렇게 토닥토닥 다독여주셨다. 그런 선생님 이야기를 어찌 이 짧은 이야기에 다 담아낼 수 있겠는가. 내 삶의 지표가 되어 버린 선생님 이야기는 여기서 잠시 멈춰야겠다. 역시 벅차다. 그런데도 생각나는 말이 있다.

'저 아이는 참는 것에 익숙해져 있어요. 매우 위험한 아이입니다. 공부하면 안 되는 아이란 말이에요. 내 생각이 틀렸다고 말해도 지금 내 결정은 바꾸고 싶지 않습니다. 선생님의 마음이 고맙고, 종원이를 진심이란 걱정해주시는 것을 알면서도 받아 줄 수 없는 이유입니다.'

할아버지 목소리도 들린다. 나는 이 말을 매우 선명하게 기억하고 있다. 내가 중학교 진학을 하지 못한다는 것을 알게 된 6학년 겨울방학 때부터 몇 번이나 찾아오신 선생님에게 할아버지는 매번 완고했다. 먹고 살기 힘든 가정 형편 때문이 아니라, 내가 공부하면 안 되는 이유가 할아버지에게는 따로 있었던 것이다. 할아버지의 그 목소리를 떠올리면 지금의 나는 또 라오스를 생각하게 된다. 아마도 지금 내가 그때 할아버지 나이가 된 탓이 아닐까 싶다.

내가 라오스에 처음 와서 느낀 한 가지는 사람들의 걸음걸이였다. 느릿느릿 걷는 그 걸음. 수도인 비엔티안 여행자 거리는 사실 많이 바쁜 거리이다. 오후 5시면 시작하는 길게 이어진 야시장이 있고, 메콩강변에 아이들의 놀이시설과 산책로가 있다. 저녁노을이 아름답게 보이는 곳이다. 그 강변 제방을 한국에서 지원했다는 사실에 자부심을 느꼈다. 아이들을 위한 놀이시설도 한국 기업과 시민단체가 만들었는데, 우리나라의 큰 아파트 단지에 있는 미끄럼틀이나 매달리기 등이 전부다. 인구 100만여 명이 사는 라오스의 수도 비엔티안에 유일하게 있는 어린이를 위한 놀이시설이라는 점에 안타까움도 생겼다.

해가 지는 저녁 시간이면 여행자 거리와 이어진 강변으로 사람들이 많이 모인다. 하지만 바쁘게 걷거나 뛰는 사람을 나는 본 적이 없다. 복잡한 도로 위에 차와 오토바이, 그리고 '툭툭이'라고 불리는 영업용 오토바이 택시들이 엉켜 있어도 앞사람을 재촉하거나 비키라고 빵빵, 눌러대는 경적 울리는 소리 한 번 들은 적 없다. 항상 바쁘게만 살아온 나는 그 느릿느릿 걷는 사람들을 보면서 여러 생각을 하게 되었다. 나이 탓인지 모르겠지만, 내가 한순간이라도 느긋한 걸음으로 살아본 적은 있었던가 싶었다.

나는 라오스에 있을 때마다 내 고향 같다는, 다시 태어난다면 이런 곳에서 살고 싶다는 생각을 했었다. 잠깐이지만 가끔 그랬었다. 그래서 틈틈이 공부했다.

라오스는 라오인민혁명당(공산당) 일당 체제의 공산국가이다. 전 세계에 4개국이 현재 일당 체제로 국가를 유지하고 있는데, 중국, 베트남, 라오스, 북한이다. 이 네 나라 중 북한을 제외한 3개국은 시장사회주의 경제체제로 전환하여 나라를 개방하고 있다. 중국이 맨 먼저 덩샤오핑의 개혁 정책으로 시장사회주의 방식을 도입하여 지금은 세계 경제 시장에서 최고의 영향력을 발휘하고 있다. 베트남은 1986년 중국에 이어 시장사회주의 방식을 도입하여 외국인 투자를 받아 농업을 기반으로 하는 시장경제를 산업화로 전환하여 지금은 매우 빠르게 성장하는 국가이다. 라오스는 인접 국가인 베트남의 성장에 자극받아 2003년 헌법을 개정하여 시장사회주의 체제 도입을 선언하였다. 하지만 라오스는 외국과의 무역을 통한 성장에 대한 모색조차 어려운 상황이다. 모든 국경이 다른 나라에 맞닿아 있는 내륙 국가라는 특수성 때문이다. 북쪽에는 중국, 북서쪽에는 미얀마와 짧은 국경을 이루고 있고, 서쪽으로는 태국과 메콩강을 사이에 두고 긴 국경을 가지고 있으며, 남쪽으로는 캄보디아에 가로막혀 해안으로 접근할 수가 없다. 동쪽으로는 지형이 높고 가파른 안남산맥을 경계로 베트남과 역시 긴 국경을 이루고 있다. 라오스 동쪽으로는 안남산맥, 서쪽으로는 메콩강을 두고 있어 동서로는 100km 정도로 좁은 편이고, 남북으로는 약 1,400km가 되어 지형으로 보면 매우 길쭉한 나라이다. 북부지역은 90% 정도가 산악 지형이며, 중부지역으로 분리되는 비엔티안 아래로는 대체로 농사짓기 좋은 평야 지대가 메콩강과 함께 이어져 있다.

라오스 국토 면적은 약 23만7천 제곱킬로미터이고, 85% 정도가 산악지대이며, 한반도보다 조금 큰 나라다. 그 산악지대에는 공식적으로 인정된 49개(자료마다 다르므로 정확한 통계는 아님)의 소수민족이 해발 1,000m 내외의 고지대 숲속 마을에서 살아가는 빈민 국가이다. 소수민족으로 살아가는 부족과 사람의 수는 아직도 정확하게 파악이 되지 않고 있다. 전체 인구는 현재 700만 명으로 추산할 정도로 정확한 통계가 이루어지지 않는 나라이다. 국민소득 등등의 통계자료가 이루어지지 않고, 지역마다 민원을 처리할 수 있는 사무실 운영조차 어려운 상황 속에서 우리나라의 동네 이장 역할을 하는 나이반이 그나마 사망신고나 출생신고 및 혼인신고와 땅에 대한 소유권 등등의 행정 업무를 처리하는 수준이다.

라오스의 건국은 1353년 지금의 라오스 북부지방에 해당되는 무앙수앙(지금의 루앙프랑방)을 수도로 란쌍 왕국을 건국하며 시작되었다. 란쌍이란 100만 마리의 코끼리를 뜻하는데, 란은 백만을 뜻하고, 쌍은 코끼리를 말한다. 100만 마리의 코끼리를 앞세워 지금의 비엔티안(비엔티안은 프랑스가 지배하던 시절 지어진 이름이며, 라오스인들 다수는 현재도 위엉쩡이라고 부른다)과 참파

삭(지금의 팍세)까지 남부지역으로 영토를 확장했다.

평야 지대에서 살며 라오스의 소수인 상류층과 다수의 중산층에 속하는 라오룸(라오스 주류로 활동하는 라오족이 80% 이상임)이 약 70%이며, 라오텅(까무족 등), 라오쑹(몽족, 라후족, 레텐족, 타이담족 등)이 중국과 국경을 이루고 있는 라오스 북부와 동남부 산악지방, 그러니까 14세기에 건국된 란쌍 왕국 수도였던 루앙프랑방 주의 고산지대와 베트남과 남북으로 길게 국경을 이루고 있는 안남산맥에서 살아가고 있다. 라오스 국민의 다수인 라오족 중에서도 평야 지대에 사는 사람들을 라오룸, 구릉지대에 사는 부족을 라오텅, 고산지대에 사는 부족을 라오쑹이라고 부른다. 이들이 사용하는 언어마저 약간의 차이가 있는데, 이를 한국식으로 말하면 지방 사투리 정도의 다른 점이다. 그에 반해 몽족과 까무족 등 많은 소수민족은 해발 1,000m 내외의 깊은 산악지대에 살면서 서로 각각의 언어를 사용하고, 문자가 없어 문맹자가 많은 것도 지금의 특징이다. 그 정도가 심해서 언어와 문자 소통이 쉽지 않은 정도이다.

라오족은 13세기 중국 윈남성, 우리에게 대리석 생산지로 알려진 대리국(대리국은 중국의 송[宋, 960~1279] 시대에 윈난[雲南] 지방에 존립했던 독립 왕국이다. 938년 단사평[段思平]이 남조[南詔, 649~902]를 계승하여 세웠으며, 22대[代]에 걸쳐 300여 년 동안 지속되었지만 1253년 몽고[蒙古] 쿠빌라이의 침략에 항복했다)이 멸망하며 남쪽으로 이동해 정착한 타이족이 라오족으로 부족의 이름을 바꾸면서 생겨난 것으로 전해진다.

라오텅으로 불리는 까무족 등은 실질적으로는 라오스에서 가장 먼저 정착한 부족이나 란쌍 왕국이 건국되면서 라오족에 밀려 산 중턱에서 생활한다. 라오쑹으로 분류되는 고산지대에 사는 소수 민족은 정확하게 조사된 통계자료가 없지만, 몽족이 다수라는 것만은 확실하다. 몽족은 공산당이 권력을 잡은 후 더욱 심하게 소외받는 부족이 되었는데, 이는 월남전 당시 미군을 도왔다는 이유가 작용한 것으로 추정된다.

라오스의 역사는 내가 대한민국에서 살아온 시간만큼이나 아프게 하는 무엇이 있었다. 그래서일까, 라오스에 가면 내가 살아온 시간이 선명하게 보인다.

$$\boxed{3}$$

그때 나는 이랬었다

앞에서도 말했지만 1974년 5월 10일은 내가 처음 가방 공장에서 일을 시작한 날이다. 그날이 오기 전 나는 이랬었다.

내가 서울에 처음 올라온 날은 그해 4월 25일이었다. 외할아버지 바로 아래 동생 아들인 건삼이 삼촌 부인, 그러니까 서울에 사는 당숙모께서 꾀죄죄한 나를 막내 외삼촌이 일하는 공장에 데려다주었다. 개봉동이었다. 허허벌판 같은 곳에서 벽돌을 찍어내던 공장이 있었다. 정미소 집 막내아들인 외삼촌 친구이기도 하고 촌수가 높아 외삼촌의 아저씨였던, 내게는 할아버지가 되는 그 삼촌(삼촌하고 항상 같이 다닌 친구라서 어려서부터 삼촌이라고 부르다가 할아버지에게 몇 번 혼난 기억이 있지만, 워낙 순둥이같이 착한 분이어서 내가 어떻게 부르든 상관없이 싱글벙글 웃어 주었다)하고 같이 있었다.

두 삼촌은 벽돌 공장 어딘가에 땅을 파서 만든 움막에서 살고 있었다. 나는 두 삼촌이 자는 그 움막에서 하룻밤을 잤는데, 그때만 해도 나는 너무 엄하기만 했던 할아버지에게서 벗어났다는 게 더 큰 위안이 되었던 것 같다. 불안하거나 두렵거나 무서웠다는 기억이 전혀 없는 것을 보아 분명 그런 것 같다.

그게 아니라면 아침마다 친구들이 교복을 입고 우리 집 앞을 지나가면서 나를 부르는 소리를 듣지 않아도 되었다는 것에 위안 삼았을 수도 있었다. 용동면에는 중학교가 없어 기차로 한 정거장 더 가야 하는 함열중학교에 다니는 동네 친구들은 기차 통학을 했다. 친구들은 역전을 가려면 동네 맨 앞집인 우리 집을 꼭 지나야 했고, 지나가면서 누군가는 꼭 한번 탱자나무 울타리 밖에서 "종원아, 머허냐?" 하며 나를 큰 소리로 불렀다. 아무런 용건도 없이 그냥 불러보는 그 소리가 나에게는 독이 묻은 화살촉같이 빠르게 날아와 가슴을 찌르는 느낌이었다. 그렇게 매일 등교하는 친구들을 보거나, 그 친구들이 그냥 한번 불러보는 내 이름을 듣는 것이 나는 고역이었으니까, 어쩌면 이게 맞는 생각일 수 있다.

내가 처음 들어간 공장은 안경 렌즈를 만드는 곳이었다. 지금 생각해보면 열두세 평이나 될까 싶은 작은 공장이었다. 공장에는 사장 가족이 사는 방이 따로 있고, 다락방이 있었다. 다락방 아래에서 일하고 사장 가족이 자는 방에서 밥을 먹는, 그러니까 그 좁은 곳에서 먹고 자고 일하는 공장이었다.

일하던 사람은 5명 정도 되었던 것으로 기억난다. 화롯불에 송진 덩어리 같은 것을 녹여 유리 렌즈를 기계에 끼워 갈 수 있도록 무언가를 붙여주는 일을 하는 게 처음에 들어간 내가 하는 일이었다.

솔직히 그날 내가 무슨 일을 했는지 아무것도 기억나지 않는다. 송진 냄새가 너무 지독해서 숨쉬기조차 어려웠고, 화롯불 앞에서 송진 덩어리를 녹여 무언가를 붙이는 일은 아랫도리가 너무 뜨거워서 견딜 수가 없었다.

"너무 아파서 못하겠어요."

이틀만이었다. 저녁을 먹고 잠시 쉬는 시간에 나는 사장에게 가서 말했다. 그냥 있다가는 야간작업을 해야 했다. 그러면 다시 하룻밤을 자게 될 것이었다. 아침에 나갈 수도 없는 노릇이었다. 그러다 보면 그냥 살게 되는 것이고, 그렇게 살게 되는 나를 내가 견딜 수 없을 것 같았다.

"어디 가?"

사장은 놀라거나 당황하지 않고 그냥 물어보는 것 같았다.

"여기도 아프고, 머리도 아프고요."

정말 아프지 않은 곳이 없었다. 쪼그리고 앉아 일하다가 벌떡벌떡 일어나 기술자의 잔심부름을 하는 것도 고역이었다. 야간작업 끝나면 밤 10시가 넘었다. 첫날인 전날도 그 시간에 끝났다. 그때 바로 공장을 나가지 않으면 나갈 시간이 없을 것 같았다.

"처음에는 다 그래. 며칠 지나면 괜찮아져."

사장의 말로 위로가 되지 않았다. 그래서였을 것이다. 눈물이 뚝 떨어졌다. 꾹꾹 눌러 참았던 눈물이 한 방울 떨어지자 그 뒤론 그냥 줄줄줄 흘러내렸다. 사장은 그제야 깜짝 놀라면서 나를 똑바로 보았다.

"그렇지 않아도 네 삼촌이 말할 때부터 너무 어리다고 생각했는데, 역시 힘들겠다. 너 삼촌 일하는 데 찾아갈 수 있어?"

나는 생각해보지도 않고 고개를 끄덕거렸다. 다락방으로 올라가서 짐 보따리를 챙겨 나왔다. 짐 보따리에 최병준 선생님이 챙겨준 방송통신중학교 입학 안내 문서가 있었기 때문이다.

세상은 어둑해지기 시작했다. 삼촌을 따라 공장에 올 때는 먼 길 같지 않았는데 왔던 길이 생각나지 않았다. 좌측으로 가야 하는지, 우측으로 가야 하는지도 생각나지 않았다. 단지 허허벌판에 벽돌이 곳곳에 쌓여 있는 것만 머릿속에 떠올랐다. 키가 큰 삼촌의 빠른 걸음을 따라가느라고 조금 바쁘게 걸었던 기억이 났지만, 아무것도 본 게 없어서 생각나는 것도 없었다.

그렇게 공장 밖으로 나왔지만 한 걸음도 못 가고 한참을 서 있었다. 사장이 문을 열고 나와서 저쪽으로 쭉 걸어가면 벽돌 공장 있다고 손을 들어 가리키며 말했다.

그 길을 혼자 걸어가는 10여 분, 아니 20여 분 동안 나는 무서워서 울었다. 내가 왜 그 길을 걸어가고 있는지, 왜 여기에 혼자 있는지 생각하지 않은 것 같다. 그냥 무서웠다. 무서워서 아무것도 생각할 수가 없었을 것이다.

그렇게 조심조심 걸어서 벽돌 공장은 찾았지만 삼촌이 있는 움막을 찾아가는 것도 어려웠다. 벽돌 공장 크기가 요즘 말로 축구장 몇십 개 정도로 넓었다. 여기저기 똑같은 움막이 있었고, 움막 옆으로 벽돌이나 나뭇가지를 세워 빨랫줄을 만들어서 옷을 널어 말리고 있었는데, 남자들 속옷이 널려 있는 것을 여기저기에서 볼 수 있었다.

그렇게 서성대고 있으니까 아저씨 한 명이 다가와서 누구냐, 뭐하러 여기 왔냐고 물었다. 나는 반갑다는 듯이 삼촌 이름을 말했던 것 같다. 막내 외삼촌 이름은 박 자, 상 자, 구 자였고, 할아버지에게 형님이라고 하는, 그러니까 막내 삼촌에게 아저씨가 되는 방앗간 집 삼촌은 박 자, 종 자, 세 자였다.

나는 이틀 동안, 마치 서울살이에 적응 훈련이라도 한 듯한 우여곡절을 경험하면서 다시 움막으로 삼촌을 찾아갈 수 있었다. 내 앞으로의 삶이 만만하지 않을 것이란 예감 같았다.

막내 외삼촌은 말 그대로 동네에서 알아주는 사고뭉치였다.

온갖 짓을 다 하고 다녔다. 강경이나 함열, 멀게는 이리까지 가서 술 마시고 사람 패는 짓부터, 밤마실 다니면서 이 동네 저 동네 닭을 몰래 잡아먹는 짓도 계절병처럼 저질러 댔다. 소 장수 아들답게 할아버지 대신 소 쟁기질은 곧잘 하는 편이었는데, 그 일도 하다가 어느 날 다 팽개치고 집을 나가 결국 사고 치고 할 일 없는 겨울이 되면 돌아왔다. 바쁜 농사철에는 집에서 코빼기도 볼 수 없는 날건달이었다.

내가 6학년이 된 봄이었다. 다니기 싫어하던 학교에 재미가 붙던 때였다. 공부 잘하는 매우 특별한 아이라고 담임 선생님이 가정방문을 핑계 삼아 집에까지 찾아와서 할아버지와 이모에게 공식적으로 말해줘서, 방과 후에도 주말에도 선생님 관사에서 배우는 중학교 공부를 정말 잘한다고 말해줘서 내 어깨에 힘이 제법 들어가기 시작한 그때였다.

막내 외삼촌이 강경에서 결혼식을 했는데, 결혼식을 처음 본 날이기도 했다. 큰외삼촌은 외할아버지 형의 부인, 그러니까 여산면에 사시던 큰 외할아버지 부인이 나서서 중매했다. 결혼식은 외숙모가 다니던 여산면 동네 교회에서 했다. 그때 내가 왜 못 갔는지 생각은 안 난다. 서울에서 한 둘째 외삼촌의 결혼식에도 어른들은 나를 데려가지 않았다. 그래서 결혼식 하는 것을 처음 보게 된 것이었다. 하얀 드레스를 입은 외숙모는 서울에서 나고 자란 서울 사람이었다. 내 눈에 정말 예뻤다.

사고뭉치 막내 외삼촌은 작은 외할아버지의 큰아들 부인, 그러니까 나를 서울 벽돌 공장에 데려다준 당숙모의 중매로 외숙모를 만나러 서울을 몇 번 다니더니 결혼하는 것이었다. 삼촌도 그런 외숙모가 예뻤는지 결혼하는 내내 싱글벙글 웃기만 했다. 부끄러움을 많이 타는 정말 착한 순둥이 같았다. 내가 아는 외삼촌 같지 않았다. 그런 외삼촌이 나는 신기할 정도였다.

결혼식장은 말 그대로 사람 때문에 미어터질 정도였다. 건달기가 몸에 밴 삼촌 친구나 동생, 형들도 많았다. 집에서 닭서리를 같이 해 먹는 옆 동네 삼촌 친구들은 다 알고 있는데, 얼굴 한번 본 적 없는 이리나 강경에서 온 건달들이었다. 그리고 할아버지 다섯 형제 가족들이 다 모였고, 명절 때나 보는 일가친척이 전국 여기저기에서 다 모였다. 그분들이 그날 왜 그렇게 나한테 인심을 쓰는지 내가 어안이 벙벙할 정도였다. 그날 결혼식장에서 받는 축의금만큼은 어림없지만, 내게는 세상에 태어나 그렇게 많은 돈을 받아 주머니에 넣어본 적이 없을 정도였다. 보는 사람마다 십 원짜리 지폐를 한두 장씩 주었다.

내가 초등학교 6년을 다니는 동안 할아버지 환갑잔치(2학년), 큰외삼촌 결혼(4학년 이른 봄), 둘째 외삼촌 결혼(5학년 가을)이란 큰 행사가 있었지만, 집에서 한 할아버지 환갑잔치 말고는 가지 못했으니, 친척들을 볼 기회가 없었던 것이다. 그중에는 내 기억에 없는 아주머니나 나이 드신 어른들이 많았다. 그들은 나를 쓰다듬거나 대견하다는 듯이 바라보면서 "쪼까니(동네 사람들이 부르는 엄마 애칭이었다) 아들이 이렇게 컸어." 또는 "네가 그렇게나 공부를 잘한다면서?" 등의 말로 나를 위로해 주는 마음이 느껴졌다.

그런데 나는 슬펐다. 결혼식이 끝나기 전에 나는 식장을 나와 모퉁이에서 울었다. 이모가 꼭 올 거라고 했던 엄마는 결국 오지 않았기 때문이었다. 이번에는 올 거라고 외할머니도 혼잣말처럼 자주 했었는데, 나한테 들리게 일부러 하는 말이었다. 기억나지 않는 엄마 얼굴을 그래서 일부러 떠올려 보았다. 저녁 해가 질 무렵이면 남들 몰래 작은할아버지네 대나무밭에 들어가 혼자 울면서 엄마 얼굴을 그렸다 지우기를 반복하며 보낸 날들이 많았는데, 엄마는 끝내 나를 보러 아니, 데리러 오지 않았다.

그래서였을 것이다. 그날 돈은 내 주머니에 다 들어가지 않을 정도로 많아진 것도, 생전 본 적 없는 일가가 다가와 내 까까머리를 쓰다듬으며 잘 컸다고, 똑 부러지게 잘 생겼다고 헛소리를 해주면서 마음 보여준 것도, 엄마 없이 외갓집 천덕꾸러기로 살아가는 내가 안타까웠을 것이었다.

결혼식이 끝나기 전에 나는 혼자 십리 길을 걸어서 집으로 돌아왔다. 할머니와 구루마에 여름방학 때면 열무나 수박, 참외를 싣고 가서 팔던 강경장터 가는 길은 수십 번을 다녔다. 그 길을 내내 울면서 걸어온 것은 그날이 처음이었다.

훗날 알게 된 일이지만 엄마는 한글을 읽지도 쓰지도 못하는 문맹이었다. 그래서 아버지가 돌아가신 후 무허가로 지은 집의 허가를 받지 못하고, 단돈 몇 푼에 그 집을 빼앗기다시피 한 것이었다. 그것도 알고 보니 아버지가 구해준 서 통장이란 사람이 교묘하게 만든 서류에 도장을 찍었다는 것이다. 아버지가 목숨을 구해준 사람이어서 믿고 도장을 찍었는데, 그게 집을 빼앗기는 어처구니없는 사기였던 것이다. 어머니는 그렇게 아버지가 남긴 집을 잃어버렸다. 자존심이라도 강하지 않아 머리 잘 숙이고, 오며 가며 만나는 분들에게 신세 좀 지겠습니다, 이렇게 부탁이라도 할 줄 알았다면 좋았을 텐데 어머니는 타고난 유전자가 외할아버지 성품 그대로였다. 고개 숙이는 것을 목숨 내놓는 것으로 여기고, 남에게 부탁하는 일은 하면 정말 큰일 나는 것으로 여기는 편이었다.

밀양 박씨인 외할아버지 유전자는 키가 크고, 코도 크고, 손도 크고, 타고난 기질도 매우 자기 주도적인, 그러니까 주관적인 판단을 먼저 하는 고집불통이었다. 그래서 외갓집 동네 여자들은 거의 다가 키 크고, 젖가슴 불룩하고, 허리도 엉덩이도 튼튼해 보였다. 인근 마을 사람 중에 혹자는 두무다리 박씨는 우리하고 달라, 이렇게 말하기도 했는데 두무다리 박씨들은 유전자가 남다르다는 의미였다.

그래서 더 유별나다 싶을 정도로 남다르게 보인 사람은 서울에서 택시 운전만 수십 년 한 둘째 외삼촌이었다. 외할머니 유전자를 물려받은 외삼촌은 키도 작고, 손도 작은데, 착하기만 한 사람이었다. 다른 삼촌들과 다르게 힘은 약하지만, 잘 웃고, 임기응변에 능해서 꾀쟁이라고도 불렸다.

그 외삼촌이 뒤란 장독대에 쭈그리고 앉아 울고 있는 나를 가장 먼저 찾아왔다.

"사내새끼가 왜 질질 짜고 그러냐."

나는 아무 말도 하지 않았던 것 같다. 그때 나는 왜 아무 말도 하지 않았을까. 지금, 지금 또 생각하게 된다.

"엄마 안 와서 그런 거냐?"

아마도 내가 고개만 끄덕거렸지 싶다.

"내년에 엄마한테 갈 텐데, 왜 울어? 울지 마."

이 정도를 얘기했을 것으로 여겨지는데, 그 말에 나는 참고 있던 울음이 터져버렸다. 내 울음소리가 얼마나 컸는지 부엌에서 음식 준비하던 동네 아주머니들이 먼일이냐, 하면서 달려왔다. 마당에서 술상을 차리던 할머니도 달려와서 나를 안아주고 달랬지만 허사였다. 나는 더 서럽게 울기 시작했다. 어쩌면 그동안 참아왔던, 엄마가 보고 싶다고 말하지 않고 참기만 했던 울음이 터져버린 것이었다. 누구도 그런 나를 달래줄 수 없었다. 결국에는 둘째 외삼촌이 나를 울린 범인이 되어 지청구를 들었다.

그날 나는 이모 손을 잡고 고모할머니 집에 가서 잠들었다. 이모는 나를 가슴에 안고 토닥토닥 달래주었는데, 나를 안아주는 이모 가슴이 너무 따듯해서 잠들 수 있었다.

그때는 이모도 몰랐을 것이다. 22살 처녀, 그것도 시골집 구석 방에서 맨날 시보리 원단에 촘촘하게 찍힌 점을 바늘에 꽂아 실로 묶어내는 홀치기를 했다. 동네 처녀들이 다 우리 집 마루에 모여서 그 일을 했다. 동네 처녀들이 모여 일을 하면서 동네 남자나 옆 동네 남자들 입방아가 멈출 날이 없었다. 그렇게 매일 남자 사귈 궁리만 하던 처녀가 12살 조카의 삶이 어떻게 변할지에 대한 생각이나 해봤겠는가 싶다.

훗날 이모는 나만 만나면 후회하고 가슴을 친다면서 하는 말이 있다. 스물세 살 때, 이상한 군대를 다녀와서 대전에 사는 이모에게 맨 처음 찾아갔었는데, 어디서 무슨 짓을 하기에 연락도 없는지 궁금했었다는 이모에게 내가 군대에 다녀왔다고, 군대 가기 전에는 대학생이었다고, 병무청 신체검사에서는 4급을 받아 보충역 대상자였는데, 왜 군대에 가게 되었는지 여전히 모르지만, 아무튼 내가 근무한 군대는 이상해서 자세하게 말해줄 수 없고, 정말 군대 다녀왔다고 말해버리자 이모는 그랬구나, 홍두깨도 아니고 홍길동도 아닌 내가 매번 사람을 놀라게 한다면서 가슴에 맺힌 말을 했다. 이 글에서 이모가 등장하는 장면은 많지 않을 것 같으니, 이모가 나만 보면 하던 말을 이 참에 해야겠다.

"내가 그때 아버지 고집을 꺾고 너를 중학교에 보냈어야 했는데, 그걸 못한 것이 이렇게 후회되고 너만 보면 가슴부터 아파서 미쳐버릴 지경이다."

나만 보면, 그러니까 나랑 앉아 마주 보고 있어야 할 기회가 생기면 늘 하는 이모의 레퍼토리다. 내가 중고등학교 과정을 모두 검정고시로 통과하고 대학교에 입학했었다는 사실을 안 그날 이후, 이모는 진심으로 후회하는 모습이었다. 하지만 이모는 항상 거기까지만이었다.

내가 대학 입학을 포기하고, 공장에서 열심히 일하는 공돌이의 삶을 살았어야 이모뿐만이 아니라, 우리 식구들 마음이 더 불편해지지 않았을 것이다. 하지만 나는 있는 힘을 다해 공부했다. 잠잘 곳이 없으면 독서실에서 쪽잠을 자고, 먹을 것이 없으면 식당에 가서 외상으로 얻어먹는 것도 마다하지 않았다. 그러다가 돈이 떨어지면 다시 공장에 들어가서 한 달이고 두 달이고 일했다.

"이모, 내가 갈 길은 아직 끝나지 않았어. 나는 내가 원하는 그곳에 가고 말 거고, 꼭 해낼 거야. 그러니까 내 걱정하지 말고, 누가 날 찾거든 그냥 잘살고 있다고만 말해줘."

나는 이상한 군대 근무를 마치고 이모에게 찾아가서 그렇게 말해놓고 우리 가족 누구와도 인연을 끊는다는 각오로 연락하지 않았다. 그렇게 내가 산 스무 살 시절의 세상살이도 지나고 보니 나름에는 큰 훈장 같은 것이 되어 있다. 그 시절 이야기는 차차 하기로 하자.

4

엄마를 생각한다

나는 13살에 가방 공장에서 가위질부터 배웠다. 엄마 친구가 공장장이었고, 공장장 친구가 사장인 현영산업이었다. 엄마가 성남시 중동에서 사글세로 살던 방 바로 옆 골목에 공장이 있었다. 그래서 그 공장에 쉽게 들어가 일할 수 있었다. 당연히 그 공장에서 가장 나이 어린 시다가 나였다.

그나마 가위라도 좋은 것을 차지하면 괜찮았는데, 잘 들지 않는 낡은 가위를 차지하는 날에는 영락없이 아프고 힘들었다. 공장에는 열 몇 개의 가위가 있었고, 먼저 차지하는 사람이 그 날의 임자였다. 미싱 열두 대가 있고, 각각의 미싱사들은 시다를 수시로 불러 이것을 가져오라 저것을 가져오라 심부름시킬 수 있는 특권이 있었다. 내 이름은 그래서 자주 불렸다. 누구는 종원아, 누구는 막내야, 또 다른 누구는 촌놈, 하고 불렀다. 일이 지루할 때 재미 삼아 불러보는 미싱사도 있었다. 나를 불렀는데 총알처럼 날아오지 않고, 늦게 왔다며 콧등을 검지와 중지 사이로 끼워 잡아 비틀어 벌겋게 만드는 일명 맥주 먹이기 벌칙을 아무렇지 않게 했다. 그런데도 나는 울지 않았다.

며칠을 일하니까 오른손 중지와 약지 두 번째 마디에 물집이 생기고, 터지기를 몇 번 반복했다. 한 달이 더 지나서야 굳은살이 만들어졌다. 50년 세월이 지난 지금도 만져지는 기분이다. 나는 그 굳은살을 살아오는 내내 자주 만지작거렸다. 그때는 아팠지만, 무언가 억울했지만, 눈물은 흘리지 않았다. 힘들다고 질질 짜대는 약한 남자가 되기 싫었다. 고여 있는 눈물을 나는 절대로 흘리지 않았다.

나도 나이를 먹으면서 기술자가 되었다. 기술자가 되고 나이를 먹으면서 내 목표는 더욱 확실해지고 있었다. 선생님이 해주신 말씀과 포기하지 말라는 당부에 고개를 끄덕였지만, 자신 없는 대답을 한 내 모습이 지워지지 않고 선명해졌다. 선생님에게 꼭 보여드리고 싶은 무언가가 있었고, 그것이 무엇인지 알 것 같아서 내 목표는 더 확실해졌다. 그래서 15살에 몇 달 했던 권투도 쉽게 포기할 수 있었다.

16살 때였다.

어느 날 엄마 친구이기도 한 공장장 아저씨가 혼자 있는 집으로 찾아왔다. 그 전 해 봄 중학교 교실에서 4개월을 공부한 나는 그해 이른 봄 중학교 과정 검정고시를 봤고, 결과를 기다리고 있었다. 사실은 너무 쉬운 시험이어서 결과를 초조하게 기다린다기보다 그 명분으로 쉬고 있었다. 공장에 들어가 일을 해야 하는 형편이어서 놀고 있는 것이 엄마에게 눈치가 보였기 때문이었다.

"너 공부하게 해줄 테니까 아저씨 공장에서 일 좀 하자."

공장장 아저씨는 미싱 다섯 대를 사놓고 성남시 성남동(모란시장 앞 동네)에 공장을 차렸다. 나는 대답을 하지 않았다. 공부에 집중하고 싶었다. 중학교 과정을 마친 후였다. 고등학교 과정을 시작하겠다는 굳은 마음이 있었다.

공장장 아저씨는 내 대답을 듣지 못하고 돌아갔다. 어린 마음이었지만 나는 아저씨 공장에 들어가면 공부를 하지 못할 것이란 생각을 하고 있었다. 아침 8시에 일을 시작하면 밤 11시 전후에 끝나는 하루 일을 하면서 공부하기란 어림없을 것이기 때문이었다.

아저씨가 돌아간 뒤 나는 엄마에게 말했다.

"나 서울 가서 공부할 거니까, 이제 내 걱정하지 마."

엄마는 불안한 마음을 보였다. 하지만 나는 흔들리지 않았다. 서울 신설동에 있는 수도학원에 다니며 일할 수 있는 공장을 찾아볼 참이었다. 고등학교 과정은 혼자 할 수 있는 공부가 아니라는 것을 알았기 때문이었다.

그러나 오후 5시에 퇴근할 수 있는 공장을 찾기란 쉽지 않았다.

신설동 부근에 있는 미싱 일을 하는 공장마다 찾아다녔다. 전봇대에 붙어 있는 모집공고마다 거의 다 전화했다. 가방 공장이 아니어도 자신 있었다. 어떤 미싱이라도 잘할 수 있었다. 오바로꾸나 삼봉 미싱도 할 수 있었다. 그중에 친절하게 전화를 받아준 공장에 찾아갔다. 열심히 일할 테니 5시까지 일하고 학원에 다닐 수 있어야 한다는 조건을 말했다. 모두 가내공업 공장이었다. 사장들은 모두 탐탁지 않다는 듯 고개를 흔들었다. 나는 포기할 수 없었다. 한 달 정도 날마다 570번 버스를 타고 가서 신설동 부근 골목마다 돌아다니며 공장을 찾았다. 나를 받아주는 공장은 없었다.

나는 생각을 바꾸었다. 돈을 모아야겠다는 생각을 했다. 돈을 모아 공부에만 집중하면 더 좋은 결과를 얻을 수 있을 것 같기도 했다. 학원은 학교처럼 매일 출석하는 것이 아니라 한 달 단위로 등록하여 공부하는 것을 알았기 때문이다.

아저씨 공장을 찾아갔다. 아저씨는 내가 당연히 올 줄 알았다는 듯이 왔냐, 하고 말았다. 일부러 그런 건지 반겨주기는커녕 시선조차 주지 않고 하던 일에 집중했다.

"월급 얼마 줄 거예요?"

나는 대뜸 이렇게 말했다. 나는 돈이 중요했기 때문이었다.

"얼마 줄까?"

"팔만 원 주세요. 나도 정식이 형만큼 일하잖아요."

정식이 형은 그 전 공장에서 같이 일한 가방 테두리 작업을 해주는 오야 보조 미싱사였다. 경력은 5년 정도 된 미싱사였다. 하지만 일의 속도나 정확성은 그 일을 시작한 지 몇 개월밖에 안 된 내가 정확하고 빠른 편이기도 했다. 그것을 누구보다 잘 알고 있는 아저씨였다. 아저씨는 아주 쉽게 그러마, 했다. 8만 원은 그때 당시에 나한테 적은 돈은 아니었다. 내 기술이 남다르기는 했지만, 나이와 경력으로만 한다면 그 돈을 받기는 어려운 시대였다.

나는 바로 일을 시작했다. 아저씨는 작은 방 하나를 나한테 주었다. 공부할 수 있도록 해준 아저씨 나름으로는 최고의 배려였다. 하지만 이상하게 공부에 집중할 수는 없었다.

월급날이 되어도 나는 월급을 받지 못했다. 사장은 모아서 한꺼번에 주겠다고, 가지고 있으면 쓰게 된다고 말했다. 추석 휴가를 앞두고도 용돈만 받았다. 그것은 내가 선택한 것이었다. 돈을 가지고 있으면 사장 말처럼 정말 쓰게 될까 그랬다. 나는 육 개월 동안 일했지만 한 달에 두 번 쉬는 날 용돈만 받았다. 그리고 결심했다.

"아저씨 저 이제 일 그만하고 공부만 해야겠어요."

늘 선적 날짜에 쫓겨 밤 12시 전후까지 일했고, 당시에는 일기 쓰는 것도 일주일이면 한두 번밖에 할 수 있었다. 그만큼 힘들게 일했고, 늦은 시간까지 일했다. 야근하지 않는 날에도 아저씨가 혼자 그렇게 일하고 있어서 거들어주는 마음이었다. 엄마 친구여서가 아니고, 나를 처음부터 가르쳐준 공장장이어서도 아니었다. 야근하지 않는 날이면 다들 놀러 나가고 혼자 공장에 있었고, 그때마다 아저씨는 혼자 일을 했다. 그래서 이 일 저 일 마다하지 않고 거들었다. 정말 열심히 일하는 아저씨를 도와드리고 싶은 마음 때문이었다. 아주 가끔은, 괜찮으니까 가서 공부하라고 했지만 내 마음이 불편해서인지 공부가 되지 않았다.

"한 달만 더 하자."

"아뇨. 지금 공부를 해야 내년 4월 시험을 볼 수 있어요."

그때가 9월이었다. 비록 중학교 과정을 통과한 지가 몇 달 전이었지만 마음먹고 하면 고등학교 과정도 자신 있었다. 추석이 막 지난 때라 10월부터 학원에서 공부하면 될 것 같았다. 그동안 받지 않은 월급을 다 받으면 몇 달은 공부에만 집중할 수 있었다.

"그래, 알았으니까 한 달만 더 해. 그때 보내줄게."

한 달을 더 했다. 10월 15일 월급날이었다. 이제 공장 일 그만두고 갈 것이란 생각에 마음이 들떠 벌렁벌렁 뛰기도 했다.

그러나 아저씨는 내가 일한 7개월 치 월급을 주지 않았다. 너무 바쁘다면서 또 한 달을 더 하자고 말했다. 그때 사실은 아저씨 공장과 집안에 좋지 않은 일이 있기는 했다. 그 두어 달 전에는 공장에 불이 나서 곤욕을 치르기도 했고, 얼마 전에는 시골집에서도 우환이 생겨 며칠 공장을 비운 적도 있었다.

나는 혼자 뒷산에 올라가서 울었다. 몸도 마음도 아팠지만, 내색하지는 않았다. 그러다가 더는 아파하고 싶지 않았다. 이른 새벽 나는 그 공장을 나왔다. 옷가지 한두 벌을 챙겼다. 주머니에는 잔돈 몇 푼이 있었다. 나는 서울로 가는 570번 버스를 탔다.

잠실 벌판을 지나고 자양동을 지나고, 성수동, 그러니까 뚝섬을 지나서 한양대학교 앞 정류장에서 내렸다.

대학교 근처 사근동이었다. 골목에 들어가면 평화시장에 납품하는 작은 가방 공장이 있다는 것을 알기에 나는 그 골목을 서성거렸다. 그렇게 한나절을 돌아다니다 작은 공장의 문을 열었다. 아침도, 점심도 먹지 못해 배가 고프기도 했다.

"미싱사 써요?"

나는 떨어지지 않는 입을 벌려 겨우 말했다. 1층의 조그만 공장이었다. 지나가다 우연히 발견했다. 미싱 소리가 들려서 걸음을 멈췄고, 공장 앞을 보니 가방 공장에서 나오는 쓰레기가 있었다. 그래서 아니, 배고파서 문을 열고 고개를 들이민 것이었다.

"미상사 써요?"

나는 또 한 번 더 말했다. 공장은 예닐곱 평 정도 될까 싶었다. 미싱은 3대가 있었고, 남자와 여자가 미싱을 하고, 아주머니 한 분이 시다 일을 하고 있었다. 다락에 가방 원단이 잔뜩 있었다.

미싱을 하던 두 남녀가 갑작스러운 내 말에 뜨악한 표정으로 시선을 주고받았다.

"미싱사 쓰냐고요?"

나는 또 말했다. 그제야 남자가 미싱에서 내려와 나에게 다가왔다. 서너 걸음이면 내 코앞에 도착하는 거리였는데, 순간 남자는 깊은 생각을 한 듯했다.

"얼마나 됐어요?"

"오 년 했습니다."

나는 과장해서 말했다. 아무렇지 않았다. 미싱사 경력 2년도 채 안 된 16살이었던 내가 5년이라니.

"마도매 해요?"

"아직 잘 하지는 못해도 합니다."

"어디서 일했어요?"

"성남요."

"여기는 시판 가방만 하는데, 해봤어요?"

"아뇨."

"그럼 어려울 텐데."

서른 살 전후의 남자는 몇 마디 말을 주고받더니 반말을 시작했다.

"해 봐야 알죠."

"핸드백도 해 봤어?"

"아뇨. 풍국산업(라이트백과 여행용 캐리어 가방을 만들어 수출함) 하청 공장에서만 했어요."

당시 풍국산업은 대한민국에서 가방 수출을 가장 많이 하는, 성남시 제1공단에 있는 큰 회사였다. 경력 좀 되는 가방쟁이라면 다 아는 회사였다.

"보다시피 우리는 둘이 다 합니다. 하루 40개 만들어요. 해볼래요?"

나는 남자가 하는 말을 정확하게 이해하지 못했다. 미싱이 열 대 이상 있는 공장에서는 수십 개의 공정을 나눠서 하는데, 둘이 완제품을 만든다는 것은 수십 번의 공정을 다 해야 한다는 것이었다. 그 정도로 알아들었다.

"하다 못 하면 그만둘게요."

"그래, 그럼 해보자. 몇 살?"

"열아홉요."

생각하지 않고 있었지만 나는 자연스럽게 내 나이를 열아홉이라고 말했다. 그런 이유는 아저씨네 공장에서 19살 형들과 친구처럼 놀았고, 나는 공장장 아저씨와 매일 밤 나머지 일을 했다. 마도매를 배우면서 일했기 때문인지 기술이 나보다 못한 형들이 나를 친구처럼 대했던 것이다.

가방 공장에서 마도매를 하는 미싱사를 오야 미싱사라고 했고, 일종의 최고 기술자였다. 나는 아저씨 공장에서 나도 모르는 사이 오야 미싱사 수준의 일을 하고 있었던 것이다.

그렇게 시장 옆 골목에 있는 그 조그만 공장에서 나는 배고픔을 달랠 수 있었다. 하지만 한 달이 조금 지난 어느 날이었다. 나는 순식간에 해고 통보를 받았다.

그 공장에서는 새벽 1시, 빠르면 12시에 일을 마쳤는데, 두 남녀는 결혼식을 하지 않은 부부였고 아주머니는 바로 옆 골목에 살았다. 아주머니는 저녁 8시에 퇴근을 했지만 결혼식을 아직 하지 않은 부부는 정말 미친 사람처럼 일만 했다. 하루 완제품 가방과 여성용 핸드백을 그날그날 주문에 따라 매일 40개에서 50개를 만들어 청평화 시장 도매상에게 납품해야 했다. 그걸 지키지 못하면 거래처 하나가 끊어지는 것이었다.

내가 잘린 이유는 아주 간단하고 명료했다. 한밤중인 12시에 끝나든 1시에 끝나든 나는 공장에 달린 수돗가에서 대충 씻고 재단하는 다락에 기름이 절어 미끌미끌한 담요를 깔고 누웠다. 고등학교 국어책을 읽거나 수학 개념을 이해하려고 불을 끄지 않고 두세 시간을 공부했기 때문이었다. 그 영향으로 아침 일 시작하기 전 7시에 밥을 먹어야 하는데 내가 힘들게 일어나기 때문이었다.

"미안하다. 일하는 것은 정말 마음에 드는데, 너 매일 그렇게 공부하는 거 여기서는 곤란하다. 공부를 그만두던가, 공장을 그만둬야겠다."

사실 공장 사장 부부는 공장에 달린 조그만 방에서 생활하기 때문에 내가 늦게까지 불을 끄지 않고 있는 것에 많이 불편해했다. 처음에는 내가 뭘 하는지 모르다가 어느 날 내가 공부하는 책을 보고는 고개를 갸우뚱하기 시작한 것이었다.

"공부는 그만둘 수 없어요."

"그럼, 여기서 끝내자. 다른 공장 알아봐."

"월급은요?"

"이달 말에 줄게."

그 전주가 쉬는 날이어서 책도 좀 사고 비상금으로 갖고 있으려고 얼마 안 되는 돈을 가불했었다. 나 말고 한 명뿐인 직원인 아주머니 월급날은 말일이었다. 나도 말일 날 월급을 받기로 되어 있었다. 하지만 나는 첫 월급날을 일주일 남겨두고 해고된 것이었다. 일한 날은 37일 정도 되었다.

이때의 경험(핸드백 만드는 기술과 평화시장 납품)은 훗날 나에게 또 다른 도전의 길을 열어주었다. 가방을 만드는 많은 기술을 응용할 수 있었던 것이다. 젊은 사장 부부 둘이 수십 가지의 공정으로 만들어지는 핸드백 전체를 매일 만들다 보니 가방 만드는 전체 기술을 다 경험하게 된 것이다. 그것도 같은 디자인이 아니었다. 매일 다른 디자인과 기능이 다른 핸드백을 만들었다. 게다가 가끔은 가죽 핸드백도 만들었다. 나는 그 짧은 기간 동안 수십 가지의 핸드백을 만들었던 것이다. 그때 배운 기술은 내가 훗날 갑질하는 기술자로 살아가는 데 정말 큰 밑천이 되었다.

그날 나는 다시 보따리를 싸서 570번 버스를 탔다. 성남으로 향하는 버스였다. 하지만 엄마가 혼자 사는 사글셋방에 다시 들어가기 싫었다.

그때가 찬 바람 불기 시작한 11월 어느 날이었다. 하지만 그 달 말일에 한 달 하고 칠 일이나 일한 월급 받으러 갔지만, 젊은 사장은 당장 돈이 없으니 며칠 뒤에 오라고 했고, 며칠 뒤 다시 갔지만 또 받지 못했다. 돈이 없다면서 미루기에 다시 찾아가지 않았다.

그때는 다들 그랬었다. 그래서 나도 쉽게 포기했다.

세월이 더 많이 지난 훗날 깨닫게 된 사실이지만, 나는 공장장 아저씨하고 7개월을 일하면서 얻은 게 많았다. 공장장 아저씨가 나에게 가방 만드는 기술은 모조리 가르쳐주었고, 심지어 재단하는 기술까지 가르쳐주었다. 순전히 아저씨가 밤늦게까지 혼자 다 할 수 없어서 나에게 일을 시킨 것이었지만, 나는 아저씨가 시키는 일을 그때마다 거의 완벽하게 해결했다. 아저씨가 혼자 재단을 할 때면 재단사 보조 역할을 했고, 마도매를 할 때면 나도 아저씨에게 배우면서 마도매를 했다. 마도매도 재단도 몇 번 해보니까 아저씨만큼 할 수 있었다. 아저씨 공장에서 도망치듯 나올 즈음에는 내가 아저씨보다 더 빠르고 정확하게 했다. 처음 가방 공장에서 일할 때, 쉬는 날이나 야근 작업을 하지 않는 날에 샘플 작업을 할 때마다, 나와 기철이를 불러 가방 만드는 공정 하나하나를 할 때마다 이건 이렇고 이럴 때는 이렇다고 해준 말들을 이해하는 시기이기도 했다.

그렇게 배운 기술 때문에 나는 이후 내가 할 수 있는 공부를 더 할 수 있었다. 내가 스무 살 시절 전국 여기저기를 다니며 온갖 것에 참견하면서도 잘 살 수 있던 밑천이 되기도 했다. 가방 만드는 내 기술이 남달랐고, 그 남다른 기술 덕분에 아무 공장이나 들어가 일하면서 일당을 받아 살아갈 수 있었다. 그래서 나는 아저씨를 원망하거나 미워하지 않았다.

그뿐이 아니었다. 서른세 살의 나는 살아가는 방법을 바꾸기로 작정했고, 면목동 지하에 공장을 차렸다. 처음에는 가방 이삼십 개를 만들어 평화시장에 납품하는 것으로 시작했다. 핸드백 공장에서 경험이 큰 밑천이 되었다. '두리상사'란 이름으로 사업자도 등록했다. 그러다가 아저씨에게 배운 샘플 만드는 기술을 바탕으로 무역을 시작했다. 경영은 생각보다 훨씬 좋은 결과로 나타났다. 외국 바이어가 사진 한 장만 보여주면 나는 그 가방이나 핸드백을 하루, 아니면 이틀 안에 만들어서 보여줄 수 있었다. 그렇게 만드는 가방 기술 덕분에 평범한 가방 기술자들이 평생 벌어야 하는 돈을 몇 년 만에 벌었다.

내가 두리상사를 운영하던 그 시기는 1994년부터 1999년까지였다. 잠깐이었지만 IMF로 다들 힘들었다. 한화의 가치 하락으로 환율이 너무 좋지 않아서였다. 하지만 달러로 무역 대금을 받았던 두리상사는 달랐다. 원자재와 부자재 값이 폭등하기는 했지만, 그 전에 사서 창고에 쌓아둔 자재가 많았다. 같은 디자인의 가방을 서너 가지 색상의 원단으로 만들어 내수 판매를 했는데, 대학생이나 청년들이 백팩을 등에 메고 다니면서 인기 상품이 된 것이었다. 지금이야 남녀노소 할 것 없이 등에 가방을 메고 다니지만, 당시는 획기적인 변화였다. 손에 들고 다니거나 한쪽 어깨에 메고 다니는 가방은 있었으나, 등산용 배낭처럼 양쪽 어깨에 매서 등에 가방을 달고 다니는 것은 흔하게 볼 수 있던 때가 아니었다.

그 어려운 시국에서도 백팩의 내수 주문 물량은 줄어들지 않았다. 게다가 수출 계약 건도 늘어났다. 도리어 나는 하청 공장을 늘려야 할 정도였다. 그래서 힘든 시기였다. 원화 가치 하락으로 힘든 만큼 원가 계산을 올려 발주해도 내가 만든 가방이나 핸드백이 아니면 안 된다는 바이어가 제법 많았기 때문이었다.

1997년 11월이었다. 창고에 쌓아둔 원단과 부자재가 다 소진되었다. 나는 쉬고 싶었다. 핑계는 많았다. 발주하는 옥스퍼드 원단은 물론이고 이런저런 부자재 가격 상승은 누구나 공감하는 부분이었다. 그래서 잠시 쉬어가자는 마음으로 월악산 민박집에 한 달 동안 기한을 정해놓고 들어가 소설을 썼다. 그때 쓴 소설 「바람에 끝은 어디인가」는 1998년 《동아일보》 신춘문예 중편소설 최종심에 오른 두 편 중에 한 편이었다. 그 작품으로 월간으로 발행하는 『문학사상』 신인상을 받았다. 나는 그 소설이 발표된 1998년 6월호 『문학사상』을 가지고 아저씨를 수소문해 찾아갔다. 그 전에 충남 논산에서 살고 계시던 최병준 선생님을 찾아뵈었고, 서른 살 습작 시절의 오자나 탈자가 범벅인 형편없는 원고를 보내드리면 정말 꼼꼼하게 읽어주셨던, 소설 쓰기를 포기하지 말라고 격려해주셨던 전상국 선생님을 찾아뵙고 인사드린 후 집으로 돌아오는 길에 아저씨가 생각났던 것이다. 20여 년이 지나 만났다. 환갑을 넘긴 아저씨는 그때도 성남시 모란 시장 옆 골목 집 한쪽에서 작은 공장을 하고 있었다. 아저씨는 여전히 미싱 작업을 하고 있었다.

아저씨는 나를 반갑게 맞이해줬다. 내가 당시 서울의 중화동에서 '두리상사'란 가방 무역 회사를 하고 있다는 사실도 이미 알고 있다고, 몇 번 찾아갔었다고 말했다. 면목동에서 중화동 큰 건물로 이사한 지 2년쯤 지난 때였다.

"근데 왜 그냥 가셨어요?"

"막상 가까이에 가보니 차마 너를 못 보겠더라."

"왜요?"

나는 진심으로 아무 생각 없었다. 단지 아저씨에게 내가 작가로 데뷔했다는, 그것도 공식적으로 신인상을 받고 데뷔했다는 사실을 알리고 싶어서 찾아갔던 것이었다. 아저씨는 너무 어려서 아무것도 하지 못할 것 같았던 14살의 나에게 큰 힘이 되어준 것은 사실이기 때문이었다.

"그걸 몰라서 묻냐. 내가 그때……."

아저씨는 그때 엄마에게라도 내가 받을 월급을 다 줬더라면 나에게 부끄럽지 않았을 것이라고 말했고, 덕담으로 해준 말을 나는 지금도 기억하고 있다.

"너는 처음부터 특별했다. 평범한 애가 아니었다. 뭐든 잘할 것을 알고 있었어."

하더니 웃었다. 그때 커피를 가지고 공장에 들어서는 아가씨가 있었다.

"애 모르겠냐? 네가 목숨 구해준 소연이다."

"아. 그때 그 애기가."

그제야 나는 생각났다. 내가 아저씨 공장에서 일할 때 두 살인지 세 살이던 딸이었다. 아저씨는 그 애한테 나를 '그때 그 삼촌'이라고 소개했다. 아저씨가 나를 '그때 그 삼촌'이라고 소개한 이유가 있다. 어느 날 아저씨가 본사에 일을 보러 간 사이 공장에서 고무풀 작업을 하다 작업대에 불이 붙어 고무풀 통이 터지는 사고가 일어났다. 어설픈 시다 한 명이 고무풀 작업을 하면서 담배에 불을 붙이려고 성냥불을 그은 것이었다. 공장 안에 고무풀에서 나온 휘발성 기체가 가득 고여 있었다. 오래된 기술자들은 면역이 되어 다소는 괜찮지만, 보통의 사람이라면 머리가 아플 지경이다. 순식간이었다. 고무풀 통이 큰 폭발음을 내며 터졌고, 제법 큰불로 번졌다. 순간 우리는 모두 공장 밖으로 뛰쳐나왔다. 나도 아무 생각 없이 미싱에서 뛰어내려와 몸을 낮게 숙이고 밖으로 뛰쳐나왔다. 하지만 바로 생각났다. 공장에서 유모차 비슷한 걸 타고 놀던 아저씨 딸이 공장 안에 있다는 사실이. 나는 입고 있는 옷을 뒤집어썼다. 지체하지 않고 다시 불구덩이로 들어갔고, 그 애를 찾았다. 미싱과 미싱 사이 공간에서 자지러지게 울고 있었다. 나는 그 아이를 가슴에 감싸 안고 뛰어나왔다.

그 아이의 뒷덜미에 그때까지도 화상 자국이 남아 있어서 나에게 보여주기도 했다. 불이 아래로 내려앉지 않은 시점에 그 아이를 데리고 나와 그만하기에 정말 다행이다 싶었다. 아저씨는 그때 그 일로 나를 잊지 못하고 있었던 것이다. 나는 오직 그 아저씨에게 받지 못한 돈만 생각했었는데. 아니다. 아저씨에게 배운 가방 기술도 생각했었다. 그 기술이 든든한 밑천이 되어 나는 내가 할 수 있는 모든 짓을 다 하면서 살 수 있었고, 언제나 든든했었다. 할아버지가 나를 중학교에 입학시키지 않고, 내게 해준 말의 의미도 그 기술 덕분에 깨달을 수 있었다.

"너는 다른 애들하고 태어난 팔자가 다르단다. 무엇이든 다른 사람하고 같이하면 너는 외로워질 것이다. 혼자 살아야 한다. 그래서 너는 공부를 하면 안 된다. 기술을 배워야 한다. 할아버지 말 잊지 않으면 나중에 알게 될 테니, 지금 너를 보내는 이 할아버지 마음도 이해할 것이다."

서울행 열차를 타는 그날 이른 새벽이었다. 나는 윗목에서 서울에 간다는 사실만으로 새벽잠을 설치고 있었다. 할아버지는 매우 다정하게 나를 불렀다.

"종원아, 이리와."

할아버지는 나를 옆에 눕게 했고, 오랜만에 팔을 내주셨다. 나는 할아버지 수염을 만지작거렸고, 할아버지가 나에게 두런두런 해주신 할아버지 말씀이다.

"네가 공부를 하면 세상이 너를 힘들게 할 것이다. 그런 팔자로 태어나는 사람이 있는데, 네가 그런 팔자로 태어난 것이다. 힘들고 외로워도 지금 견디면 잘 살 수 있을 것이니, 항상 너를 경계해라. 네 마음에서 꿈틀거리는 것들을 경계해야 한다. 네가 살아갈 이 나라가 그런 나라이기 때문이다……."

할아버지는 내가 이해하지 못할 말들을 그렇게 한참 동안 두런두런 했다. 그렇게 말해준 할아버지의 말 중에 내가 너무나 또렷하게 기억하며 살아온 한 문장은 '네가 살아갈 이 나라가 그런 나라이기 때문이다'란 말이었다. 그래서 나는 소년공으로 일하면서 견디어냈고, 스무 살 시절에 나를 경계하며 욕심 없이 살아낼 수 있었다.

빌리 조엘이 부르는 〈피아노 맨〉은 나에게 힘내라는 듯해서 나는 좋다. 그 젊은 목소리가 예순세 살인 지금의 나를 오늘도 위로해준다.

Now John at the bar is a friend of mine
He gets me my drinks for free
And he's quick with a joke or to light up your smoke
But there's someplace that he'd rather be

저기 바에 있는 존은 제 친구예요
저에게 공짜로 술을 주죠
그는 농담도 잘하고, 담뱃불도 잘 붙여주지만

그에겐 있고 싶은 곳이 따로 있죠

He says, "Bill, I believe this is killing me"

As the smile ran away from his face

"Well I'm sure that I could be a movie star

If I could get out of this place"

그가 말하길, "빌, 이런 일 하다간 제명까지 못살겠어"

얼굴에 웃음기가 사라진 채로요

"나 정도면 유명한 영화배우가 될 수 있을 텐데,

여기서 벗어나기만 한다면 말이야"

La la la, di di da

La la, di di da da da

5

다시 그날들을 생각한다

내가 안경 공장에서 버텨내지 못하고 벽돌 공장으로 막내 외삼촌을 찾아간 그 날은 1974년 4월 27일이었다. 서울행 완행열차를 타고 온 지 이틀 만이었다. 내가 그날을 잊지 못하고 내 삶에 아주 중요한 날로 기억하는 것은 엄마를 만났고, 얼굴도 본적 없는 것 같이 기억에 없는 누나를 다시 만난 날이었기 때문이다. 그리고 여기서 미리 말한다면, 형은 그 후 반년 정도가 지난 그해 가을에 연희동 둘째 외삼촌 집에서 서로 낯설어하는 얼굴로 처음 봤다는 것이다.

어머니를 처음 만난 그날은 수요일이어서 삼촌은 일을 끝내고 서울 친정에서 지내는 외숙모한테 가려던 참이었다. 정미소집 삼촌이 움막 앞에서 쭈뼛쭈뼛 서 있는 나를 먼저 발견했다.

먼지 묻은 작업복 차림으로 보아 일을 마치고 돌아오는 것 같
았다.

"너, 왜 왔어?"

정미소 집 삼촌이 깜짝 놀라 우뚝 멈춰서 나를 바라보았다.
정미소 집 삼촌은 움막 안에 있는 외삼촌에게 빨리 나와보라고,
종원이가 왔다고 수박씨 뱉어내듯 말해놓고 나에게 다가왔다.
나는 아무런 말을 하지 못했다. 내가 무슨 잘못을 한 것은 아니
지만, 삼촌이나 외할아버지의 기대에 따르지 못한 것을 생각하
고 있었던 모양이었다. 힘들어도 어른들 말 잘 듣고, 기술자들
말 잘 듣고, 열심히 기술 배워야 돈도 많이 벌어 잘 살 수 있다
는 할아버지의 당부 말씀을 나는 따르지 못한 것이다. 그게 잘
못이라고 생각했던 것일까, 나는 들고 있던 그 가벼운 보따리
마저 떨어뜨릴 뻔했다. 겨울에 논바닥에서 썰매를 타고 놀다 언
손 녹이려고 논두렁을 태우면서 불장난하다가 바짓가랑이를
태워 먹은 나일론 바지하고 여기저기 꿰맨 헌 옷 두어 벌을 꼭
꼭 싸매주시던 할머니도 생각났다. 성한 옷이 없다면서 손바늘
로 군데군데 꿰맨 옷가지를 싸주셨다. 그 주름진 얼굴에 눈물
을 떨어뜨리던 할머니가 생각나서 나는 눈물을 흘렸던 것 같다.
할아버지 몰래 그 보따리에 선생님이 챙겨준 방송통신중학교
입학 안내 서류를 더 꼼꼼히 챙겨주시던 할머니가 생각나서 나
는 똑바로 서 있을 수가 없었다.

"들어와."

고개도 내밀지 않고 움막 안에서 툭 내뱉은 외삼촌의 무뚝뚝한 말 한 마디가 나를 더 긴장하게 했다. 정미소 집 삼촌이 내 등을 토닥토닥 두드려주며 괜찮다는 듯이 나를 떠밀어 움막 안으로 들어갔다.

외삼촌은 얼핏 보면 외할아버지랑 거의 똑같았다. 키도 크고, 몸에 군살도 없고, 얼굴도 똑 닮았다. 성격도 똑같아서 할아버지와 막내 삼촌이 한번 부딪히면 천둥 번개가 치듯 번쩍번쩍했다.

"힘들대?"

외출하려고 옷을 다 차려입은 삼촌이 조금은 다정하게 말해서 나는 위안이 된 듯했다. 공장에서 나온 내가 마음에 들지 않았거나, 그런 나 때문에 삼촌이 화났으면 분명히 목소리가 열 배는 더 커지고, 욕지기를 날렸을 텐데, 그러지는 않았다.

내가 고개를 흔들자 내 어깨를 잡고 주저앉혔다. 삼촌도 앉더니 나더러 눈을 똑바로 보고 말하라면서 또 물어봤다.

"힘들대?"

"아니."

"형들이 괴롭히대?"

"아니."

"그런데 왜 왔어?"

"몰라."

나는 무언가 억울한 마음이 들었던지 힘주어 말했다. 본래 집안의 사고뭉치였던 삼촌에게는 언제나 당당한 나였다. 산수, 아니 수학을 잘하고 암기하는 머리가 남달랐던 나를 삼촌은 가끔 이렇게 말했었다.

"머리 좋은 것은 아빠 닮았고, 날렵하고 잘생긴 것은 나를 닮았는데, 숫기 없이 착하기만 한 것은 누구를 닮은 것인지 모르겠다."

삼촌이 이렇게 말할 때는 나를 안타깝게 생각하고 있는 순간이었다. 남의 집 닭장에서 잡아 온 닭을 삶아 먹을 때도 자는 나를 깨워 일부러 먹게 하는 삼촌이었고, 겨울이면 논바닥에 먹이를 찾아 날아온 청둥오리를 잡아서 친구들끼리 삶아 먹더라도 내 몫을 꼭 챙겨주었다. 그래서 사고뭉치들만 있는 삼촌 친구들이 나한테는 다들 순둥이고 착한 편이었다. 우리 동네뿐만이 아니고, 바로 옆 동네, 저기 건너에 있는 동네 여기저기 사는 삼촌들이었는데, 건못에 사는 그 삼촌하고, 우리 동네 사는 김씨 성을 가진 이환이 형(내 친구 윤섭이 큰형이라서 나도 형이라고 불렀는데, 할아버지가 처가에 살기 시작하면서 두무다리 사람이 되었다)은 늘 같이 붙어 다니는 단짝이었다. 삼촌이 그 친구 중에서 대빵 노릇하는 것도 나에게 조금은 힘이 되기도 했었다.

삼촌은 더 묻지 않았다. 다 알겠다는 듯한 얼굴로 고개를 몇 번 끄덕이더니 그때까지 서 있는 정미소 집 삼촌을 올려다보았다. 둘은 무언가를 예상했다는 듯이 서로 고개만 끄덕거렸고, 삼촌은 또 무언가를 고민하는 얼굴을 하더니 내 손을 잡고 일어나면서 "가자." 그랬다.

"어디?"

나는 다시 안경 공장에 끌려가고 싶지는 않았다. 할아버지가 아닌 다른 사람에게는 나름 할 말 다 하고, 당당해지려고, 기죽지 않으려고, 기를 쓰고 버티던 나였다. 그런 나를 삼촌은 좋아했었다.

"엄마한테 가자."

삼촌은 역시 내 편이었다.

지금도 기억 나는 또 한 장면이 떠올랐다. 영등포역에서 36번 동서교통 버스는 줄을 서서 기다렸다가 타야 했었다. 항상 사람이 많았다. 성남시 은행동(남한산성 입구)에서 영등포역을 다니는 일종의 시외버스였다.

삼촌은 줄 서 있다가 나한테 번데기를 사주었다. 양은솥에 푹 익힌 번데기를 돌돌 말아 종이컵을 만든 신문지에 담아 주었는데, 냄새만 맡으면 침을 삼키게 되는 먹거리였다.

나는 배가 고팠는지 그걸 먹었다. 그런데 버스를 타고 가는 도중 멀미가 올라와 그걸 토해버렸는데, 삼촌은 그걸 예상이라도 한 듯이 비닐봉지를 주머니에 가지고 있었다.

버스 밖 세상은 캄캄했고, 버스가 달리는 길도 캄캄했다. 나는 어떤 불안감을 느끼고 있었다. 초등학교 다니는 내내 기다렸던 엄마, 어느 날 불쑥 기차를 타고 올 것 같아서, 저녁 기차가 내려오는 시간이면 남들 몰래 측백나무에 올라가 튼튼한 가지에 걸터앉아 기찻길을 바라보며 기다렸던 엄마였다. 그런데 이제 만나는구나, 그런 감정보다 알 수 없는 불안감이 들었다. 아마도 투박하지만 다감했던 삼촌이 아무 말도 하지 않아서 그랬던 것 같다. 삼촌은 버스를 타고 가는 내내 정말 아무 말도 하지 않았다.

지금 생각해보면 그때 나는 엄마한테 가지 말았어야 했던 게 맞는 것 같다. 그때 내가 엄마한테 가지 않았으면, 엄마의 삶이 많이 달라졌을 테니까 말이다. 엄마를 좋아했던 천호동 그분하고 재혼할 수 있었을 텐데, 열네 살 그 겨울에 나는 왜 그분을 그토록 경계하고 싫어했을까. 집 근처에 와 있던 그분을 만나러 집을 나서는 엄마를 따라다니며 울고불고해서 그분이 다시는 집에 오지 못하도록 했을까. 그걸 생각하니 이 새벽하늘이 참 무겁게 가슴을 누르는 것 같다. 33살 젊은 나이에 혼자가 된 엄마가 팔순을 앞에 두고 돌아가시는 그날까지 과부의 삶을 살아가도록 했으니, 나는 어쩔 수 없는 불효자인 것을 인정할 수밖에 없다.

이 글을 쓰는 지금이 2024년 9월 25일이니까, 그 일 역시

50년 전 일이다. 나는 그동안 잘 살아왔다고 나름 자부심이 있었는데, 그날을 생각하면 잘 살아온 것만은 아닌 듯하다.

또 다른 하루가 생각났다. 사근동 핸드백 공장에서 나온 날이었다.

570번 동성교통 버스는 성남시 상대원에서 을지로5가를 왕복했다. 버스 배차 간격도 길지 않았다. 그럼에도 항상 사람은 많았다. 빨간 빵떡모자를 실핀으로 머리에 고정하여 쓰는 안내양이 직접 버스 요금을 받았다. 버스에서 내릴 때 받는 안내양도 있었고, 일정 구간(시외버스라서 구간 요금이 달랐다)에서 요금을 받으러 승객을 찾아다니기도 했다. 을지로에서 출발한 승객의 버스 요금을 받는 구간이 신당동을 지나면서였다. 내가 탄 곳은 한양대 앞이었다. 다들 버스 요금을 내는 구간이었다. 당연하게 안내양은 나에게 버스 요금을 받으러 와야 했다. 그런데 안내양이 오지 않았다.

나는 버스 뒤편으로 가서 창밖에 시선을 고정했다. 그때 버스 요금이 얼마였는지 기억에는 없다. 토큰이 나오기 얼마 전이었다. 나는 주머니에 동전 몇 개와 십 원짜리 지폐 몇 장을 가지고 있었다. 버스 요금으로는 충분했다.

당시 나는 많은 생각을 하며 성남으로 돌아오고 있었다. 몇 정거장이 지났고 화양리 앞도 지났다, 이제는 안내양이 다가오면 버스 요금을 냈다고 우겨볼 생각도 했다. 정말 잠시 그런 생각을 했다. 그 생각을 바로 밀어낸 것은 그날 밤 잠자리를 걱정해야 했기 때문이었다.

혼자 사는 엄마한테는 가기 싫었다. 새벽마다 방앗간에서 냉면을 받아 다라이에 이고 서울 여기저기 골목을 다니며 장사를 하던 엄마였는데, 그 전해 여름 발목을 심하게 다쳐 그 일도 그만두었다. 엄마가 다쳐 일을 나가지 못했기 때문에 나는 다니던 학교를 그만두고 다시 가방 공장 미싱사로 취직을 해야 했다.

누나는 내가 엄마 집에 온 후 두어 달이 지난 어느 날 취직했다며 집을 나간 후 소식이 없고, 형은 12살 때부터 중부시장 건어물 가게에서 점원 생활을 하다가 그즈음에는 다이마루 공장에서 일했는데, 엄마 집에 한 번도 오지 않았다. 내가 형의 얼굴을 본 것도 연희동 외삼촌 집에서 딱 한 번이었다. 그 1년 전 내나이 15살이었다. 연희동에 사시는 외삼촌이 우리 3형제를 불러 모아서였다. 그때 나는 형의 얼굴을 처음 봤다. 우리 둘은 서로를 보고 어색해했다. 나보다 5살 많은 형, 3살 많은 누나. 둘은 모두 초등학교도 다 마치지 못한, 그러나 영특한 편이었다. 사회 적응력도 남달랐다.

우리 형제들이 불행한 원인을 나는 시간이 너무 많이 지난 훗날 알게 되었다. 이 이야기를 뜬금없이 해야 하는 이유는 모르겠다. 어머니가 한글 공부를 하지 못한 까막눈으로 서울 생활을 하고 있었는데, 그 사실을 우리 형제는 다 커서, 그러니까 어머니 칠순 잔치를 하면서 공유했다는 사실이다. 나는 그 훨씬 전에 알고 있었지만, 형과 누나는 그전까지 전혀 모르고 있었다. 그만큼 우리 형제는 어머니에게 관심이 없었던 것이고, 칠순 잔치 날 내가 농담처럼 "엄마 이 글 못 읽어?" 물어보고 나서야 누나도 형도, 그 사실을 밝힌 나도 많이 아파했고, 울기만 했다. "그래, 나 글자 읽지 못한 채 평생을 살았다." 툭 내뱉은 어머니의 말에는 분류할 수 없는 무언가가 너무 많이 담겨 있었다. 이 장면을 우두커니 바로 보던 형은 모든 것이 자기 잘못이다고 생각했는지, 집을 나가서 그날 돌아오지 않았다. 초등학교 5학년이 최종학력인 형, 초등학교 3학년이 최종학력인 누나였다. 이 사실이 무엇을 말하는지 나는 가끔 난감함에 빠져버리고는 했다.

아버지만 믿고 서울 생활을 시작한 엄마는 졸지에 남편을 잃었다. 자식 셋, 그것도 두 번째 생일을 한 달여 남겨둔 막내아들까지 두고 아버지는 한강 물에 떠내려간 것이다. 말복 날이었다. 연희2동 통장 열 몇 명이 성산대교 아래에서 천렵하다 돌아가셨으면 그럴 수도 있다고, 어쩔 수 없는 운명이겠지 생각할 수도 있겠지만, 물에 빠져 허우적거리는 서 통장이란 사람을 구해놓고 정작 아버지는 그 물살에 떠내려갔으니, 엄마는 그 사실을 어찌 온전하게 감당하고, 감내할 수 있었겠는가.

어머니의 내색하지 않는 성격 탓이라고만 하기에는 내가 못난 사람이다. 다만 이 사실을 너무 늦게 알았다는 것. 그 사실 때문에 우리 3형제는 어머니에 관한 말을 극도로 아끼게 되었다는 것. 그래서 더 불행한 삶이 이어졌다는 것이다.

가끔이지만 하게 되는 생각이 있다. 어머니에게 정말 미안하다는, 참으로 불효자임을 받아들여야 하는 날을 살아왔고 살아가야 한다는 것이다.

그랬다. 나는 버스 요금을 내지 않은 그 날, 그 버스를 타고 다시 성남으로 돌아오면서 그날 밤 잠자리를 결정해야 했다. 기영이 집으로 갈까, 기철이 집으로 갈까. 기영이는 중학교 2학년 한 학기를 같이 다닌 눈이 커서 지지배처럼 곱상한 친구였고, 기철이는 14살 때 가방 공장에서 만난 실제로는 2살 위의 형이었지만, 언제부터가 친구처럼 지내는 사이였다.

기영이네 집은 중동이어서 버스에서 내려 나무로 만들어져 출렁거리는 다리만 건너면 바로였고, 엄마가 술집을 하고 있어서 사실 아무 때나 가도 기영이 방에서 같이 잘 수 있었다. 기철이네 집은 남한산성 아랫동네 은행동이어서 버스를 66번이나 36번으로 갈아타야 했다. 걸어서는 서너 정류장, 30분은 걸어

가야 했다.

아, 그날은 수요일이 아니어서 기철이는 10시까지 야근 작업을 하겠구나, 하는 생각이 순간 떠올랐다. 체육관으로 가자. 야근 작업을 하면 기철이도 보통 11시나 되어야 집에 돌아오기 때문이었다. 기영이는 내일 아침에 학교 가니까, 그때 나는 또 어디로 갈 것인지 걱정해야 하는 게 싫었다.

나는 종합시장 앞 정류장에서 버스 요금을 내지 않고 내렸다. 그리고 복싱체육관으로 향했다. 종합시장 지하에는 '남한산성'이라는 그때 말로 고고장이 있었다. 영업을 시작하려는지 불이 번쩍거리고 있었다. 종합시장 골목 안쪽 2층에 동양챔피언 출신 김덕팔 관장(미들급 세계챔피언 유재두 선수를 지도한 관장)이 운영하는 체육관이 있었고, 나는 그 체육관에서 6개월 동안 권투를 한 후 아마추어 대회에 한 번 출전했다가 엄마가 그 사실을 알고 체육관까지 찾아와 내 새끼 맞는 것은 못 본다고 울고불고해서 그만둔 적이 있었다.

그때 나는 체육관에서 나름 유망주였다. 엄마가 체육관에 와서 울고불고하지 않았다면 나는 아마 공부하는 것을 포기하고 권투 선수의 길을 더 갔을 것이기 때문이다. 열네 살의 내가 울고불고해서 엄마 좋아하는 남자를 만나지 못하게 했는데, 그때는 엄마가 울고불고해서 나는 권투를 그만두었던 것이다.

하지만 다시 그 길로 들어서는 순간이었다. 비록 선수로서는 성공하지 못했지만, 체육관을 다시 찾아 들어간 그 순간 나는 강렬한 짜릿함을 느꼈다. 남자들이 흘리는 그 땀 냄새가 내 콧속으로 스며드는 순간 나는 전율했다.

그날 내가 잠자리를 찾아간 것은 내 삶이 정말 전혀 다른 방향으로 틀어진 운명적 선택이었다. 체육관 문을 열고 잠깐 서서 남자들의 땀 냄새를 마시는 그 순간을 나는 지금도 어떻게든 표현하고 싶지만, 내 맘에 드는 표현은 찾지 못하고 있다. 그냥 황홀한 순간이었다. 달리 표현할 수가 없다.

"야 인마, 너 어쩐 일이냐?"

나를 6개월여 동안 지독하게 훈련 시키던 사범이 체육관 거울에 비친 나를 단번에 알아보고 달려왔다.

"나 여기서 자도 되죠?"

그날 밤, 내 앞으로의 운명이 어떻게 바뀔지 나는 생각하고 있지 않았다. 내가 14살 적 여름에 "엄마, 나 챔피언 먹었어!" 외쳤던 홍수환 선수가 그 얼마 전 2차 방어전에서 패한 자모라 선수와 재대결에서 이상한 심판 판정으로 TKO패를 당하고, 1년 후 다시 주니어밴텀급 세계챔피언 결정전에서 2라운드에 4번의 다운을 당하고도 일어나 3회 KO승을 한 그 경기를 나는 그 체육관에서 봤다. 그러니까 나는 그 권투 도장에서 2년여 동안 땀 흘리면서 꿈을 키웠고, 정말 죽을힘을 다해 훈련했다. 중간에 엄마가 내 아들 얻어맞는 꼴은 못 본다면서 결사적으로 반

대해 몇 달 그만둔 적이 있지만, 나는 내 발로 권투 도장에 다시 들어선 것이다.

홍수환이 3라운드 중반에 카라스키야를 결정적으로 흔들어 놓은 어퍼컷 한 방은 지금도 너무나 생생한 장면이다. 이때부터 홍수환은 승기를 확신했는데, 이전 라운드에서 당한 4번의 다운은 몸의 기억에서 사라진 것이다. 그게 권투다. 내 인생도 그런 한 방이 있을 것이란 꿈을 갖도록 한 장면이었다.

"엄마, 나 챔피언 먹었어."

얼마나 멋진 말이었던가. 홍수환 선수가 1974년 처음 세계 챔피언이 되었던 그 순간 외친 그 말은 그때도 그랬지만, 세월이 50여 년이 지난 지금도 생생하게 들리는 듯했다. 나도 꼭 하고 싶은 말이었다.

어떻게든 포기하지 않으려고 했지만, 도저히 할 수 없는 공부보다 할 수 있는 권투를 해서 세계챔피언이 될 수 있다면 나는 후회하지 않을 것 같았다. 하지만 내가 다시 시작한 권투로 인하여 내 삶의 방향이 달라진다는 것까지는 생각하지 못했다. 15살에 어설프게 하다 만 아마추어 선수 생활이 아니고, 프로 선수가 되기 위해서 일 년여 동안 정말 열심히 했는데, 그렇게 몸에 익혀버린 권투로 인하여 나는 세상을 향해, 그 시끄러운 세상을 향해 주먹질 하는 사람이 되어 있었다. 1980년대 그러니까, 스무 살 시절의 내가 그랬다.

나는 호텔 창가에서 다시 굵은 빗방울이 세차게 쏟아지는 메
콩강을 바라보고 있다. 라오스에서 라오스, 아니 지금의 라오스
를 건국한 타이족(지금의 라오족)을 생각한다. 그들은 강렬했고,
절실했다. 중국의 윈남성 고산지대 대리국에서 살던 타이족은
몽골의 침략에 얼하이 호수에 배를 띄워 란창강을 따라 남쪽으
로 내려온 민족이다. 한 무리는 지금의 태국 북부지방인 치앙
라이에서 세력을 이루고 있던 몬족을 제압하여 란나 왕국을 건
국하였고, 또 다른 무리는 라오스에 정착해 수많은 소수민족의
거센 저항을 이겨내고 란쌍 왕국의 주류가 되었다. 살아야 하
는 절실함의 승리였을 것이다.

지금의 라오스는 세계에서 원조를 받아 나라를 운영해야 할
정도의 빈민 국가이다. 중국 자본이 라오스를 잠식하고 있다는
평가가 염려될 정도이다. 수도 비엔티안에는 쇼핑센터를 비롯
하여 지금도 메콩강변 여행자 거리에 지어지고 있는 호텔과 높
은 건물 몇 개가 있는데, 중국 자본이다. 라오스 대표 여행지로
세계인에게 알려진 루앙프랑방과 방비엥을 수도인 비엔티안과
연결하여 중국 쿤밍시까지 운행하는 고속기차도 중국 자본으
로 만들어진 것이다.
소수민족이 사는 지역의 학교 운영마저 어려운 상황이어서
세계 각국의 지원으로 학교가 세워지고 운영되는 형국이다. 지

금의 라오스란 국가명마저도 1899년부터 수십 년 동안 식민 지배를 하던 프랑스가 지은 이름이다. 1953년 2차 대전 이후 라오스는 프랑스로부터 독립했다. 1953년 베트남과 캄보디아, 그리고 라오스를 점령해 지배했던 프랑스 군대가 철수하면서 라오스 왕립 정부가 수립되었고, 1960년대 왕립 정부군과 공산 반군(파테트라오)의 분쟁이 본격화되었다. 이 시기에 베트남전쟁이 시작된 것이다. 라오스는 왕립 정부와 공산 반군의 전쟁이었고, 베트남은 남쪽의 월남과 북쪽의 월맹으로 분리된 말 그대로 남북 전쟁이었다. 결국에는 미국이 개입한 베트남전쟁이 끝나는 그 시점인 1975년에 라오스 내분 전쟁도 끝을 보게 되는데, 이때 공산 반군이 왕립 정부를 물리치고 라오인민민주공화국을 선포하며 라오인민혁명당 일당 체제가 시작되어 현재까지 이어지고 있는 국가이다.

라오스의 역사는 한국과 비슷한 점이 있다. 외부의 침략을 많이 받았으며, 내부적으로는 지방 세력과 소수민족 간의 갈등이 있었다. 그런 와중에 가장 컸던 피해는 베트남전쟁 당시 미국이 무차별적으로 투하한 수십만 개의 폭탄이었다. 베트남군의 보급로를 차단하기 위한 폭탄 투하로 당시 라오스 국민들이 엄청난 피해를 입었다. 현재도 라오스 동쪽 안남산맥 숲속에서 불발탄이 발견되고 있으며, 가끔은 불발탄이 터져 사망하거나 심하게 다쳐 몸이 훼손되는 사람이 있다. 그 피해는 앞으로도 이어질 것이다. 이와 관련하여 전쟁 당사국인 미국은 라오스 국민에게 사과 한 마디 하지 않고 있다는 점, 미국이 게릴라군으로 양성해 전쟁에 투입한 소수민족인 몽족인들에게 마땅한 보상조차 하지 않고 있다는 점은 21세기를 사는 지구인의 한 사람으로서 화가 날 지경이다.

현재 라오스 대통령 임기는 5년이고, 연임이 가능한 국가이다. 일당 체제의 특징처럼 당 간부들이 순서대로 대통령의 권력 승계가 이루어지고 있으며, 149명의 단원제 국회의원이 대통령을 뽑는 정치 시스템이다. 라오스 정치 실세는 라오인민혁명당의 정치국이며, 정치국 국원이 라오스의 행정과 입법, 그리고 사법권과 군권의 중요한 요직을 차지하여 나라를 운영하는 핵심 권력이다.

라오스는 14세기 이후 소승불교를 국교로 정해 민족의 정체성을 갖고자 많은 사원을 지었는데, 그 사원의 수가 우리나라 교회만큼이나 많은 것도 특징이다. 현재 라오스 국민 80%에 해당하는 라오족은 13세기까지 중국의 윈남성 대리국에서 타이족으로 살았다는 것이 학자들의 정설이다. 대리석이 많이 나오는 지역이고, 해발 2,000m의 고지대인데, 4,000m의 창산이 있고 서울의 3분의 1 면적이 되는 얼하이 호수가 있다. 겨울에도 꽃이 피어 있는 실크로드 중심지의 한 곳이었다.

대리국은 서기 937년에 바이족과 타이족이 함께 개국하여

1253년에 멸망했는데, 우리 고려사에도 등장하는 몽골제국의 원나라 초대 황제인 징기스칸의 손자 쿠빌라이칸이 그 높은 창산을 넘어와 대리국을 침략한 것이다. 대리국이 멸망한 후 타이족은 얼하이 호수에서 배를 타고 윈남성의 란찬강을 따라 남쪽으로 내려와 지금의 태국과 미얀마, 라오스 북부지역으로 이주해 정착하기 시작하였다. 기원전에는 시베리아의 알타이산맥 근처에 살던 부족으로서 중국 쓰촨성에 내려와 나라를 건국하였지만, 주나라와 한나라의 침략에 윈남성까지 내려왔다는 기록이 있다. 지금의 태국과 라오스에서 해마다 열리는 용머리 보트 경주 대회와 물 뿌리기 축제, 그리고 결혼식이나 기념일, 새해 행사 때 하얀 무명실을 사용하여 행운 빌고 무병장수를 기원하는 풍습이 이어지고 있는 것도 타이족의 전통을 이어가고 있는 문화 계승이다.

이 중에 아픈 사실이 숨겨진 축제는 보트 경주이다. 길쭉하고 좁은 보트라고 하기에는 모터도 없고, 폭은 좁고 길쭉하기만 해서 그렇지만, 그렇다고 나무로 만든 조각배라고 하기에도 그래서 그냥 날렵하게 생긴 모터 없는 나무 보트라고 하고 싶다. 그 좁은 나무 보트에 40여 명의 사람이 2열 횡대로 빼곡하게 타고 노를 저어 빨리 가는 대회인데, 이는 윈남성에서 적군을 피해서 물길을 따라 메콩강 남쪽으로 내려오는 과정을 재현하는 대회라는 점이다.

타이족 일원이 13세기 중반 동남아시아로 내려와 나라를 건국하기 시작한 것은 14세기이다. 그 이전은 자료로 검색되는 것이 없다. 지금의 태국 치앙마이 지역에 란나 왕국을 세운 것도, 지금의 태국에 해당하는 수코타이를 건국한 것도 타이족이었다. 그중 한 세력이 라오스 북부지방에 살기 시작했는데, 50여 소수민족이 살고 있어 부족(무엉) 간의 세력 다툼이 끊이지 않았다. 그 세력 중에 타이족은 라오족으로 이름을 바꿨으며 무엉 싸움에서 우위를 점하며 원주민에 해당하는 부족들을 산 속으로 몰아넣고 주류 세력이 되었다. 라오족 중에서도 라오룸, 라오텅, 라오쑹으로 계층을 나누었는데, 그 저항은 멈추지 않았다.

이를 지켜보던 당시 동남아시아에서 가장 큰 세력이었던 크메르 제국 왕이 루앙프라방 출신의 파응움에게 1만의 군사를 주어 무엉들의 세력 싸움을 제압하라는 명령을 내렸다. 파응움은 크메르 군사를 앞세워 지금의 라오스 남쪽부터 밀고 올라가며 소수민족인 무엉을 쉽게 제압하며 북진에 성공했지만, 크메르에 귀속하지 않고 나라를 건국했다. 파응움은 지금의 루앙프라방인 옛 이름 '무앙수앙'을 수도로 정해 왕국을 세운 것이었다. 1353년이었다. 이렇게 파응움이 무앙수앙에 수도를 정하고 국호를 란쌍 제국으로 정한 것이 지금 라오스 역사의 시작이 된 것이다.

또 하나, 세계문화유산으로 지정된 도시 지금의 루앙프랑방 지명 유례는 이렇다. 란쌍 왕국 건국 100여 년이 지나 비엔티안에 있던 프라방 불상(약 80㎝ 정도의 크기이며, 입식 금제 부처상)을 옮겨온 것을 기념해 도시의 이름을 '루앙프라방'으로 바뀐 것이다. 본래는 무앙프라방인데, 프랑스 지배를 받으며 루앙프라방으로 불렀다는 설도 있다.

그리고 프라방 불상에 대한 설도 있다. 크메르 제국의 공주였던 왕비가 파응움 국왕에게 소수민족의 토속 무속을 금지하고 불교를 받아들이기를 원하면서 친정 국가인 크메르 제국에게 불상을 하나 받았는데, 그 불상 이름이 프라방이었고 프라방 불상은 스리랑카에서 제작되어 당시 동남아시아 최대 강국이며 불교의 나라인 크메르 제국에 봉양되어 국가 보물로 지정되었다. 그런데 그 불상을 크메르 제국의 왕은 딸의 요청을 받아주고 옮겨오는 도중 비엔티안에서 멈춰서 움직이지 않자 파응움 국왕은 그 현상을 보고 불상이 있어야 할 곳이 바로 그곳이라며 비엔티안에 사원을 지어 불상을 모신 것이다. 그런데 그 불상을 100여 년이 지나 무앙수앙로 옮기면서 수도 이름을 루앙프랑방으로 바꾼 것이다.

란쌍 왕국을 건국한 파응움에 대한 여러 설이 있다. 그 하나는 이렇다. 라오족의 어머니와 크메르 왕족의 아버지에게서 태어난 라오족의 혈통임을 강조했다는 것이다. 실제 파응움이 태어난 곳도 무앙수앙이었다. 하지만 어린 시절 아버지의 나라 크메르 제국에서 성장했고, 왕이 파응움을 양아들로 입적했다. 란쌍 왕국을 건국한 후에는 크메르 제국의 공주와 결혼했다. 공주의 영향으로 소승불교를 국교로 정했다는 것이다.

파응움은 란쌍 왕국을 건국하면서 100만 마리의 코끼리 부대를 양성해 영토를 지금의 태국 치앙마이인 란나 왕국과 남쪽의 크메르 제국 참파삭까지 확장하게 되었다. 란쌍 왕국은 파응움이 물러나고 그의 아들인 쌈쎈 타이가 왕이 되었고, 쌈쎈 타이는 인구 조사 등을 통해 지배층인 라오족과 소수민족인 지방 세력 간의 화합을 이루고, 우방국인 크메르 제국과 혼인 등 활발한 교류를 통해 란쌍 왕국의 안정기를 이끌었다. 안정기에 접어든 란쌍 왕국은 16세기까지 외부의 침략을 물리치며 전성기를 이루었다.

하지만 복병이 나타났다. 버마족이었다. 따웅우 왕조의 버마족은 지금의 태국 북부지방 치앙마이의 란나 왕국과 방콕에 해당하는 아유타야 왕국을 쉽게 정복하고 란쌍 왕국과 전쟁을 몇 년 동안 치열하게 치뤘다. 그 전쟁 중에 란쌍 왕국은 수도를 루앙프라방에서 비엔티안(위엉쩡)으로 옮기게 되었다. 그러나 결국 1574년 버마족에 정복당했고, 란쌍 왕국은 1591년까지 버마의 지배를 받아야 했다.

6

돌아가는 길을 알았다

돌고 돌아가는 세상에서 살아간다는 것, 참 대단한 일이 아닐 수 없다. 나는 여전히 라오스 남부지방 팍세의 메콩강변 호텔 512호에서 아침 커피를 마시며 이 글을 쓴다. 글을 쓰는 지금 이 순간 내가 살아 있다는 것에 대한 대견함을 다시 생각한다. 눈이 크고 유난히 까만 눈동자를 가진 17살의 소녀, 누니와 영상전화 통화를 한 후여서인지 더욱 생생하게 떠오르는 17살의 내 모습이 소리 없이 흘러가는 메콩강물 위에 선명한 영상처럼 보인다.

누니는 내가 지난 5월 두 번째 라오스를 왔을 때 인연이 된 소녀다. 지금은 루앙프라방에서 고등학교에 다니고 있다. 지난 6월 집이 너무 멀어 다닐 수 없는 고등학교에 진학하기 위해 루앙프랑방 외곽에서 혼자 자취 생활을 하고 있다. 헝태우(단칸방) 월세(한국 돈 2만5천 원)를 주말마다 아르바이트해서 내는 당찬 소녀. 힘들게 일하지 말고 공부에 집중하라는 내 말에 누니는 방세만큼은 자기가 벌어서 해결하겠다는 의사를 굽히지 않았다. 내게 꼭 의사가 되겠다고 약속한 소녀다. 내가 한 달에 한 번 보내주는 미국 달러 120불이 누니에게 의사가 되겠다는 꿈을 갖게 하고 공부하게 한다는 사실에 내가 오히려 큰 힘을 얻는다. 17살의 내가 그랬던 것처럼 누니도 꿈을 포기하지 않았으면 좋겠다는 생각을 하니 기분이 좋아지는 아침이다. 나도 17살의 그때 그랬었다.

17살이었던 나는 권투체육관에서 먹고 자는 생활을 했다. 나에겐 천국이었다. 세상에서 근심 걱정이 있을 수 없는 곳이었다. 나의 전성시대는 그렇게 다시 찾아간 체육관에서 시작되었다.

내가 체육관에 들어갔을 때 사범은 링에서 한 선수의 미트를 잡아주고 있었다. 선수들 훈련 시킬 때면 항상 선수보다 더 열정적인 사범은 내가 체육관 문을 열고 들어서자, 미트를 바로 벗어 던져놓고 링에서 뛰어내려왔다. 솔직히 반겨줄 것이란 생각까지는 할 수 없었다. 하지 않겠다고 갈 때는 언제고 왜 왔냐며 문전박대를 당하지 않을까 싶었다. 그렇다고 해도 나는 아무 할 말이 없어야 했다.

"너 새끼, 언젠가 올 줄 알았다. 잘 왔다."

얼굴에 흥건한 땀을 닦아내며 사범이 말했다.

"뭐가요?"

나는 사범이 그렇게 말해주는 표정을 보고 안심했지만, 순간 내가 오지 말아야 할 곳에 왔나 싶었다. 오늘 하룻밤 잘 곳이 없어서 왔을 뿐이었는데. 사범이 다른 생각을 하고 있다는 것을 본능적으로 느낀 것이다.

"잘 왔다고."

사범이 내 어깨를 툭 쳤고, 나는 몸을 살짝 피해 사범이 뻗는 주먹을 비켜 냈다.

"나, 여기서 자도 돼요?"

"그럼, 되고 말고. 대신 다시 하는 거다."

바로 그것이었다. 내가 한쪽 어깨에 메고 있는 작은 가방이 마치 운동하러 온 것으로 생각할 수 있다는 것을 깨달았다.

"그건 아니고요. 잘 곳이 없어서 왔어요."

"엄마는 잘 계시지?"

체육관에 찾아와 억만금을 줘도 내 자식 맞는 꼴은 못 본다면서, 당장 그만하라고 엄마가 소리치며 울먹인 그날을 기억하는 모양이었다.

"모르겠어요."

"집 나왔냐?"

"오래됐어요."

나는 덤덤하게 말했다.

"학교는?"

"그만뒀어요."

"공부 그만둔 거냐?"

"그건 아녀요."

"암튼 좋다. 다시 하자. 필요한 거 있으면 말하고."

사범은 다시 링 위로 올라갔고, 나는 사무실 책상에 걸터앉았다. 오늘 아침, 아니 성남으로 오는 버스를 탈 때까지 생각하지 않았던 체육관에 내가 와 있었다. 다리 하나만 건너면 엄마가 혼자 살고 있는데, 나는 엄마 생각도 하지 않았다.

김덕팔체육관은 서울 화양동 건대 앞에도 있었다. 한국화장품의 지원을 받아 운영하는 곳이었다. 그곳에는 프로선수가 많았다. 하지만 성남체육관은 생긴 지가 오래되지 않아 프로선수는 한 명도 없을 때였다. 나보다 권투를 먼저 시작한 형들이 몇 있었지만, 아마추어 대회에서 변변한 성적을 낸 선수가 없었다.

그나마 권투를 시작한 지 6개월 만에 처음 출전한 '김명복 박사배 신인 복싱선수권 대회'에서 준결승에 오른 성적이 괜찮은 성적이었다. 대회 우승을 한 인천 제물포고등학생 박형일(훗날 국가대표 선수로 잠시 활동함)에게 판정패했지만 잠깐 아쉬운 장면이 있기도 했다. 아마추어 복싱대회는 3분 3회전 경기로 치러지고, 내가 2회전 초반에 복부 공격 후 스트레이트를 인중 정면에 맞췄을 때 상대 선수는 휘청했다. 순간 동공이 감기는 것을 봤는데도 나는 더 강하게 몰아세우지 못했다. 그때 죽기 살기로 코너에 그 선수를 몰아세웠으면 좋은 결과를 낼 수도 있었는데 승부 욕심도 체력도 부족했다. 아니, 그 선수와 어느 순간 눈빛이 마주쳤는데, 내가 순간 주춤한 것이다. 더 때리면 죽을 것 같은 생각이 순간 나를 멈칫하게 했던 것이다.

나는 그날부터 체육관 옥상에 있는 탈의실에서 잠을 잘 수 있었다. 며칠이 지나서는 사범이 내 침상을 하나 만들어 주었다. 밥 먹는 게 걱정이었지만 냄비 하나만 있으면 다 해결되었다. 바로 앞에 종합시장 먹자촌이었고, 저녁때가 되면 운동하러 온 형들이 밥을 사주고, 먹을거리를 들고 오기도 했기 때문이었다. 사범이 정말 남다르게 나를 챙겨줘서 나는 별다른 걱정 없이 체육관 생활을 할 수 있었다.

지금도 특별하게 기억하는 날이 있다. 1976년 10월 16일이었다. 사근동 시판 가방 공장에서 야근하다 말고 본 경기였다. 당시 세계 타이틀이 걸린 권투 경기는 대한민국 국민 모두 텔레비전 중계로 보던 때였다. 홍수환 선수가 2차 방어전에서 물씬 두들겨 맞고 4회 KO패를 당한 자모라 선수와 재대결 해서 또 지는 경기를 본 그날이었다. 나는 또 다른 꿈을 꾸게 되었다.

세계챔피언 나도 할 수 있을 것 같았다. 내 순발력과 빠른 발과 운동 신경이라면 홍수환 선수만큼, 아니 더 잘할 자신이 있었다. 홍수환 선수의 발이 내가 보기에는 많이 느리게 보였기 때문이다. 펀치력도 중요하지만 빠른 발과 눈이 권투에서는 더 중요하다고 나는 굳게 믿는 편이었다. 단순한 논리지만 맞지 않고 때리면 이기는 것이 권투 경기라고 생각했다.

나는 새벽마다 땀복을 입고 뛰기 시작했다. 종합시장에서 남한산성 바로 입구까지는 5km가 넘는 거리였고, 나는 가던 길로 돌아오지 않았다. 남한산성 정문을 앞에 두고 오른쪽으로 난, 인적이 드문 비포장 길을 뛰어서 내려왔다. 상대원 공단과 단대동으로 내려오는 갈림길에서 단대동 쪽으로 뛰어오다 보면 교문이 없는 신구전문대학이 있었다. 나는 그 대학 운동장을 괜히 한 바퀴 돌고 구종점까지 뛰었는데, 아침마다 뛰는 거리가 족히 10km가 되었다. 나에게 자기의 전부를 걸겠다는 헛소리를 가끔 하던 사범은 며칠에 한 번 자전거를 타고 내 뒤를 따라오면서 다그쳤다.

풍국산업이 있는 구종점에서 체육관까지는 호흡을 위해 빠르게 뛰지 않고 빠른 걸음으로 걸으며 새도복싱을 하면서 체육관까지 왔다. 어쩌다가 비라도 오는 날이면 그렇게 뛰는 기분이 얼마나 좋았던지, 정말 내가 천국을 향해 뛰는 기분이었다.

그렇게 운동을 시작한 나는 나에게 진심이었던 사범하고 목표를 정했다. 다음 해 MBC에서 매년 연말에 하는 신인왕전에 도전하는 것이었고, 그 전에 프로 데뷔전을 하는 것이었다. 데뷔전을 대비한 집중 훈련 기간 6개월을 잡았다.

그렇다고 온종일 운동만 하는 것은 아니었다. 나는 고등학교 교과서를 한 권 두 권 사서 모았다. 물론 이해하지 못하는 수학 개념 참고서나 과학책은 일단 깊이 감춰두고 국어책을 읽고 페이지마다 전부 베껴 쓰는 짓을 멍청하게 열심히 했다. 그때 빨리 쓰는 것만 생각해서인지 지금도 내 손글씨는 악필이어서 다른 사람이 잘 읽지를 못한다.

내가 마구 흘려 쓴 그 글씨를 보면서 나는 초등학교 때 글씨 참 잘 쓴다고 칭찬해준 최병준 선생님 생각을 아주 가끔은 했다. 그렇게 선생님 생각을 하며 나는 포기하지 말아야 한다는 다짐을 마음으로 다졌던 것이었다.

내가 권투 도장을 처음 찾아 들어간 것은 1975년 여름이었다. 15살이었다. 그 얼마 전, 엄마 나 챔피언 먹었어, 라고 외쳤던 홍수환 선수의 경기를 본 영향도 있었지만, 꼭 그것만이 이유가 아니었다. 다시 생각해보면 기영이란 친구와의 인연도 한 몫했다.

기영이는 그해 한 학기 동안 다닌 중학교 2학년 교실에서 만난 친구였다. 쌍꺼풀진 눈 때문에 남자답지 못한 아이로 보였다. 그 아이를 처음 보는 사람은 동그랗고 큰 투명한 눈동자를 먼저 보게 된다. 정말 맑았다. 햇살 고운 날 빙산처럼 반짝반짝 빛나는 때도 있었다.

선명하게 보이는 두 겹의 쌍꺼풀은 얼른 보면, 아니 찬찬히 보아도 너무 착한 아이 눈이었다. 도저히 남자 눈이라고 생각할 수 없었다. 예쁘다, 또는 아름답다는 표현이 맞을 정도였다.

그런 기영이가 내가 일하는 공장으로 찾아왔다. 가을이 지나갈 무렵이었다. 2학기가 시작되었는데도 출석하지 않고 학교를 그만두니까 가끔 찾아왔었다. 나는 저녁을 먹고 야근 작업 중이었다. 미싱 일을 하다 나온 나를 보더니 대뜸 친구야, 하더니 꺼억꺼억 울었다. 덩치라도 컸으면 등짝을 한 대 때려주겠는데 그러기에는 몸이 하도 여리여리해 차마 어쩌지를 못하고 토닥토닥하는 게 고작이었다. 사내새끼가 왜 질질 짜냐고 한 대 후려치면 더 울 것만 같았다.

한참이 지나서도 기영이는 울음을 멈추지 못했다. 떨어지는 눈물이 더 굵어졌다. 얼마나 아프기에 그럴까, 생각하는 정도가 내가 할 수 있는 전부였다. 그날 떠 있는 보름달만큼이나 큰 눈물방울이었다.

"다 울었냐?"

내가 물어보면,

"아, 니."

이런 개떡 같은 대답을 기영이는 정말 잘했다.

"도대체 왜 또 그러는 거냐고?"

매번 그랬듯이 내가 더는 참지 못하고 이렇게 언성을 조금만 높여도 기영이는 울던 몸짓을 뚝 멈추고 나를 바라보았다.

"문철이가 자꾸 나를 자기 무릎에 앉히고 괴롭혀."

"어떻게?"

"이렇게, 자꾸 이렇게 해."

기영이가 손으로 자기 몸 여기저기를 쓰다듬으면서 괴로운 표정을 지었다.

"이런 개새끼가. 내가 가서 죽여버릴 테니까 너 여기서 꼼짝 말고 있어."

나는 정말 화가 나서 도저히 참을 수가 없었다. 일주일 전에도, 그 전 주에도 분명히 기영이를 괴롭히지 말라고 경고했고 서로 마주 보고 눈싸움도 했는데, 여전히 그 지랄 같은 짓을 멈추지 않는 것이었다.

나는 문철이가 있을 합기도 도장으로 달려갔다. 문철이 큰형이 사범으로 있는 도장이었는데, 그는 모란극장에서 죽치고 사는 깡패 중 한 명이었다. 문철이 말로는 두목이라는데, 내 눈에는 쪼끄만 애송이 같았다.

내 생각에 문철이는 뱀 새끼 같은 눈을 가지고 있는 덩치만 큰 멍청이었다. 그렇다고 살모사나 구렁이 정도의 눈도 아니고, 독을 가지고 있지도 못해서 시골집 탱자나무 뿌리에 숨어 사는 물뱀 같은 존재였다. 그해 여름 기영이를 괴롭히는 문철이에게 덤볐다가 된통 당했다. 입술이 터지고 눈두덩이 시퍼렇게 멍들었지만, 그때의 내가 아니었다.

나는 공장일 하다 나온 것도 잊어버리고 2킬로미터 정도를 달려갔다. 야트막하지만 언덕길을 두 개나 넘었다. 그 정도는 나에게 아무것도 아니었다. 문철이는 체육관 사무실에서 이상한 그림이 그려진 만화책을 보고 있었다.

"너, 나와."

문철이는 특유의 실실 쪼개는 표정으로 나를 따라 나왔다. 덩치는 나보다 두세 뼘 정도 컸고, 키도 나보다 반 뼘 정도는 컸다. 나도 작은 키는 아닌데 문철이 모가지가 내 눈높이였다.

나는 문철이에게 설교 비슷한 말싸움을 할 이유가 없다고 판단했다. 바로 옆구리를 공격했다. 복싱 도장에서 알아주는, 동양챔피언이었던 관장이 나를 후계자로 키우겠다고 선언해서 도장 선배들에게 시샘을 받는 나였다. 내 주먹이 갈비뼈 아래를 제대로 강타하자 덩치만 큰 문철이는 바로 윽,하고 허리를 숙였다. 눈 깜짝하기도 전에 어퍼컷을 날렸지만 제대로 맞지 않았다. 그래도 문철이 턱이 획 돌아갔다. 문철이는 기습이라고 생각했는지 억울하다는 표정과 아파 죽겠다는 표정이 섞인 정말 하찮은 얼굴로 나를 노려보려고 안간힘을 쓰고 있었다. 그래서 한 대 더 때려줬다. 이번에는 나도 연습한 적 없는 라이트 훅이 문철이 턱에 제대로 들어갔다. 문철이는 그대로 쓰러졌고, 나는 액션 영화의 한 장면처럼 문철이 모가지를 발로 누르고 한마디 했다.

"너는 이제부터 내 꼬봉이다. 알았냐? 앞으로 기영이나 다른 친구들 괴롭히면 바로 죽는다."

그랬다. 이 사건이 내가 태어나 처음으로 한 사회적 활동이었다. 살아오는 내내 그런 내가 될 줄은 꿈에도 생각하지 못했다. 약자에게 한없이 약해지고 너그러워지는 내가 된 것이다.

나는 그해, 그러니까 중학교 2학년 교실에서 공부하던 그때, 문철이에게 덤볐다가 된통 얻어맞은 것이 분했다. 그래서였다. 열다섯 살의 여름방학 때였다. 힘없는 약자를 괴롭히는 문철이를 이겨야 해서 복싱 도장에 들어가 권투를 배웠다. 체력 훈련 삼아 새벽에 신문 배달하면서 뛰어다녔던 그 시간은 내가 나를 가르치는 진짜 교육을 받는 기분이었다. 정말 좋았다. 그렇게 6개월을 배워서 내 입술을 터지게 하고, 코피를 처음으로 터뜨렸던 문철이를 제압할 수 있었던 것이다.

열네 살 때였다. 홍수환 선수가 세계챔피언이 되고 나서 '엄마 나 챔피언 먹었어'라고 외치는 소리를 주인집 텔레비전에서 보고 난 후 나도 세계챔피언이 될 수 있을까, 가끔 공장 일이 너무 힘들 때마다 나도 세계챔피언이 되고 싶다고 생각했다. 그런 생각을 한 날이면 나는 종합시장 옆 골목에 있던 김덕팔체육관 앞을 찾아가서 기웃거렸는데, 그날은 용기를 내 체육관 문을 밀고 들어갔다. 하지 않으면 후회할 것 같았다.

새벽 신문을 뛰어다니며 배달해서 받은 돈으로 한 달 체육관비를 냈고, 운동을 시작한 일주일쯤 되었을 때였다. 거울 앞에서 줄넘기하는 나에게 전 동양챔피언이었던 김덕팔 관장이 다가왔다. 관장을 처음 보는 날이었다.

"너 몇 살이냐?"

"열다섯 살요."

"너 복싱 왜 하냐?"

"세계챔피언 되려고요."

"네가?"

"예, 저도 할 수 있어요."

"그래, 그럼 열심히 해봐."

한 달쯤 지났을 때였다. 서울 화양리에 있는 체육관에서 주로 프로선수를 지도하는 관장님이 거울 앞에서 막 배우기 시작한 새도복싱을 하는 내게 다가왔다. 성남체육관에는 일주일에 한두 번씩 다녀갔는데, 한두 시간 훈련하는 모습만 보고 사범한테 이것저것 지시하고 돌아가는 관장이었다. 그런데 그날은 내게 다가온 것이었다.

"너 학교 다니냐?"

"예."

"그래, 그럼 열심히 해봐. 시합 내보내 줄게."

관장이 툭 던진 한 마디에 나보다 옆에 서 있던 사범이 먼저 깜짝 놀랐다.

"애는 아직 글러브도 안 꼈는데요."

사범이 말했다.

"이 애, 괜찮다. 제대로 시켜봐라."

관장은 그날 이렇게 한 마디만 하고 돌아갔다. 그날부터 나는 사범에게 집중적으로 훈련을 받았다. 체육관에서 살다시피 했다. 사범이 밥 먹을 때 같이 먹고, 탈의실 모퉁이에서 잠도 자면서 체육관 청소도 하고 사무실에서 공부도 하기 시작했다.

아버지가 두 살 때 돌아가셔서 전라북도 익산의 가난한 외갓집에서 자라고, 중학교 진학을 하지 못한 채 어머니에게 왔다가 바로 공장 생활을 한 후 어떻게 해서 중학교 2학년으로 편입했다는 내 사연을 들은 사범이 관장한테 보고했고, 관장에게 체육관비를 받지 않는 것은 물론 체육관에서 먹고 자고 놀아도 괜찮다는 허락을 받았다는 것이다.

당시 성남체육관에서 나처럼 대우받는 관원은 없었다. 여름방학이 끝나고 2학기 수업이 시작되었지만, 나는 학교 가는 것을 포기할 수밖에 없었다. 매일 새벽에 동네 방앗간에서 냉면을 받아 고무 다라이를 머리에 이고 서울로 가서 여기저기 골목을 다니며 장사를 하던 어머니가 넘어지면서 발목을 다쳐 장사를 다닐 수 없기 때문이었다. 나는 밀린 방세를 벌어야 했고, 어머니와 내가 먹을 양식을 벌어야 했다. 얼마 전 서울 친구한테 간다며 집에서 나간 누나는 돌아오지 않고 있었다. 게다가 보는 사람마다 이쁘다고 말해주는 것에 허파에 바람만 잔뜩 들어서 공장에 들어가 돈을 벌 누나가 아니었다.

나는 다시 처음 들어갔던 가방 공장에서 미싱사로 일하기 시작했다. 어머니 친구였던 공장장은 내 사정을 잘 알고 있었다. 학교를 그만 다니겠다는 나를 기특하게 여겼다. 나는 새벽에 일어나 운동 삼아 신문 배달을 했고, 저녁에는 체육관에서 운동해야 하니까 야근 작업을 빼 달라는 내 부탁을 공장장은 허락했다. 다만 공장장 아저씨의 조건이 있었다. 하루에 해야 할 일을 아침에 정해주면 그 양을 다 해야 한다는 것이었다.

복싱을 시작한 지 3개월 되었을 때였다. 체육관 링에서 정식으로 스파링을 하는데, 김덕팔 관장이 직관한다고 사범이 말했다. 게다가 상대는 서울 화양리에서 2년 넘게 훈련한 아마추어 선수였다. 전국대회는 아니지만 서울시 복싱대회에서 입상도 한 유망주였다.

"이기려고 하지 마라. 3라운드만 버텨도 너는 이기는 거다. 이기려면 어떻게 해야 하냐?"

사범이 물었다.

"안 맞으면 되죠."

나는 이기지 말라는 사범의 말에 기분이 나빴지만 맞지 않을 자신은 있었다.

"그래. 그게 네가 진짜 잘하는 거니까, 명심하자."

사범이 나에게 훈련하면서 항상 하는 말이 있었다. 나처럼 발이 빠르고 순간 동작이 유연한 선수를 처음 본다는 것이었다. 특히 허리 움직임이 너무 유연하고 빨라서 상대의 주먹을 맞아도 충격을 덜 받는다고 말해주었다. 게다가 내가 가진 아주 특별한 재능은 상대 주먹을 맞으면서도 눈을 감지 않는다는 것이었다. 내가 싸우면서 눈을 감지 않는 것은 어렸을 적부터 동네 건달인 막내 삼촌한테 수도 없이 들어서 그렇게 된 것이었다. 주먹질 싸움에서도 그렇지만 눈싸움에서도 절대로 지지 말아야 한다고 막내 삼촌은 열 살 된 나에게 마치 세뇌 교육하듯 했었다. 누구에게도 기죽지 말라고 삼촌이 내게 가르쳐준 유일한 것이었다. 그래서였을 것이다. 나는 두세 살 더 먹은 형들에게도 부당한 말에 덤벼들었고, 누구라도 나를 먼저 건들면 바로 덤벼들었다.

사범도 프로 선수 출신이었다. 한국챔피언을 했다. 동양챔피언에 두 번 도전해서 패한 뒤 은퇴한 선수였다. 당시 내 체중은 46kg이었다. 키는 165센티였다. 주니어 플라이급 선수로 최상의 몸이었다. 사범이 선수로 뛰던 체급이기도 했다. 그래서인지 사범도 나에게 나름 기대를 하고 있었다.

내 첫 스파링 상대는 키가 작은 인파이터 복서였다. 160센티도 안 되는 키였다. 발도 느린 편이었다. 몸이 옆으로 퍼진 근육질이었다. 하지만 펀치의 강도는 있어 보였다. 스트레이트는 거의 사용하지 않고 훅을 주로 사용했다. 나는 첫 라운드에서 사범이 지시한 대로 잽만 툭툭 내밀면서 빠른 발로 경기를 했다. 상대 선수가 내 가슴팍으로 파고들려고 했지만 어림없었다. 도리어 내가 툭툭 던지는 잽을 맞고 고개를 뒤로 저치면서 멈칫거리기 일쑤였다.

하지만 링에서 처음 하는 경기는 내가 생각한 것보다 몇십 배 힘들었다. 고작 3분 뛰었는데 숨이 가빠졌다. 2라운드 후반에서는 발이 조금 느려졌다. 30초 정도 나는 코너에 몰렸다. 왼쪽으로 돌다가 복부에 맞은 훅이 영향을 준 것이다. 코너에 몰린 나를 상대 선수는 거칠게 몰아쳤다. 내 유연한 허리도 코너에서는 아무 소용이 없었다. 다만 감지 않는 내 눈이 있어서 상대가 펀치를 가격할 때마다 가드로 막고, 고개를 돌리거나 몸을 비틀어 비켜 맞는 정도였다. 그래서 2라운드를 견딜 수 있었다.

"너, 더 할 수 있어?"

관장이 큰 소리로 물었다.

"에에."

마우스피스를 물고 있는 나는 바람 빠지는 소리로 외쳤다.

"이번에는 공격으로 하자. 할 수 있지?"

사범이 말했다.

"예."

"무조건 세 개까지만 하자."

스트레이트를 연속해서 세 번 치라는 것이다.

"무조건 눈만 보고 해라. 저 선수 눈 감는 거 보일 거다. 그것만 볼 수 있으면 무조건 우리가 이긴다. 알았지?"

나는 고개를 끄덕거렸다.

"무조건 접근할 테니까, 타이밍 맞춰 뒤로 빼면서 받아치는 것도. 알았어?"

사범이 며칠 동안 집중적으로 지도한 전략이었다. 상대 주먹이 와도 감지 않는 눈이 있어서 가능하다는 것이었다. 게다가 나는 순간 동작이 빠르고 유연해서 받아치는 것은 본능적으로 되는 편이었다. 사범은 그 본능적인 반응 속도가 너무 빨라서 타고난 재능이라고 말했다.

3라운드는 내가 물러서지 않고 받아치기 시작하자 상대 선수가 멈칫거리기 시작했다. 원 투, 원 투, 치고 몸을 빼거나 옆으로 비틀면서 훅을 쳤는데, 원투 스트레이트가 모두 적중하니까 힘도 들지 않았다. 하지만 내 펀치는 상대 선수를 쓰러뜨릴 정도로 위협적이지는 못했다. 툭툭 건드는 정도일 뿐이었다. 그래서 상대 선수는 지치지 않고 접근해 왔다. 하지만 상대 선수가 내 잔 주먹을 맞는 순간에 감는 눈이 보이기 시작하자 나는 한결 자신감이 생겼다. 그래서 툭툭 던지던 스트레이트에 힘을 실어 콧잔등과 관자놀이를 노려치기 시작했다. 세 번째 치는 스트레이트는 체중을 실어 뻗을 수 있었다. 경기 15초를 남겨두고 내가 뻗은 스트레이트가 인중에 정확하게 맞았다. 상대 선수가 순간 덥석 무릎을 꿇었다. 다시 벌떡 일어났지만 관장은 경기를 중단시켰다.

"잘했다."

관장이 말했다. 내가 이긴 것이었다. 사범이 내 마우스피스를 받아주고, 글러브를 벗겨주었다.

"너 진짜 물건이다. 진짜 잘했다."

그날 이후 나는 진짜 권투 선수가 된 것 같았다. 관장이 시합용 운동화하고 땀복 하나, 훈련복도 두 벌이나 주었다. 그러고는 '김명복 박사배 전국 학생 선수권 대회'에 출전 준비하라고 말했는데, 내가 학교를 그만뒀다고 하니까 신인 대회를 준비하라고 했다.

그렇게 복싱을 배운 것은 정말 우연이었지만, 내가 살아오는 내내 아주 큰 무기가 되었다. 나는 어디서든 당당한 내가 될 수 있었다. 그 살벌한 시대에 온몸으로 세상과 맞서 살아가야 했던 나는 내 몸에 핵무기 하나를 장착하고 살아가는 기분이었다. 세상에 두려울 게 하나도 없었다. 게다가 나는 가진 것도 없었으니 잃을 것도 없었다. 이보다 더 큰 무기는 이 세상에 존재하지 않을 것이었다.

이후 기영이는 학교생활을 잘할 수 있었고, 고등학교 내내 공부도 잘해서 좋은 대학에 들어갔다. 문철이는 중학교만 겨우 졸업하고 동네 양아치로 살아가게 되었다. 기영이가 대학 다닐 때 문철이는 성남시 종합시장 지하에 있는 나이트클럽에서 웨이터 하며 여전히 동네 양아치 짓을 하고 있었다. 훗날 그런 문철이가 나와 함께 사회적 약자를 응원하는 행동대장을 자처했으니, 그날 그 사건은 우리 모두를 평안하게 하는 좋은 의미로 기억하게 되었다.

그렇다. 그날 이후 나는 내가 너무나 좋아졌고, 나를 존중하게 되었다. 그런 나를 위해 '나답게 살자'고, 성남시 중동에서 상대원동으로 넘어가는 136계단 꼭대기에 앉아 눈 아래에 있는 야트막한 지붕들을 내려다보면서 어금니를 깨물었던 기억이 새록새록 떠오른다.

열다섯 살 그해 겨울에 먼지 자욱한 가방 공장 다락방 기숙사에서나 권투체육관 탈의실 모퉁이에서 '나답게 살자' '나답게 살면 된다'고 일기장에 꾹꾹 눌러 수십 번을 쓴 그 기억이 지금까지 나를 버티게 해줬다.

지금, 예순세 살의 지금 돌이켜 생각하면 프로 데뷔를 준비하며 권투를 했던 1년여 동안 행복했던 것 같다. 분명하다. 15살 때 6개월 동안 아마추어 대회 출전 대비 훈련을 했던 그 시기도 마찬가지였다.

글러브를 끼고 링에 올라가 스파링할 때도, 거울 앞에서 숨이 막히고 온몸의 근육이 더는 할 수 없다고 멈출 때까지 훈련하고 나면 내 속을 불안하게 하는 알 수 없는 무엇인가를 떨쳐 낼 수 있었다. 사람을 때려 이겨야 하고, 쓰러뜨려야 한다는 생각보다 나 자신을 위로하는 운동이었다. 다른 무엇보다 바닥 정도가 아니라 땅속 깊이 묻혀 있던 내 자존감을 회복하는 확실한 계기가 되었다.

하지만 그때 나는 더 할 수 없다고 판단했다. 1977년 11월 전국 신인왕 예선 2차전에서 3라운드 KO패를 당해서가 아니었다. 2차전 상대는 나보다 강했기 때문에 나는 패배를 바로 인정했다. 그 선수는 수십 명이 출전한 주니어 플라이급에서 준우승할 정도로 나보다 월등했다. 나는 그것을 인정하지 않을 수 없었다. 나보다 강한 상대가 있다는 것을 안 이상 그 길은 내가 갈 길은 아니었다.

프로 데뷔를 앞두고 코피가 터질 정도로 열심히 훈련했다. 데뷔전을 이겼고, 신인왕 1차전도 이겼다. 경기 때마다 주니어 플라이급 체중에 맞추느라고 감량하는 것쯤은 견딜 수 있었다.

이틀이나 사흘을 굶으면서 운동을 해도 배고픔을 느끼지 못했다. 그보다 더한 짜릿함이 좋았다. 운동을 마치고 나면 말 그대로 땀을 한 바가지 정도 짜낼 수 있었다. 그때 그 기분이 정말 좋았다.

하지만 나는 그만두기로 했다. 1978년 새해가 시작되면 열여덟 살이 된다는 사실에 나는 생각이 많아졌고, 권투 선수로서의 나를 어떻게 생각해봐도 마음이 내키지 않았다. 사범이 화를 내면서 나를 설득했다. 고작 한 경기 진 것 때문에 권투를 그만둔다는 내 말에 화가 난 것이었다. 글러브를 집어던지고, 체육관에 있는 물건을 내동댕이치면서 협박 비슷하게 소리치며 끝까지 해보자고 설득했다. 그래도 나는 거기까지라고 생각했다. 며칠을 운동하지 않겠다며 탈의실에 처박혀 있었다. 책을 보는 것도 싫었다. 지금 그만두어야 한다는 생각만 자꾸 선명해졌다.

하루는 사범이 적당하게 마신 술 탓인지 크게 흥분하지 않고 내 앞에 앉아서 말했다.

"너, 그렇게 공부해서 대학에 들어갈 수 있을 것 같으냐? 세상 만만한 게 아니다. 전국에서 매일 공부하는 애들이 수십만 명이다. 그중에 대학에 들어가는 학생이 몇 명이나 될 것 같으냐? 네가 그걸 할 수 있다고? 그 노력을 권투에다 하라고, 너는 할 수 있어. 그래 네 말대로 세계챔피언은 될 수 없을지 모른다.

그래도 너의 미래를 책임져 줄 것이다. 너는 권투 선수로서 타고난 놈이다. 이번에 그놈(나를 쓰러뜨린 선수)은 전적도 좋지만, 프로 준비를 삼 년 넘게 한 선수였……."

"저, 내일 나갈게요. 어디든 가야겠어요. 여기서 더 있으면 안될 것 같아요. 엄마한테도 한번 가봐야 할 것 같고요. 죄송합니다. 정말 죄송합니다. 끝까지 할 자신이 없어요."

"아니다. 너는 잘할 수 있다. 다시 생각해봐. 단지 악이 없을 뿐이다. 이번에 진 이유가 뭔 줄 아니? 악은 없고, 생각만 많았어. 그래서 피하기만 한 거라고. 왜 그런 줄 아냐? 이겨야 하는데, 상대를 쓰러뜨려야 하는데, 너는 그 생각을 하지 않은 거라고. 링에서는 착한 사람이 되면 지는 거다. 링에서는 이기는 사람이 착한 사람이 되는 거라고. 그걸 너는 이번에 경험한 거야. 그런데 포기하냐? 하면 되는데, 왜?"

"사범님, 이거 알아요? 글러브를 끼기 전 내 손에 압박 붕대를 감는 것은 내 손을 보호하기 위해서고, 두툼한 글러브를 끼고 대결하는 것은 상대를 보호하기 위해서잖아요. 그런 생각을 시합하면서도 나는 하게 돼요. 그 순간 상대 선수를 때릴 수가 없어요. 그런데 어떻게 내가 권투 선수를 할 수 있겠어요. 그만 할게요."

나는 사범의 말을 인정하기 싫었다. 연습 경기를 할 때마다 사범은 경기 내내 소리쳤다. 붙어, 붙어. 즉 붙어서 공격하라는 말이었다. 하지만 나는 늘 떨어져서 권투를 했다. 두려워서가 아니라, 상대 선수에게 붙어 공격하기가 싫었다. 붙는다는 것은 상대를 거칠게 공격하라는 것이고, 거칠게 공격하기 위해서는 상대 선수 가슴팍에 고개를 들이밀 정도로 붙어야 하기 때문이다. 할 수 있다면 상대 선수 얼굴을 내 머리로 받아치면서 공격을 해야 하는 것이었다.

나보다 약한 상대는 내가 떨어져서 경기해도 이길 수 있었다. 눈도 발도 나는 빨랐고, 맞지 않는 권투를 하기 때문이었다. 사범은 늘 말했다. 내 장점이 단점도 되는 것이라면서 상대 선수에게 붙으면 내 빠른 눈과 손과 발이 상대를 압도할 수 있는데, 그 빠른 발만 믿고 상대 선수와 떨어져서 권투를 한다는 것이었다. 하지만 프로 시합에서는 붙지 않고 밀리기 시작하면 내 장점이 단점으로 변한다는 것이었다.

권투를 그만두고 한참이나 지나서 권투 경기를 볼 때마다 사범이 한 말이 생각났다. 그게 맞는 말이었다. 하지만 나는 권투를 그만둔 것에 대한 후회를 한 번도 해본 적이 없다. 다른 무엇보다 나를 이기겠다는 너무나 간절한 상대 선수의 눈과 마주치는 순간 나는 그만 싸우자고 말하고 싶을 정도였다. 그러니 나는 애초에 권투 선수로서는 맞지 않는 적성이었다.

중요한 것은 내가 권투 선수 생활한 전과 후가 정말 많이 달라졌다는 것이다. 다른 무엇보다 14살 공돌이로 시작한 내 존재에 대한 땅속에 처박혀 있던 자존감이 완전히 회복된 것이다. 길거리에서 교복 입은 학생을 보더라도, 심지어 대학생을 만나더라도 기죽지 않는 내가 되어 있었던 것이다.

살아오는 내내 나는 생각했다. 내가 몇 번을 권투 도장 앞에서 기웃거리기만 하다가 문을 열고 들어가는 용기를 낸 것은 홍수환이나 염동균 선수처럼 세계챔피언이 되겠다는 큰 꿈이 있어서가 아니었다는 사실이다. 그것은 내가 만든 구실에 불과했다. 그 일 년 전 나는 기영이를 괴롭히는 문철이에게 맞짱 한번 뜨자고 덤볐다가 호되게 맞았다. 그 후 문철이는 나를 별것도 아닌 놈으로 생각했다. 그것은 나에게 처음 있는 수치였다. 나는 문철이를 이겨야 한다고 생각했다. 그래야 내가 당당하게 살아갈 수 있다는 생각 때문에 권투 도장 문을 열고 들어간 것이 진실이었다.

빌리 조엘은 여전히 나를 위해 노래를 불러주고 있다.

> Now Paul is a real estate novelist
> Who never had time for a wife
> And he's talkin' with Davy, who's still in the Navy
> And probably will be for life

폴은 부동산 중개업자지만, 항상 소설가를 꿈꿔요

바빠서 아내를 맞을 시간조차 없었죠

해군에 복무 중인 데이비 이야기를 하는데

아무래도 평생 저럴 것 같네요

And the waitress is practicing politics

As the businessmen slowly get stoned

Yes, they're sharing a drink they call loneliness

But it's better than drinkin' alone

그리고 웨이트리스는 요령이 좋죠

저 사업가들이 천천히 취해 가는 걸 보면 말이죠

그래요, 우리는 외로움이라고 불리는 술을 나눠 마시죠

하지만 혼자 마시는 것보단 낫잖아요

7

탱자나무 지팡이만
들고 다니신 할아버지

오늘은 할아버지의 이야기를 좀 더 자세히 해야 할 것 같다. 어쩌면 지금까지의 내 삶에 가장 큰 영향을 주었던 것 같아서이다. 그때는 몰랐지만, 할아버지의 그때 나이가 된 지금은 알 것 같다. 할아버지가 아파했을 그때 마음을 들여다보고 싶다.

내가 살던 외갓집 앞 울타리는 탱자나무였다. 탱자도 많이 달렸다. 햇살 좋은 봄에 파릇한 열매가 동그랗게 모습을 보여주었다. 가을이 되면 노랗게 익는 탱자를 따서 속살을 파먹었다. 그 시큼한 맛에 진저리치면서도 쪽쪽 빨아 먹었다. 철둑길이 보이는 옆 울타리는 키가 큰 측백나무였고, 아카시아 한 그루가 모서리에 있어서 봄에는 그 향기도 좋았다. 꽃잎도 따서 먹었다.

그 탱자나무 중에 길쭉하게 잘 자란 것을 잘라 튀어나온 마디를 다듬고 말려서 사포로 곱게 만들고, 그 나무가 잘 마르면 니스 칠을 두 번 세 번 하여 지팡이로 만들어 들고 다니시던 할아버지를 생각하는 것은 솔직히 너무 아픈 일이다.

할아버지를 생각하는 것은 탱자나무 가시에 꼭꼭 찔리는 것 같은 기분이다. 그래서 할아버지 생각이 날 때마다 고개를 흔들면서 늘 피해버렸다. 그래도 이번에는 해야겠다.

할아버지는 나한테 왜 그랬을까. 생후 23개월이 된 아이를 받아 안아 키웠다는 할아버지인데, 내 유년 시절 기억으로 조각조각 떠오르는 것들은 한결같이 무섭고 엄하기만 해서 나는 할아버지 앞에서 늘 덜덜덜 떨고 있는 장면만 그동안 기억했다. 그래서 오늘은 다른 기억을 떠올려 보고 싶은 것이다.

자주 있는 일은 아니었지만, 내가 무슨 잘못이라도 한 날에는 어김없이 저녁 밥상을 뒤로 물리고 내 그 가냘픈 장딴지에 회초리를 때리던 할아버지. 왜 그러셨을까. 일곱, 여덟 살 즈음에 회초리를 자주 맞은 기억이 있다. 과수원집 아들 주평이네 집에서 놀다가 저녁 시간에 늦은 날, 또는 내가 심부름을 해야 했는데 하지 못한 날에도 회초리를 맞았다. 10살 전후에는 어쩌다 천자문 쓰는 것을 빼먹거나, 잘못 쓴 글씨 때문에 맞기도 했다. 나는 억울했지만 내 종아리를 때리는 할아버지 앞에서 바지를 걷어 올리고 당당하게 섰다.

할아버지는 늘 나에게 직접 내가 맞을 회초리를 만들어오라고 하셨다. 집에는 땔감으로 사용하는 마른 나무가 항상 있었고, 울타리에는 생나무가 있었다. 어떤 날은 할머니가 마른 나뭇가지 하나를 만들어서 내게 주며 안방으로 떠밀어 보냈다. 어떤 날은 내가 오기가 생겨 생나무 가지로 회초리를 만들어 들어갔다.

내가 생나무를 들고 들어가면 할머니는 그 회초리를 필사적으로 빼앗으려고 안방으로 뛰어들어와 할아버지에게 대거리를 했다. 할머니가 할아버지에게 대거리하는 유일한 상황이었다.

"맨마든 애 잡지 말고, 나를 잡아 죽여라. 이 웬수야."

그 얌전하시고 말수 적은 할머니가 그렇게 말하는 순간 할아버지는 맹물 마신 사람처럼 멍한 표정을 지으셨다. 할아버지가 그런 표정을 짓는 순간 내 손을 잡아끌고 안방을 나오던 할머니의 모습이 내 기억 중에 가장 선명한 것이다. 그 순간 할머니는 자기 새끼를 지키려는 암탉처럼 매서웠다. 내가 아파하고 힘들어할 때마다 다정하게 안아주고 토닥여준 할머니였다. 그런 할머니 모습이 훗날에도 자주 생각나서 나는 할머니가 계시는 허름한 외갓집에 찾아갔었다. 내 나이 서른 중반이 되어서야 그랬던 할머니가 생각난 것이었다.

나는 너무 늦게 알아버린 할머니의 아픈 마음을 위로하며 할머니의 손과 발을 자주 만져주었다. 손가락 마디마다 굳은살로

빳빳해져 마른 나무토막 같았다. 발을 씻겨드릴 때는 그 빳빳한 살결에도 간지럽다며 아이처럼 자지러지듯 웃으며 좋아했다. 그러다가 내 나이 마흔 무렵에 할머니의 가슴에 가시처럼 꽂혀 있는 큰딸인 내 엄마를 할머니에게 보내드렸다. 동네의 작은 집 하나를 사서 같이 살게 해드린 것이다. 그것이 내가 할 수 있는 유일한 효도였다. 내 나이 마흔두 살에 할머니가 돌아가시고, 내 나이 쉰다섯 살에 엄마도 그 집에서 돌아가셨다. 내 둘째 딸이 아장아장 걷기 시작할 즈음 엄마를 강원도 홍천의 내 집에 모셔왔는데, 엄마는 그 예쁜 손녀딸 보며 사는 시간을 포기하고 2년 만에 다시 그 집으로 돌아가겠다고 했다. 아니라고, 엄마가 혼자 사는 것은 내가 불편해진다고 별별 말로 엄마를 설득했지만 엄마 마음은 변하지 않았다.

"내 걱정은 말고 애들 잘 키워. 거기 가면 이모(엄마의 사촌들)들이 많아서 마음 편하고 좋아. 여기는 불편해서 못 살겠어."

나는 결국 어머니가 태어난 그 동네로 다시 모셔다 드렸는데, 그 일은 내가 하지 말아야 했을 아픈 일이 되었다. 나는 그때부터 내 아이의 엄마를 용서하지 않겠다고 작정한 것처럼 냉소적인 사람이 되었던 것이다.

다시 할아버지 생각을 해야겠다. 할아버지는 1909년에 태어났고, 내가 초등학교 2학년 때 할아버지의 환갑잔치를 했던 것을 기억하고 있다. 9자가 두 번 들어가는 해에 태어나셔서 잊지 않는 숫자이기도 하다. 봄에는 동네 논 여기저기에서 소 쟁기질을 하고, 동네에서 몇 마리 안 되는 소가 아프거나 새끼를 낳으면 할아버지가 가서 봐주던 것도 생각난다. 하지만 정작 우리 집에는 소가 없었다. 남의 집 소를 할아버지는 마치 우리 집 소처럼 잘 다루었고, 일을 잘 시켰다.

할아버지는 청년이었던 일제강점기 시절부터 소 장수였다고 한다. 돈도 많이 벌었다고 했다. 할아버지 형제 중에 힘이 제일 셌다. 밀양 박씨가 모여 사는 집성촌인 마을에서도 단연 강자였고, 인근 강경과 함열 장터에서 알아줄 정도였다. 흔한 말로 깡다구가 대단해서 일본 순사들도 할아버지는 함부로 건드리지 못할 정도였다고 했다.

'니네 할아버지는 말이다'로 시작하는 동네 분들 얘기가 그걸 증명했다. 그중에 엄마 소꿉친구였던 과수원집 아들 주평이 아버지가 가끔 할아버지의 대단함에 대하여 말해주었다. 주평이 아버지는 엄마와 동갑내기 소꿉친구였다. 너무 일찍 아버지는 죽고, 가난한 외갓집에서 살고 있던 어린 나를 보면 소꿉친구인 엄마 생각이 나서 짠한 마음이 든다며 하는 말끝에는 매번 '니네 할아버지 정말 대단하셨다'로 끝냈다. 전국 소 시장을 돌아다니면서 장사를 하고, 전국 씨름판에서 알아주던 씨름꾼으로 소문난 장사였다고 했다. 이런 이야기를 나는 할아버지나 할머니에게 단 한 번도 들어본 적 없다. 모두 동네 어른들이 해준 말이었다. 어린 내가 안타까워서였겠지만, 할아버지가 본래 그렇게 게으름을 피우거나 술주정뱅이가 아니었다는 것으로 나를 위로해 주고 싶은 마음으로 그랬을 것이었다.

그건 사실이었다. 어쩌다가 할아버지 손을 잡고 면사무소가 있는 용동역 근처나 강경 장터에 같이 다니면서 본 광경도 그걸 증명했다. 어지간한 사람들은 할아버지만 보면 가던 걸음을 멈추거나 하던 일을 멈추고 꾸벅꾸벅 인사를 했다. 다들 공손했다. 그런 할아버지가 왜 동네 주정뱅이가 되고 말았을까.

할아버지의 형제는 모두 다섯이었다. 내가 아주 어렸을 적에 여산면으로 이사 가신 큰 외할아버지, 우리 뒷집에 사는 작은 외할아버지, 작은 외할아버지 옆집에 살던 고모할머니(유난히 나를 안타깝게 봐주고, 가끔이지만 불러서 저녁밥을 먹게 해주었는데, 엄마와 아빠의 결혼을 성사시킨 할머니였다. 내가 고모할머니라고 부르게 된 것은 내 또래의 이종사촌들이 그렇게 불러서 나도 따라 부르게 된 듯하다.)가 할아버지 바로 위인 둘째였다. 그리고 외할아버지와 사이가 좋지 않아서 얼굴을 서로 피하고 살던 막내 외할아버지는 마을 한복판 기와집에서 살았는데, 교회에 다니는 절실한 신자였다. 할아버지는 막내 할아버지를 예수쟁이라고 불렀고, 나는 어린 시절에 그래서 두 분이 사이가 좋지 않은 것으로 알고 있었다. 하지만 성인이 되어 알고 보니 그 문제는 명분이었고 막내 할아버지가 어려서부터 늘 따로 노는, 그러니까 전국 소

시장에서 소문난 3형제파에 속하지 않은 착한 순둥이였다. 일본말 공부도 열심히 해서 형제들과 다른 길을 가는 외톨이었다. 그런데 희한하게도 그 착한 순둥이 막내 할아버지의 자식들은 하나같이 동네에서 싸낙배기로 통했다. 고등학교까지 다닌 남자 둘에 중학교까지 다닌 여자 넷인 여섯 남매가 되는 그 싸낙배기들은 또 하나같이 나만 보면 애지중지 대해주었다. 그중에 맏딸이 엄마하고 사촌 중에서 가장 친하게 지내는 동갑내기였다.

할아버지는 외출할 때마다 검정 두루마기하고 짙은 회색 두루마기를 번갈아 입었다. 키가 커서 두루마기가 잘 어울렸다. 내가 자주 만졌던 턱수염도 멋있었다. 가끔 할아버지 팔베개를 하고 잠을 잘 때 만져보게 되는 몸에 군살이 없었다. 젊은 시절 힘이 장사였다는 할아버지의 팔베개를 하고 잠들었던 날들이 지금도 여전히 생생하게 생각난다.

내가 어린 시절에 있었던 대통령 선거에서 김대중 후보를 응원하느라 밤새워 라디오 선거 개표 방송을 듣던 모습도 생각난다. 그때 할아버지가 나를 안고 많은 말을 했는데, 지금 기억하는 것은 전혀 없다. 나는 아마도 할아버지의 수염을 만지작거리면서 무슨 말인지 모르겠는 말을 듣다가 잠들었을 것이다.

날마다 천자문을 읽게 하고, 쓰게 한 할아버지. 그런 할아버지 때문에 나는 초등학교에 입학하는 그날부터 매일 등교하기 전에 세 글자를 꼭 써서 아랫목에 두고 학교에 가야 했다. 어쩌다가 쓰지 않고 가는 날 저녁에는 여지없이 회초리를 맞았다. 글씨를 날림으로 흘려 쓴 날도 할아버지는 그냥 넘어가지 않았다. 긴 훈계의 말을 듣거나, 할아버지 기분이 좋지 않은 날에는 회초리를 꺾어오라고 했다. 하지만 그런 날에는 종아리를 걷어 올리게 하고는 때리지는 않았다. 그래서 나는 학교에 늦으면서까지 쓰고 간 적도 몇 번 있었다.

우리 집은 당시 동네 사람 전부가 안타까워할 정도로 가난했다. 매일 할머니 혼자 먹을 걸 구하느라고 가랑이가 찢어질 정도였다. 강경장에 내다 팔 물건이 있으면 십 리가 넘는 길을 할머니는 걸어 다녔다. 가끔이지만 열무나 무, 장에 내다 팔 물건을 구루마에 실어 내가 앞에서 끌고 강경이나 함열장에 갔다. 그런데도 부엌에는 항상 소쿠리에 흰쌀 한 톨 없는 꽁보리밥이 있었고, 저녁은 호박하고 감자를 숭숭 썰어 넣어 만든 수제비나 칼국수를 먹었다. 매일 저녁이면 마루에서 반죽한 밀가루를 방망이로 쭉쭉 밀어 펼치던 할머니가 생각나는 것도 늘 그랬기 때문이다.

외갓집이 처음부터 가난했던 것이 아니었다. 일제강점기에 아주 부자는 아니었어도 조상이 물려준 땅을 팔아서 먹고살아야 할 정도는 아니었는데, 한국 전쟁 이후 할아버지는 하던 소장수도 그만두고 무슨 일인지 말도 없이 허구한 날 술만 마시기 시작했다고 한다. 그러면서 물려받은 땅들을 동생에게나 동네 사람들에게 팔았는데, 그 돈으로 식구들이 살았다는 것이다. 큰 외삼촌이 중학교에 다니다 만 것도 그래서였고 둘째 삼촌이 중학교 진학을 하지 못한 것도 먹고 살 형편이 아니어서 어쩔 수 없었다고 했다. 그런데도 할아버지는 일하지 않았다는 것이다. 나보다 아홉 살 위인 이모가 어쩌다가 할아버지에게 따지거나 대거리할 때마다 하는 말이었다.

가끔 할머니랑 밭일하러 가면서 나에게 한 말이 생각난다. 여기도 우리 밭이었다, 저것도 우리 논이었다면서 할머니는 늘 허기진 나에게 배불리 먹이지 못하는 것을 마음에 걸려 했었다.

그 당시 우리 가족은 외할아버지와 외할머니, 그리고 나는 한 번도 본 적 없는 엄마의 오빠인 큰외삼촌(6·25전쟁 중 실종), 그리고 둘째가 엄마였다. 엄마 밑으로 삼촌 셋이 있고, 막내가 나보다 열 살 더 먹은 이모였다. 그래서 막내 이모는 언니인 엄마가 자기 엄마 같다고 말하기도 했다. 그래서였을 것이다. 어린 이모가 나를 안고 자면서 처녀인 자기 젖가슴을 더듬던 내 손을 살포시 잡아주었던 것은.

전쟁 이후 돌아오지 않은 외삼촌 때문에 매일 술을 마시고 폭력적으로 변한 할아버지의 이상해진 행동은 동네 사람들에게 의아하게 보였는데, 그래서인지 이런저런 말들이 많았다고 한다. 전국 소 시장을 다니면서 번 돈으로 독립운동 자금을 대

줬는데. 그 돈을 받은 사람들이 모두 북한으로 넘어갔다는 말이 돌았고, 그 사람들을 찾아 북한에 가고 싶은데 식구들 때문에 가지 못해서 날마다 술을 마신다는, 그때까지 사이가 좋았던 3형제 간에 의리도 갈라졌다는. 아예 다른 동네, 그러니까 여산면으로 이사한 할아버지의 형은 남한파였고, 우리 집 바로 위에 살던 할아버지의 바로 아래 동생은 중립이었지만, 큰형 말에 더 동조하는 편이었다는 말까지 구체적으로 동네 사람들 입방아에 오르내렸다고 한다. 그래도 할아버지는 그에 관하여 한마디 말을 하지 않았다는 것이다.

내 기억 중에 또 하나 선명한 것이 있다. 가끔이지만 저녁 해가 질 무렵에 구루마를 끌고 강경 장터 선술집이나, 용동역 선술집에 가서 잠들어 있는 할아버지를 모시러 다녔던 장면이다. 그때마다 할머니는 이모나 막내 삼촌이 아닌 나에게 구루마를 끌게 했다. 스무 살 넘은 이모나 막내 삼촌이 죽어라 싫어했던 것이다. 술에 취해 말 그대로 큰대자로 뻗은 할아버지를 어찌어찌해서 구루마에 태우면 내가 앞에서 끌었고 할머니가 뒤에서 밀어줬는데 할머니는 알아듣지도 못 하도록 큰대자로 뻗어 있는 할아버지에게 씨부랄놈, 씨부랄놈 하면서 혼자 궁시렁거렸다. 그러다 눈물 콧물을 치맛단으로 훔쳐대다 코 푸는 소리가 크게 들렸다.

사실 할아버지는 굳이 지팡이가 필요 없을 정도로 건강하셨다. 그럼에도 탱자나무로 만든 지팡이가 몸에 붙은 일부인 것처럼 들고 다닌 것은 소 장수를 하던 젊은 시절의 버릇이라고 한다. 소를 사고판 돈을 전대에 담아 두루마기 속 허리에 묶고 다녔는데, 그것을 지키는 무기였던 것이다. 그 지팡이가 어지간한 칼보다 강했다고 했다.

그렇게 술에 취하여 인사불성이 되어서도 늘 지팡이를 손에 쥐고 잠들어 있는 할아버지가 내 기억 속에 선명한 것은 어떤 의미일까, 가끔 생각하게 된다. 항상 지팡이를 들고 다녀야 했을 만큼 할아버지에게 세상살이가 녹록하지 않았다는 것은 아닐까. 그런 결론을 얻는 날이면 할아버지가 나에게 유독 엄했던 날들을 이해할 수 있다.

너무 일찍 혼자가 되어버린 나였다. 그런 나는 이 험한 세상을 혼자 살아가야 할 운명이라고 할아버지는 그때부터 결정짓고 계셨던 것은 아닐까. 그래서 열세 살의 나를 세상 속으로 던져놓듯이 서울행 완행열차를 태워 보낸 것은 아닐까. 최병준 선생님이 집까지 찾아와 무릎까지 꿇고 중학교에 보내야 한다고, 형편이 어려우면 선생님이 나를 데려가 공부시키겠다고 애원하듯 말했는데도 역정 내듯 선생님을 물리치고, 나를 굳이 꽃이 피기 시작한 그 이른 봄에 서울행 기차를 태워 보낸 것은 아닐까, 싶다. 처음은 여름에, 두 번째는 가을에, 세 번째는 중학교 진학을 포기한 겨울에 선생님은 할아버지를 찾아와서 무릎까지 꿇으시고 나를 공부시키겠다며 거의 울다시피 말했다. 그런데도 할아버지는 완강했다. 사람은 태어난 팔자를 따라야 한다는 이상한 논리였다.

할아버지가 그래야 했다면 그럴 만한 이유는 분명히 있을 것이다. 그 생각들을 더듬어 보는 것도 지금 내가 해야 할 일이다. 내가 이 세상에서 63년을 살았는데, 왜 그렇게 힘들게 살아야 했는지를 모른 채였으니, 이제라도 그래야 했던 이유를 찾아보는 게 당연하다 싶다. 그동안 외갓집 식구들과 가끔이라도 만나면서 소통했다면 할아버지가 왜 그래야 했는지를 비슷하게나마 알 수 있었을 텐데, 나는 그러지 않았다. 할아버지도 내가 스무 살 되기 훨씬 전에 돌아가셨다. 미친놈처럼 공부하고 일만 하던 때라 할아버지가 돌아가셨다는 소식도 한참이 지나 엄마에게 들었다.

내가 스무 살 시절을 보내면서 외갓집 식구들에게 발길을 하지 않은 이유는 합격한 대학 등록금을 둘째 외숙모에게 빌리러 갔다가 애먼 잔소리만 듣고 돌아온 이유와는 다르게 한글을 읽지 못하는 엄마를 외삼촌들이 도와주지 않았다는 것을 알면서부터일 것이다. 당시 내 마음속에는 내가 어려울 때 도와달라고 찾아갔는데, 외면했다는 것이 잠재하고 있었다. 지금 생각해 보면 다들 어려운 살림살이였다. 나와 나이 터울이 있는 외사촌 동생들은 다 어렸고, 셋방살이하는 처지인데 내가 대학생이 된다는 것에 관심 가지고 도와줄 형편이 아니었다는 것을 알면서도 그때의 서운함은 어쩔 수가 없었다. 하지만 그 이유만으로 발길을 끊은 것은 아니었다. 아버지가 사고로 돌아가시기 전에 지어놓은 집을 돈 한푼 받지 못하고 사기 당해서 빼앗겼다는, 그것도 아버지가 목숨을 구해준 사람에게 당했다는 사실을 알고부터 나는 두 외삼촌에게 대해 부정적인 생각을 하기 시작한 것이었다. 그때 큰 외삼촌과 작은 외삼촌이 같은 동네에 살고 있었다는 사실만으로 나는 두 삼촌을 외면했다.

나는 내 딸들에게 내가 기억하는 할아버지처럼 기억되고 싶지는 않다. 잘 산다는 것은 그냥 그렇게 살면 되는 게 아니다. 억울하다고 징징대지 않아야 하고, 내 생각처럼 되는 일 없다고 포기해서는 되는 일 하나도 없는 게 세상 살아가는 이치이다. 이겨내야 가능한 것이다. 억울해도 이겨내야 하고, 되는 일 없어도 이겨내면 된다. 사람들과 섞여 산다는 게 결코 쉬운 일은 아니다. 내가 아닌 사람의 생각과 말과 행동을 모두 이해하는 게 결코 그냥 되는 게 아니지 않은가.

선생님이 해준 말씀이 또 생각난다. 토막토막 해준 말씀을 한 문단으로 정리하면 이런 내용이다.

"타고난 재능만으로 이 세상을 잘 살아내기는 어려운 일이다. 사람들과 함께 살아가는 게 인간의 본능인데, 그 사람들과 잘 살아내는 것은 재능이 아니라 마음이기 때문이다. 그런데 이 세상을 마음만으로 살아가기에는 너무 어려운 것이란다. 너의 재능이 어떤 마음과 만나서 이 세상을 살아가게 될까, 선생님은 그게 걱정되고 궁금한 것이다. 그래서 하는 말인데, 너의 마음을 잘 다잡는 거, 그것만은 어떤 상황에서도 포기하면 안 되는 것이다. 알겠지?"

선생님이 해주신 이 말을 나는 마음에 담고 이제껏 살아보려고 애쓴 듯하다.

라오스의 9월은 비가 많이 오는 우기다. 며칠 동안 밤마다 폭우가 쏟아지고 있다. 게다가 중국에서 댐을 개방해 라오스 수도 비엔티안과 북부 도시 루앙프라방 등의 산골 마을은 강물이 범람해 여전히 큰 곤욕을 치르고 있다고 한다.

"선생님, 저는 조금 불편하지만 잘 있어요. 아버지도 건강하고 가족들도 모두 잘 지내고 있으니 걱정해주는 마음 그만해도 되어요. 라오스에서 좋은 시간 보내세요."

누니가 지금 막 굳이 한글로 번역해서 카톡을 보내왔다. 다행히 지금 내가 묵고 있는 남부도시 팍세는 평온하다. 메콩강물이 불어나 호텔 창가에 굳이 서지 않아도 보인다. 책상 앞에서 고개만 돌리면 내가 메콩강물 위에 떠 있는 듯하다. 게다가 빌리 조엘은 오늘도 나를 위로하듯 노래를 불러주고 있다. 메콩강물 위로 보이는 저녁노을이 아름다운 시간이다.

Sing us a song, you're the piano man

Sing us a song tonight

Well, we're all in the mood for a melody

And you've got us feelin' alright

우리에게 노래 한 곡 불러줘요, 당신은 피아노맨이잖아요!

오늘 밤 우리에게 노래 한 곡 해줘요

우리 모두 노래에 취하고 싶은 기분이에요

당신이 우릴 기분 좋게 해주고 있거든요

8

기철이란 친구가 있었다

내가 성남시 중동의 사랑방이었던 순정다방 옆 건물 가방 공장에 들어간 것은 다시 말하지만 1974년 5월 10일이었다. 현영산업이었다. 반세기가 지난 이야기를 지금 나는 라오스에 와서 생각하고 있다. 마치 타임머신을 타고 그 시절로 돌아가 있는 듯하다.

라오스의 소년 소녀들은 하루 6,000원을 벌기 위해 온종일 일을 한다. 중고등학교에 다니는 16세 전후의 소년 소녀들은 학교를 마치고 오후 5시부터 밤 10시까지 식당이나 카페 등에서 아르바이트를 한다. 한 시간에 천 원이 되지 않는 돈을 받는다. 그리고 작은 식당이나 마사지숍 등에는 학교에 다니지 않는 소녀들이 하루 10시간 이상 일한다. 내가 가는 식당 모두에서 그런 소녀를 볼 수 있었다. 라오스 시골 마을에서 비엔티안으로 돈 벌러 온 소녀들이었다. 자신의 생활비를, 아니 가족의 생활비를 보태야 해서 일하고 있는 것이었다.

그동안 라오스 수도 비엔티안에서 내가 점심을 먹으러 가끔 다녔던 식당은 한국 사람이 11년째 운영하는 한국식당이었다. 간판이 말 그대로 '한국식당'이었다. 그런데 내가 다시 비엔티안에 가더라도 그 식당에는 가지 않을 작정이다. 참, 나쁜 사장이라는 생각밖에 들지 않기 때문이다. 한두 번은 내가 잘못 생각했나, 사람을 너무 쉽게 판단하지 말아야 한다고 나를 타이르며 점심을 먹으러 다녔다. 나이 들어 외국에 나와 오죽하면 식당을 차려 밥집을 하면서 살고 있을까, 마음에 없는 생각까지 억지로 하며 그 식당을 다녔었다. 나이가 60대 후반이었다. 그런데 16세, 혹은 18세 소녀들을 직원으로 채용해 운영하면서 입만 벙긋하면 욕지거를 했고, 글자도 읽지 못하고 위생에 대한 개념이 없는 한심한 애들이라고 비하 정도가 아니라 사람 취급을 하지 않고 있구나, 생각이 들 정도로 열변을 토했다. 라오스 관련해서 궁금한 무언가를 물어보면 말끝에는 꼭 그랬다. 내 눈에 정말 딱한 사람은 어려운 상황에서도 미소 짓고 하루를 사는 그 소녀들이 아니라, 그 사장이었다.

그 식당에서 일하는 소녀들은 내가 라오스에 올 때마다 바뀌어 있었다. 이번까지 다섯 차례 왔는데, 주방일을 맡아 하는 그 사장의 여자만 그대로 있고, 서빙하는 소녀들은 매번 바뀌었다. 이번에도 마찬가지였다. 라오스에 도착한 다음 날 인사도 할 겸 점심을 먹으러 들렀는데, 직원 세 명이 모두 바뀌어 있었다. 식당 사장 말로는 몇 달 일해서 돈을 조금 모아 집에 가면 오지 않는다는 것이었다. 소녀들의 집은 거의 다가 산골 오지 마을이라는 것이었다. 아, 그래서 식당 사장이 소녀들을 그렇게 비하하고 정 주지 않는다고, 사람 취급해봤자 자기 속만 상한다고 열변을 토했구나 싶었다. 그래도 나는 이제 그 식당에서 밥을 먹지 않겠다고 작정하고 비엔티안에서 팍세로 왔다.

라오스는 16세가 되면 법적으로 결혼이 가능한 나라다. 고등학교를 졸업하는 18세에 성인이 되고, 모든 사회활동이 가능하다. 일당 체제의 공산주의 국가이지만 개인의 경제 활동에 자유를 주고 있어 형식상으로는 사회주의 국가다. 하지만 국민을 우선하는 공동체 인식이나 사회적 시스템은 아직 시작도 되지 않은 열악한 환경이다. 바다가 없는 내륙 국가인 점, 중국과 태국. 베트남, 캄보디아에 둘러싸인 나라여서 물류 이동에 어려움이 있어 발전 가능성도 희박하다. 외국에 팔 물건을 만드는 것은 엄두를 내지 못하고, 필요한 것들을 인근 태국이나 베트남, 중국에서 수입해야 살 수 있는 어쩔 수 없이 가난한 나라다.

라오스는 현재 국민 1인당 GDP가 약 2,000불을 넘나들 정도로 빈부격차가 엄청 심한 나라다. 한국은 1인당 GDP 40,000

불 시대를 살고 있다. 한국의 최저 시급은 9,860원이다. 라오스의 국가 공무원 월급이 한국 돈으로 약 20만 원, 라오스 돈으로 대략 300만 낍이라고 한다. 주 6일 근무를 하고, 하루 8시간 일하는 나라이다. 데이터로만 보면 한국의 40년 전 상황과 비슷하다. 50년 전인 1974년 나는 하루 열두 시간 일하면서도 월급으로 5,000원을 받았다. 물가를 감안하면 50년 전 내가 한 달 월급으로 받은 한국 돈 5,000원이 지금 라오스 돈으로 대략 150만 낍(약 70달러)이 될 것이었다.

나는 지난 8개월여 동안 라오스를 네 번, 이번까지 다섯 번째 왔다. 유명한 관광지가 더러 있지만, 나는 사람 구경하는 것이 더 좋았다. 지역 전체가 세계문화유산으로 지정된 루앙프라방 등 알려진 관광지가 있지만, 나는 굳이 찾아다니지 않았다. 호텔에서 식사하러 잠깐 나와 비엔티안 시내 구경 다니고, 오토바이 택시인 툭툭이를 타고 30여 분 메콩강변 드라이브를 하면 충분한 여행이고, 힐링이 되었다. 두 번째 왔을 때 비엔티안에서 기차를 타고 두 시간이나 간 루앙프랑방에서 강을 건너고, 30km 정도를 비포장 길로 더 들어가야 하는 누니 집에 잠깐 다녀온 것은 말 그대로 다녀온 것이었고, 세 번째 방문했을 때 누니를 만나기 위해서 루앙프랑방에 1박 2일로 다녀온 것이 전부였다. 누니가 나와 약속한 고등학교 입학을 한다기에 축하해줄 겸 다녀온 것이었다. 누니가 원하는 고등학교에 진학해서 맵시 나는 교복을 입은 누니를 보니까 한국 돈 50만 원(학교 일 년 등록금 및 교복과 생활할 수 있는 방을 얻어주고 한 달 생활비로 사용한 돈)이 한 소녀에게 엄청난 행운으로 다가간 사실이 뼛속 깊이 스며든 순간이었다. 그날 나는 누니에게 이런 말을 해주었다. 길게 쓰는 문장은 번역에 오류가 많아 한 문장씩 영어로 번역해서 다시 태국어로 번역하니 내가 전하고자 하는 의미가 담겼다.

"사람은 태어나서 세상을 보고 사람을 만나게 됩니다. 성장하면서 지혜를 터득하게 되는데, 그 지혜에 지식을 더하는 시기가 매우 중요해요. 십대 시절 지식을 얻어 지혜롭게 살아가는 나만의 뿌리를 만들며 성장하는 시기가 바로 지금의 누니입니다. 옳고 그름을 판단하는 지식과 지혜로운 사람으로 성장하기를 응원할게요."

누니는 그 말을 이해하고 눈물을 흘렸다.

"나는 행운을 얻은 소녀입니다. 지금 충분하게 행복해요."

누니가 번역기를 사용해 한 말을 내가 한국식 문장으로 이해한 내용이었다. 행복하다는 단어와 행운을 얻었다는 말이면 나에게 충분한 보상이 되었다. 내가 술자리 한번 하지 않으면 되는 돈 100달러가 누니에게 행운이 되고 행복을 주면서 꿈을 포기하지 않도록 해준다면 나는 술을 더 줄여 마실 수 있을 것 같았다.

누니를 만난 후 나는 라오스에 가서도 돈을 아껴 사용했다. 어차피 언어 소통이 어려워 굳이 돈을 쓰러 다닐 이유도 따로 없었다. 나는 라오스의 수도 비엔티안에서 낮에는 잠을 자고, 아침저녁으로는 시장이나 선술집을 찾아다니면서 사람 구경을 했다. 어떤 상황에서도, 심지어 내가 주문한 음식이 나오지 않고 다른 음식을 만들어 내와 내가 주문한 것은 이게 아니라고 말했는데, 직원이 먼저 버뺀냥, 하고 웃어 보였다. 버뺀냥(ເຈົ້າບໍ່ເປັນຫຍັງ)이란 라오스 말은 한국말로 '괜찮다'는 표현이었다.

버뺀냥, 그 한마디에 나는 많은 의미를 생각하게 되었다. 우리 싸우지 말자, 우리 따지지 말자, 우리 서로를 존중하자, 살아가다 보면 다 괜찮아지지 않느냐, 등등. 수많은 의미를 부여할 수 있는 버뺀냥이었다.

내가 경험한 라오스 사람들은 말 그대로 순박했다. 그 순박함이 평화로움을 만들고 있는 듯했다. 서로를 존중하고 경쟁하지 않는 사람들. 라오스에서 사는 서민들의 모습이었다.

나는 그들과 섞이고 싶었다. 그들에게 존중받는 듯한 라오스에서의 경험이 나를 행복하게 해주고 있기 때문이다. 내가 한국에서 63년을 치열하게 살면서도 존중받지 못했다면 라오스에서는 일상이었다. 아침저녁 숙소에서 얼굴 마주치는 직원들의 미소와 사바이디(ສະບາຍດີ, 안녕하세요) 하고 인사해주는 사람들. 길거리를 걸어가다 눈이 마주치면 미소 지어주는 사람들을 매일, 아니 매 순간 경험하는데 어찌 행복하지 않을 수 있겠는가.

그렇다. 나는 그들과 섞여 있으면서 내가 살아온 그때를 생각하는 것이다. 나는 왜 그렇게 진지했고, 치열하게 살아야 했을까.

14살의 나를 생각하면 가장 먼저 풍국산업과 짐받이가 큰 자전거가 떠오른다. 어린 시절 살던 시골 마을에서 막걸리통을 실어나르던 그 자전거였다. 풍국산업은 구종점 버스정류장 바로 앞에 있는, 성남시에서 제일 먼저 생긴 공단의 맨 끝에 있는 회사였다. 당시에는 공단이 하나뿐이어서 굳이 번호를 넣어 1공단, 2공단이라고 부르지도 않았다. 그냥 길옆으로 회사가 쭉 있었다. 그중에 큰 회사는 대영타이어와 삼영전자였는데 대영타이어 옆이 삼영전자였고, 삼영전자 바로 옆이 풍국산업이었다.

내가 일한 현영산업은 풍국산업에서 원부자재 전부를 받아 가방을 만드는 임가공 하청 공장이었다. 미싱은 열두 대였고 일하는 사람은 스무 명이 넘었다. 그중에 내가 막내였다. 나이 많은 동네 아주머니도 시다 일을 했고, 나보다 두세 살 더 먹은 형이나 누나도 시다 일을 했다. 시다 일을 짧게는 1년, 길게는 2년을 해야 미싱사가 되는 시대였다.

그런데 나는 달랐다. 애초부터 나는 평범한 14살 먹는 사내 아이가 아니었다. 수동적이지 않은 내 타고난 기질 때문인지, 남다름이 있었다. 내가 살아온 시간이지만 생각하면 아픈 삶이 아닐 수가 없다.

나는 풍국산업을 자주 들락날락했다. 짐자전거를 타고 원부 자재 심부름을 다녔고, 선적 날짜에 쫓기는 마지막 밤에는 제품 검사실 모퉁이에서 밤새 불량품 수선 작업을 했다. 그런 나를 관심 있게 봐주는 사람들이 많았다. 제품검사과에 근무하는 누나들은 나에게 무조건 친절했다. 그래서 대충 고친 불량을 눈감아주고 통과시켜주는 경우도 많았다.

내가 자전거를 타고 본사를 처음 갔을 때는 열네 살 여름이었다. 일을 시작한 지 서너 달이 지났을 때였다. 본사를 늘 다니던 형이 무슨 일인가 있어 결근한 것이 그 시작이었다. 공장 앞에 늘 있던 짐자전거를 점심시간에 재미 삼아 타던 나를 공장장 아저씨가 봤고, 본사 자재과에 가면 챙겨줄 거라며 다녀오라고 해서 가게 된 것이었다. 그런데 의외로 실어야 할 짐이 많았다. 조금 난감했다. 하루에 한 번 하청 공장을 도는 본사 화물차는 이미 한참 전에 출발해버렸다. 어쩔 수 없이 내가 그 많은 짐을 실어 가야 하는 것이었다. 나는 두 번 오면 안 될 것 같아 꾸역꾸역 내 키 높이가 되는 짐을 실었다. 나름 단단하게 바를 묶고 경비실을 나오는데, 출입증 반납을 해야 해서 자전거를 세

왔다가 출발하면서 넘어지고 말았다. 땀을 뻘뻘 흘리면서 자전거를 다시 세우고 짐을 다시 꾸리는데, 경비실 아저씨와 마침 경비실에 있는 어른 두 분(하청 공장 사장)이 도와줘 다시 출발할 수 있었다. 온몸이 땀으로 흠뻑 젖어 홍건했다. 그때부터 경비실 아저씨는 내가 풍국산업에 들락날락할 때면 굳이 이런저런 안부를 물어주고, 위로되는 말씀을 해주셨다.

열네 살 꼬맹이가 큰 짐자전거에 원단을 잔뜩 실어 타고 다니는 모습을 경비실 아저씨나, 다른 공장 사장들이 대견하게 봤던 기억이 지금도 새록새록 떠오른다. 게다가 현영산업 사장이 그 동네에서는 나이로나 경력으로나 고참이었다. 나를 무조건 칭찬하고, 특별한 아이 하나 구해서 잘 키워주고 있다는 자기 자랑을 하는 바람에 나는 가방 업체 사장들에게 나도 모르는 사이 알려졌다. 어쩌다가 처음 보는 사장들이 네가, 그 애구나, 하는 것이었다.

기철이 이야기를 해야 하는데 다른 설명이 길었다. 기철이와 내가 어려운 집안 상황 때문에 같은 공장에서 일하고 있었다는 것을 말하려다 보니 길어졌다.

기철이는 재단 보조였다. 매일 도시락 가방을 들고 출퇴근했다. 나는 집이 공장 바로 옆 골목이어서 그냥 다녔고, 공장장이 엄마 친구여서 가끔은 점심을 공장에서 먹기도 했는데 기철이

154

는 늘 도시락을 챙겨 다녔다. 유난히 팔뚝 힘이 좋았다. 통뼈였다. 공장에서 일하는 형들과 팔씨름을 해서 전부 이겼다. 중학교 2학년을 마치고 공장에 들어와서 나보다 6개월 정도 빨리 현영산업에 입사했고, 내가 들어갔을 때는 재단 보조로 완전히 자리를 잡아 인정받고 있었다. 기술 습득이 엄청 빠른 편이었다. 하나를 알려주면 열을 생각하고 배운다는 기철이였다. 내가 남다르게 미싱 기술을 빨리 배운 것도 그런 기철이의 영향을 받아서일 것이다.

원단 수십 장을 쌓아서 자르는 칼질도 잘하고, 계산이 정확하고 빨라서 재단사한테도 공장장한테도 인정받는 준 기술자였다.

기철이는 집이 남한산성 아랫동네인 은행동이었다. 걸어서 다닐 거리가 아니었다. 종합시장 앞에서 버스를 타면 다섯 정류장이나 되었다. 영등포역을 왔다 갔다 하는 36번 동서교통 버스를 타고 출퇴근을 했다. 서울 천호동을 오고 가는 광진교통 버스도 있었지만 차가 많이 있지 않아 동서교통만 탄다고, 광진교통 버스 안내양은 친절하지도 않고 예쁘지도 않다면서 굳이 동서교통 버스만 탄다고 기철이가 말했었다. 각진 사각형 턱이 강단 있게 돋보였다. 그런데도 눈은 쌍꺼풀이어서 순한 얼굴로 보였다. 말도 논리적으로 잘하고 똑똑하다는 평을 받았다. 미싱사 형들도 그래서 함부로 대하지 않았다. 재단 칼질이 잘

못되거나, 사이즈가 안 맞으면 봉제하는 일이 어려워져 재단사와 미싱사는 늘 논쟁을 하게 되는데, 미싱사 형들은 성질 고약한 재단사를 부르는 대신 기철이를 불러 칼질 잘 하라고 불평했다. 기철이는 그때마다 웃음 띤 얼굴을 하고 대화로 해결하는 편이었다.

내가 한 달쯤 다녔을 때였다. 쉬는 날이었다. 내가 그날 왜 공장에 갔는지는 기억에 남아 있지 않다. 미루어 짐작해보면 엄마 친구인 공장장 아저씨가 불러서 간 것이 아니라면 이해할 수 없는 일이기는 하다.

기술자들은 전부 다 놀러 나가서 기숙사인 공장 다락방에 아무도 없었다. 공장장 아저씨는 미싱에 앉아 가방을 만들었고, 나는 시다 일을 하고 있었을 것이다. 그런데 기철이도 점심나절쯤에 공장에 들어왔다. 아마도 다음에 만들 가방 견본을 만들고 있지 않았나 싶다. 일감을 받기 위해서는 항상 견본 가방 하나를 먼저 만들어 본사 생산 과장한테 확인을 받아야 했기 때문이었다.

견본 가방 재단은 오야 재단사가 오전에 해놓고 놀러 나갔고 기철이는 뒷일을 하러 온 것이다. 기철이가 왔을 때 나는 공장장이 시키는 가위질을 하고 있었고, 기철이는 공장장 아저씨가 시키는 사이즈로 원단 재단을 했다. 그것밖에 기철이와 내가 할 일이 없으니 그렇게 짐작해본다.

두어 시간이 걸렸다. 공장장 아저씨는 견본 가방을 완성 시킨 후 재단실 합판 위에 기철이를 앉혀두고 각 부속물 사이즈를 다시 점검했다. 그 숫자들을 노트에 기록하게 했다. 본사에서 내준 작업지시서 사이즈보다 적게는 1밀리에서 크게는 1센티까지 줄이는 작업이었다. 그 작업이 대량으로 가방을 만들면서 매우 중요한 과정이 된다는 것을 나중에 알게 되었고 그 일이 내 삶에 터닝포인트가 될 줄은 꿈에서도 생각하지 못했다. 가방의 모든 공정과 진행을 위하여 꼭 알아야 하는 매우 중요한 일이었기 때문이다.

이후 공장장 아저씨는 견본 가방을 만들 때마다 나와 기철이를 보조로 데리고 작업을 했다. 그런데 공장장 아저씨는 그 작업을 항상 야근하지 않는 날 야간이나 쉬는 날에 굳이 우리 둘을 불러서 했다.

본사에서 내준 작업지시서에 나온 재단 사이즈 그대로 하는 게 아니었다. 완성된 가방의 가로, 세로, 높이 사이즈만 정확하게 나오도록 하고, 수십 조각을 이어 만드는 가방의 부속물 사이즈는 대부분 수정을 하여 재단을 했다. 가방 하나를 만드는데, 수십 조각의 부속물 재단 사이즈가 잘 나와야 대량으로 가방을 만드는 미싱 작업이 쉬워지고, 더 중요한 것은 본사에서 내준 원단이 부족하지 않아야 하는 것은 당연했다. 가능하다면 그 원단을 최대한 많이 남기는 것이 재단사의 실력이었다. 그렇게 원단을 많이 남기는 것이 유능한 재단사로 평가받던 시절이었다. 남은 원단을 팔아서 재단사 월급 이상을 만드는 것도 재단사의 능력이었다.

그 일을 끝내고 나면 공장장 아저씨는 기철이에게 재단사가 되려면 계산을 잘해야 하는데, 그 개념과 원리를 마치 족집게 과외하듯 했다. 본사에서 보내준 패턴은 그대로 보관한 채 다른 패턴, 그러니까 실제로 재단하는 사이즈로 패턴을 다시 만들어야 하는 것도 중요한 일이었다. 기철이가 그렇게 공장장 아저씨한테 과외를 받는 동안 나는 공장장 아저씨가 시키는 미싱 모터 밟는 연습부터 했다.

그때 공장장 아저씨는 내가 알아듣지도 못하는 말로 나에게 많은 것을 말해줬다. 수십 개의 원단 조각을 봉제하여 하나의 가방을 만드는데, 그 조각 하나 봉제할 때마다 중요한 포인트가 있다는 말이었다. 하나의 공정에서 봉제가 잘못되면 가방 전체의 모형이 틀어지고, 전체 둘레 사이즈가 줄어들거나 늘어나 가방이 완성되더라도 울음 현상이 있어 상품으로서 가치가 없어진다는, 그러므로 가방 하나를 만드는 것은 화가가 그림을 완성하는 것만큼 섬세하고 정확해야 한다는 말이었다. 아주 기본적인 공정이라도 작은 착오가 발생하면 그 가방은 절대로 완성될 수 없다는 말을 강조했다. 그때마다 나는 이해하지도 못하면서 그래야 하는 것처럼 고개를 끄덕거렸지만 시간이 제법 지난 후 그 말의 의미를 알게 되었다.

사실 기철이가 그 공장에 다니기 시작한 것도, 내가 그 공장에 들어간 것도 공장장 아저씨가 엄마들하고 친구 사이여서 가능했는데 그것을 공장장 아저씨가 항상 강조해서 말했었다.

"너그 둘은 내게 특별한 놈들이다. 내 말 잘 듣거라."

공장장 아저씨는 매번 그렇게 말하면서 엄마의 친구라는 사실을 말했다. 그런 공통점이 있어서인지 그날 이후 나와 기철이는 친하게 지내는 단짝 같은 사이가 되었다. 쉬는 날 그렇게 일을 마치면 나는 으레 기철이 집으로 가서 기철이가 좋아하는 만화책을 보거나 기철이하고 영어 공부라도 하듯 팝송을 따라 부르고 놀았다. 그 기억이 지금도 아주 선명하다. 그때마다 기철이와 나는 영어 발음과 뜻을 해석하면서 이러쿵저러쿵했는데 뭐 때문에 그랬는지 선명하지 않다. 아마도 내가 공부 욕심 때문에 단어 해석과 발음을 하면서 기철이에게 묻거나 틀린 부분을 꼬치꼬치 따지고 수정해서 기철이가 귀찮아했던 것 같다. 그리고 갈 때마다 기철이 여동생이 동갑내기인 나를 오빠라고 부르면서 다정하게 대해줘서 자주 가고 싶었다.

기철이네 식구는 내 기준으로는 많은 편이었다. 아빠, 엄마, 큰형, 작은형, 그리고 나랑 같은 나이(나보다 두 살 위인 기철이가 친구라고 소개해서 동생은 나를 오빠라고 불렀는데, 나는 오빠 행세를 하지 못했다)의 여동생까지 있었다. 그러니까 기철이까지 여섯 식구가 한집에 살았다. 방은 세 개뿐인 좁은 대문의 허름한 벽돌집이었다. 하지만 나에게는 기철이 집은 천국 같은 곳이었다.

기철이네 집이 있는 곳은 남한산성 아랫동네인 은행동이었다. 낮은 지붕의 집들이 좁은 골목 사이로 줄지어 있는 동네, 그러니까 달동네였다. 작은 대문들도 똑같아 이 집이나 저 집이나 같은 집 같았다. 몇 집 건너 하나씩 진한 페인트로 대문을 칠해서 다른 집 같아 보이기는 했어도 들어가 보면 똑같았다. 물을 받아먹는 펌프 위치도, 그즈음에 집집마다 하나씩만 놓기 시작한 수도꼭지 위치도, 심지어 부엌과 아궁이도 같은 프레스 금형으로 찍어낸 것처럼 똑같았다.

3형제가 같이 사용하는 기철이 방은 언제나 너저분했다. 큰형이 태어나면서부터 아파서 먹는 약봉지도 많았다. 조용하신 분이었다. 기철이 형제는 어머니를 닮아 눈들이 다 커서 그렇게 보였는지 모르겠지만, 큰형을 처음 봤을 때 정말 슬픈 사슴이 눈을 껌벅거리는 것 같았다. 당시에는 그래도 많이 좋아져서 가까운 곳은 걸어서 산책도 하고 한 달에 한 번 병원도 혼자 다녀올 정도였었다.

둘째인 작은형은 내가 스무 살 먹을 때까지 얼굴을 보지 못했다. 항상 집 밖에서 먹고 자고 놀고 하는 날건달이었다. 나중에 알았지만, 겁도 많고 싸움질도 잘하지 못하는, 그러니까 선빵도 날리지 못하는 겁쟁이인데, 선빵 잘 날리고 허세 기가 많은 동네 친구 따라다니면서 잔머리꾼 행세를 하는 똘마니였다. 그래서 가는 날마다 둘째 형은 집에 없었다. 말로는 동네 신문 배달 사무실에서 총무 일을 한다고는 하지만 돈 한 푼 집에 주지 않고 혼자 놀고먹으면서 지냈다.

그래서 기철이는 중학교 다니다가 말고 공장에 취직한 것이었다. 큰형 약값 때문에, 동생 책값 때문이었다. 계부는 노는 날이 더 많은, 일거리가 있어도 편한 일만 골라서 하는 미장 기술자였다. 한량이었다. 어머니는 아파서 집에서만 있는 큰아들 건사하느라고 마땅한 일거리 없이 인형 공장이나 가방 공장에서 집으로 갖다 주고 가져가는 실밥 따는 부업을 해 푼돈을 버는 게 전부였다.

그렇게 소년 가장 노릇을 해야 하는 기철이는 성실한 편은 아니었어도 머리가 좋고, 재단 기술을 배우는 속도가 워낙 빨라서 그해 겨울이 시작되는 즈음에는 거의 오야 재단사 실력이 되었다.

그러던 어느 날이었다. 밤 열한 시까지 하는 야근 작업을 하다말고 나한테 와서 귓속말처럼 조용하게 말했다.

"우리 다른 공장 갈래?"

"왜?"

"여기 있어봤자 시다바리 월급밖에 못 받잖아. 다른 공장에 가면 너도 미싱사 되고, 월급 더 받을 수 있어."

나는 그 공장에 들어간 지 5개월쯤 되었을 때부터 간간이 미싱을 했었다. 공장장 아저씨가 쉬운 일감이 있을 때마다 주인 없는 오래된 미싱에 앉아서 일하게 했던 것이다. 그건 사실 엄청난 특혜이기도 했다. 보통 일 년이 넘어야 미싱을 하게 했는데, 나는 일찍 미싱을 시작한 것이다. 그것에 누구도 불평하지 않을 정도로 나는 미싱도 곧잘 하는 편이긴 했다. 그래도 너무 빠른 특혜는 분명했다.

그때 내가 받던 월급은 5,300원이었다. 처음 들어갔을 때보다 300원이 오른 월급이었다, 당시 물가가 어땠는지는 내가 그 돈으로 무얼 사 먹거나 쓴 적이 거의 없어서 잘 모르겠다. 기철이는 나보다 조금 더 받았지만 1만 원이 안 되는 월급이었다.

"너, 다른 공장에 가면 만 원도 더 받을 거야."

"그려?"

"그렇다니까."

귓속말처럼 조용조용 말했지만, 우리 둘은 제법 진지했다. 며칠 동안 점심 먹다가도, 저녁을 먹고 나서도 기철이가 너무나 진지하게 말해서 나도 진지하게 들었다. 기철이에게는 모든 계획이 다 준비되어 있었다. 그래서 우리는 모험을 하게 되었다. 일단 집에서 가출하는 것이었다. 엄마에게나 공장장 아저씨에게 말해봤자 소용없는 일이 되니까 그냥 말없이 줄행랑치기로 한 것이다.

그렇게 해서 내 본격적인 세상살이 모험은 또 한 번 시작되었다. 훗날 생각해보면 그 모험이 나를 성장시키는 계기가 되었다. 세상 사는 경험 없이 꿈을 만들고 그 꿈을 향해 도전하는 일은 불가능하다는 것을 알았던 시기가 되었다.

　　지금 나는 라오스 메콩강변에 서 있고, 빌리 조엘의 노래를 여전히 듣고 있다. 강변 둔치에 어제부터 간이 천막으로 준비한 주말 야시장이 열렸다. 저녁 해가 지기 시작하면 사람들은 모여들었다. 맑은 하늘 붉은 노을이 유난하다 싶을 정도로 선명하다.

> It's a pretty good crowd for a Saturday
>
> And the manager gives me a smile
>
> 'Cause he knows that it's me they've been comin' to see
>
> To forget about life for a while

> 토요일인데 사람들이 많이 모였네요
>
> 지배인이 저에게 미소를 지어 보이는군요
>
> 사람들이 저를 보려고 왔다는 걸 알기 때문이죠
>
> 잠시나마 고달픈 삶을 잊기 위해서 말이에요
>
> And the piano, it sounds like a carnival

And the microphone smells like a beer

And they sit at the bar and put bread in my jar

And say, "Man, what are you doin' here?"

그리고 피아노 소리는 마치 축제 같죠

마이크에서는 맥주 냄새가 나고요

사람들은 바에 앉아서 제게 팁을 주죠

그리곤 '자넨 여기 있기엔 아까워'라고 하네요

Oh, la la la, di di da

La la, di di da da da

빌리 조엘의 목소리 때문인지 그해, 그러니까 열네 살 소년
공으로 살던 그해 겨울을 나는 다시 생각한다.

9

그해 겨울, 또 다른 인연

.

기철이와 나는 작은 가방 하나씩 들고 570번 버스를 탔다. 동성교통이었다. 성남시 상대원 공단 입구가 종점이었고, 을지로 5가를 왔다 갔다 하는 버스였다. 허허벌판이나 다름없었던 성남시 경계인 복정동을 지나고 지금의 가락시장이 있는 논밭을 지나면 잠실이었다. 잠실대교를 지나고 화양리 어린이대공원을 지나고 뚝섬을 지나고 한양대학교 앞을 지나서 신당동을 비켜 가면 동대문운동장이 보이는데, 그다음 블록이 을지로5가였다.

우리의 목적지는 뚝섬이었다. 나는 처음 가보는 곳이지만 기철이는 자주 다닌 곳이었다. 현영산업에 주기적으로 일감을 주는 본사 클로버상사가 있는 곳이었다. 기철이는 본사에 심부름을 자주 다녔었다. 가까운 풍국산업은 내가 짐자전거를 타고 다녔고 서울은 버스를 타고 다녀야 해서 기철이가 다녔다. 부족한 부자재나 원단을 가지고 오는 일이 대부분이었다. 기철이는 가끔 운이 좋아 본사 차가 원부자재를 싣고 성남시에 왔을 때 얻어 타고 가기도 했지만 돌아올 때는 버스를 타야 했다. 거의 매번 한 보따리 되는 짐을 들고 다녔다.

찬바람이 불기 시작한 11월 하순이었다. 우리에게는 가보지 않은 길을 나서는 비장함이 있었다. 기철이도 많이 상기된 얼굴이었다. 나는 엄마에게 말도 하지 않고 집을 나온 것에 대한 미안함이 더 커서 마음이 복잡하기도 했지만, 말을 하면 당연히 공장장한테 다 말할 것이기 때문에 안 된다는 기철이의 주의 사항을 지키지 않을 수 없었다. 우리가 어디로 가는지 알게 되면 공장장 아저씨는 귀신같이 찾아서 잡혀 간다고 기철이는 강조했다. 우리가 같이 말없이 공장을 그만두고 줄행랑쳤다가 그렇게 잡혀 온 사람들이 꽤 있었다는 것이다. 특히 나같이 어린 나이에 공장 생활을 시작하며 기술을 배운 사람은 어떻게든 찾아서 데려간다는 말이었다. 자기 공장에서 기술을 배웠으니 그 기술로 성인이 될 때까지 일하라는 일종의 전속 노예 비슷한 것이었다. 그래서 우리는 성남시가 아닌 서울로 가는 것이었다.

우리는 한동안 말없이 달리는 버스 좌석에 나란히 앉아 멍청

한 애들처럼 있었다. 그러다가 성남시 경계를 지나는 검문소에서 버스는 멈췄다. 헌병들이 마치 우리를 잡으러 왔다는 듯이 버스에 올라오더니 나와 기철이를 노려보는 듯했다. 아주 잠깐이지만 헌병은 분명 우리 앞에서 철렁철렁 소리 내는 걸음을 멈추고 섰다. 나도 긴장했고 기철이도 분명히 긴장한 듯했다. 심지어 기철이는 조금은 떨지 않았을까 싶을 정도로 미세한 움직임이 내 어깨에 느껴졌다. 하지만 헌병은 우리 앞에 섰던 걸음에서 한 걸음 앞으로 내딛더니 절도 있게 뒤로 돌아 걸어갔다. 바지 속에서 들리는 철렁철렁 소리가 버스에서 내리는 두 걸음은 너무 얌전하게 들려서 실망스러울 정도였다. 기철이가 나를 툭 쳤다.

"너 지금부터 나이 물어보면 열여덟 살이라고 하는 거 알지?"

내가 고개를 끄덕거리자 기철이는 다시 한번 더 강조했다.

"쫄지 말고. 당당하게 삼 년 됐다고 하는 거다."

"알았어."

나는 그렇게 말은 했지만 솔직히 자신은 없었다. 겨우 열네 살인데, 그것도 공장에 들어와 일을 시작한 것도 여섯 달밖에 되지 않았고 미싱도 한가할 때나 겨우 올라가서 쉽게 할 수 있는 것만 했었다. 점심시간에 할 만한 것 있으면 형들한테 혼나가면서 조금씩 해봤을 뿐인데, 미싱사 경력을 속이는 것도 자신이 없었다. 아주 가끔 공장장 아저씨가 이것 좀 갔다 해봐라,

시킬 때가 있기는 했지만 그 공정은 말 그대로 미싱 모터만 밟을 줄 알면 할 수 있는 쉬운 일이었다.

그래도 내 키가 커서 열네 살이라고 말하면 믿는 사람은 거의 없었다. 사실 자고 나면 키가 클 나이였고 시골에서 올라온 사월에 비하면 반 뼘 정도 더 커 있었다. 외할아버지 골격을 닮은 엄마 유전자를 받아서인지 또래보다 한 뼘 정도는 큰 키였다. 그리고 어린 나이에 공장에 들어온 사람들은 형편이 어려운 사정 때문에 마음껏 먹지 못해서인지 대부분 작은 편이었다. 지금도 가끔 생각하는 것이지만 내가 한참 키가 크는 나이였던 그 시절에 온종일 쪼그리고 앉아서 일하는 공장 생활하지 않고 평범한 가정에서 학교 다니며 하루 세 끼, 그게 국수이든 호박죽이 되었든 뭐라도 먹을 수 있었다면 지금 키보다 훨씬 컸을 것이다. 내가 받은 외갓집 유전자는 신체적으로 남다르게 우월했기 때문이다. 나보다 열 살 더 먹은 이모의 키가 동네에서는 유난하게 큰 키가 아니었는데 웬만한 남자 키보다 컸다. 이모 사촌 중에는 이모보다 키가 큰 사람이 더 있었다. 그래서 두무다리 박씨들은 여자건 남자건 다들 장대같이 길쭉하다는 것이 인근 마을 사람들의 부러움이었다. 그것은 동네 대항전이 열리는 학교 운동회 날이나 면에서 주최하는 씨름, 배구, 동네 대항 계주 등 각종 대회가 열릴 때마다 두무다리의 독주를 막을 수가 없을 정도였다.

내가 다 성장했을 때, 여자인데도 불구하고 엄마하고 누나 키가 나하고 엇비슷했다. 누나와 엄마 키가 169센티였다. 열네 살 당시 공장에 처음 들어갔을 때 내 키는 163센티였다. 그런 내가 열네 살이란 사실에 모두 놀랍다는 반응이었다.

커야 할 키가 크지 못하고 있는 상황에서 살아간다는 거, 솔직히 당시에는 어떤 아픔인지 몰랐다. 스무 살이 되고 서른 살이 되어서야 그게 얼마나 치명적인 열등감이 되는지 알게 되었다. 그 열등감 때문에 지금 내가 있겠지만 나름 많이 살아본 지금은 부질없이 진지하기만 했던 것 같다. 주어진 상황에서 그냥 열심히 재미나게 살았더라면, 그래도 살맛 나는 세상이지 않았을까 싶은 것이다.

그래서인지 모르겠지만 형의 아들이 고등학생 때 190센티의 키에 아주 근접한 것을 보고 말했었다. 공부 잘하려고만 하지 말고 하고 싶은 거 있으면 미친 듯이 하며 재미나게 살아보라고. 내 나이 마흔세 살에 처음 얼굴을 보게 된 딸을 애지중지 아껴 가며 키웠는데, 중학생 때 170센티가 넘어버린 내 딸에게도 똑같이 말했었다. 초등학교 2학년 때 수영선수를 하고 싶다고 해서 시켰더니 초등학교 4학년 때부터 전국소년체전에 강원도 대표 선수로 출전했다. 중학교 2학년 때까지 도 대표 선수로 활동했다. 전국 학생 수영대회에서 메달도 땄다. 6학년 때는 국가대표 꿈나무로 선발되어 친구들과 본격적인 경쟁을 하게 되었는데. 나는 이렇게 말했다. '하고 싶은 거 있으면 재미나게 열심히 하라고. 친구들을 꼭 이기려고 하지 말고, 경쟁하는 친구들과 즐기는 사람이 되었으면 좋겠다'고.

나는 그래서 유망주였던 수영선수 딸을 체육중학교에 진학시키는 것을 완벽하게 차단했다. 여러 학교에서 지도해보고 싶다며 스카우트 제안이 왔지만, 정말이지 한 마디로 내 의사를 정리했다.

"내 딸은 친구들과 경쟁하면서 살도록 키우고 싶지 않습니다."

이런 나를 세상 사람들은 이해하지 못하겠다는, 정말 이상한 고집쟁이로 여겼다. 하지만 나는 그런 내가 아이에게 좋은 아빠일 거라는 확신은 있었다.

이야기가 다소 벗어나 버렸다. 다시 1974년 초겨울 그때를 생각해보겠다. 내게는 어쩌면 삶에서 가장 중요한 시간이었지만, 두 달여 동안의 그곳 생활은 정말이지 참담함만 있었다. 뼈가 시린 아픈 경험이어서 구체적으로 다 얘기하고 싶지 않을 정도다.

뚝섬유원지 들어가는 초입에 2층 건물이 있었다. '뉴코리아상사'라는 회사였다. 직접 외국에 수출하는 주식회사였다. 풍국산업처럼 큰 회사가 아니었다. 오퍼상 정도의 회사였는데 하청 공장에 일감을 주지 않고 직접 생산 공장을 두고 있었다. 그렇다고 미싱 하고 일하는 직원이 많은 것도 아니었다. 미싱이 40대 정도 있었는데, 주인 없는 미싱이 띄엄띄엄 많았다. 그래서인지 회사 정문 앞에 우리가 보고 들어간 모집공고가 늘 걸려 있었다. 그것을 기철이가 클로버상사에 오다가다 본 것이었다.

기철이와 나는 회사 입구에 여전히 걸려 있는 미싱사, 재단사 모집공고를 보고 용기를 내서 들어갔고, 기철이는 둘째 형인 노송철 주민등록 등본과 이력서를, 나는 56년생인 형 이름 이종복으로 쓴 이력서만 냈다. 내 주민등록 등본은 집이 전라도 시골이어서 준비하지 못했다고 거짓말을 했다. 그랬는데도 별다른 의심 받지 않고 바로 일할 수 있었다.

하지만 일주일 만에 기철이는 다시 집으로 가버렸다. 그때 기철이가 같이 집으로 가자고 말했지만 나는 갈 집이 없다고 했다. 기철이가 그렇게 일주일 만에 고개를 절레절레 흔들면서 집에 가자고 말한 이유는 단 하나였다.

뉴코리아에서는 40여 명이 생산직으로 일했는데 같이 일하는 사람들이 너무 거칠었다. 폭력적이었다. 밤이면 거의 다가 술에 취해 있을 정도였다. 그래서 기숙사가 아니라 술꾼들의 난장판이나 다름없었다. 열두세 명 있던 여자들도 마찬가지였다. 밤 10시까지 야근하는 날에도 일만 마치면 모두가 하나같이 식당에 가서 술을 마시다가 말로만 싸우는 것은 얌전한 편이었다. 그중에 조금 더한 사람들은 패거리를 만들어 매일 유원지에 가서 술 마시고, 다른 공장 사람들하고 패싸움을 벌이는 일도 다반사였다. 그랬다. 기숙사에는 매일 한두 명씩 누워 있는 게 일상이었다. 싸우다가 맞아서 뼈가 부러진 사람, 이가 빠져버린 사람, 심지어 칼에 찔린 사람도 있었다. 그리고 술병이 나서 웩웩거리며 토하는 사람들이었다.

나는 두 달 동안 일하면서 1만3천 원 받기로 한 월급을 받지 못하고, 간간이 푼돈을 가불 받아 쓴 게 전부였다. 회사는 문을 닫아야 하는 판국으로 변해버렸다. 나만 그런 게 아니고 다들 그랬다.

그런 상황에서도 내가 그 공장을 바로 그만두지 않은 채 왜 계속 일을 하고 있었는지, 누구보다 성실하게 출근 시간 지키며 더 열심히 잘하려고 노력했었는지 확실한 이유는 모르겠다. 다만 분명한 것은 미싱사 경력 1년이라고 거짓말을 했는데, 막상 해보니 조장이나 과장한테 지적당하지 않고 시키는 일을 잘 해내고 있던 것에 만족했던 것은 아닐까 싶다. 게다가 나이를 속였는데도 그걸 의심하는 사람은 없었다. 내 이름도 형 이름으로 속였는데, 다들 "종복아" 하고 불러주어 그 이름에도 익숙해졌다.

그런 나에게 유난하다 싶을 정도로 친절한 누나가 있었다. 정숙이란 이름의 그 누나는 그 공장 깡패 우두머리의 애인이었다. 누나의 애인은 내가 일하던 조가 아닌 다른 조 조장이었다. 일하는 것보다 싸움을 더 잘하는 것으로 기억하고 있는데 진짜 조폭 같았다. 공장 일은 항상 아랫사람인 오야 미싱사가 다 알아서 했고, 공장에서 얼굴도 거의 볼 수 없을 정도였다. 어쩌다가 공장에서 봐도 미싱에 앉아 일하는 모습을 본 적은 없었다. 늘 짧게 깎고 있는 머리카락 때문인지 홍콩 영화에 나오는 액션 배우 같았다. 그는 진짜로 쿵푸 유단자였다. 덩치도 컸지만 몸이 탄탄했다.

정숙이 누나는 그냥 한마디로 정말 예뻤다. 몸도 나긋나긋했다. 착한 사람이라는 것은 그 누나가 조곤조곤 말하는 목소리에서 금방 느낄 수 있었다. 그런 누나가 내 미싱 바로 앞에서 일하고 있었는데 미싱을 하는 기술은 나보다 서툴렀다. 그래서였는지 모르지만 누나는 나에게 자주 말을 걸어왔다. 식당으로 밥 먹으러 갈 때도 나를 꼭 데리고 다녔고, 일찍 퇴근한 날 공장 기숙사에서 혼자 어줍게 있을 때도 꼭 불러서 유원지로 산책을 다녔다.

"너는 꿈이 뭐야?"

뚝섬유원지 버드나무 아래 나무 의자에서 누나와 나는 한강 물을 내려다보고 있었다. 누나가 뜬금없이 물었다.

"없는데."

나는 학교 다니며 공부하고 싶다는 말을 차마 할 수 없어서 그렇게 말했다.

"왜?"

누나는 마땅히 할 말이 없어서 그냥 물어보는 것 같았다.

"있으면 뭐해, 가능한 게 없는데. 누나는 있어?"

"내 꿈은 성수 오빠하고 그냥 사는 거야."

"꿈이 왜 그렇게 시시해?"

"시시한 게 아니야. 나한테는 최고의 꿈이야."

누나의 목소리가 조금 떨리는 것 같았다.

"누나 울어?"

"응. 울고 싶어."

"왜 그래?"

누나가 울기 시작했다. 엉엉 울지는 않았지만, 소리 내며 우는 것보다 더 아프고 슬픈 것 같았다. 그래서 나는 아무 말도 할 수가 없었다. 누나는 그날 한 시간은 족히 혼자 그렇게 소리를 삼키면서 울었다.

"나 이번에 시골집에 가면 올라오지 않을 거야."

한참을 울고 나서 누나가 말했다. 그때 나는 아무 말도 하지 못했다. 누나가 시골집에 가서 올라오지 않는다면 지금보다 더 나빠지지는 않을 것 같아서 나는 해줄 말이 없었던 것이다.

지금 곰곰이 생각해보면 아마도 내가 기철이를 따라 그 공장을 그만두지 않고 남아 있었던 가장 큰 이유는 누나 때문이지 않았나 싶다. 당시에는 그렇게 생각할 만한 나이도 아니었고, 여자의 친절에 가슴이 벌렁거릴 만한 나이도 아니었으니 그때는 왜 그랬는지 모르겠다고 해야겠지만, 지금 돌이켜 생각해보면 분명한 이유는 그 누나 때문이었던 것 같다.

그럼, 생각난 김에 그 누나에 대한 생각을 좀 더 해봐야겠다. 분명한 것은 나에게 어떤 영향을 준 것만은 확실하다.

정숙이 누나는 첫날부터 나에게 특별했다. 여러 가지로 낯설어 쩔쩔매고 있는 나를 보고 웃어주었다. 그냥 웃어준 것이 아니었다. 나를 처음 본 순간, 잘 왔어, 너를 기다리고 있었어, 하는 표정으로 웃어주었다. 그게 어떤 표정이냐고 묻거나 따지지 않았으면 좋겠다. 내 눈에 그렇게 보였다. 누나가 그렇게 나를 봐주며 살짝 웃는 얼굴 보여준 그 순간 가슴이 벌렁거렸다. 그 벌렁거림을 다르게 생각하지 않았으면 좋겠다. 살짝 웃는 듯한 누나 얼굴이 내게 익숙한 것이었는데, 그 익숙한 얼굴이 어쩌면 나랑 닮은 것이기 때문이라고 나는 우기고 싶다.

뉴코리아상사 생산과는 2층짜리 건물의 2층이었다. 1층 왼쪽은 자재과이고 자재과 바로 옆에 재단실이 있었다. 오른쪽은 전부 다 사무실이었다. 사무실에서 대충 면접을 마친 나는 2층에서 일하다가 목장갑도 벗지 않고 내려온 조장을 따라 올라갔고, 기철이는 나보다 먼저 재단 실장을 따라 1층 자재과 옆에 붙어 있는 재단실로 갔다.

조장은 내가 들고 있는 가방을 받아 다락방에 던져버렸다. 그러고는 "여기가 기숙사다"라고 말했다. 공장에 미싱은 서른 대정도가 세 줄로 줄지어 있었는데, 군데군데 이가 빠진 것처럼 주인 없이 미싱만 있었다.

조장은 "저쪽 맨 끝에 비어 있는 미싱 보이지. 없는 거 있으니까 손 좀 봐라." 하더니, 자기 말 알아들었으면 얼른 가보라고 고갯짓을 했다. 조장은 다시 한번 더 턱을 들어 저쪽으로 가라고 확실하게 했는데도 내가 가만히 쳐다만 보고 있자 화가 났는지 이번에는 말로 했다.

"저기 끝에 가서 일하라고, 인마."

그래도 내가 가만히 있자 조금 당황한 것인지, 정말 화가 난 것인지 모르겠는 표정으로 말했다.

"야, 너 말 못 하냐?"

"하는디유."

"그럼, 저기 있잖아. 저기 맨 끝에 임자 없는 미싱에 가서 일하라고. 노루발도 없고 침판도 없고 바늘도 없을 테니까, 없는 거 확인하고 사무실에 가서 달라고 해. 그럼 줄 거야."

"예."

나는 자신감 없이 그 빈 미싱을 향해 걸어갔다. 몇 걸음을 건는데도 일하던 사람들이 나를 힐끔힐끔 쳐다보는 것이 느껴졌다. 말 그대로 쳐다만 보았다. 기분 나쁜 시선은 아니었지만 이상한 느낌이었다. 오만가지 생각이 다 들었다. 지금 상황이 맞는 건가, 올 데가 아닌데 왔는가 싶었다. 그런데 순간 정말 다정한 얼굴을 한 누나가 하던 일을 멈추고는 나를 보고 웃었다. 내가 정말 아무것도 없는 미싱을 쳐다보며 이게 뭐지 싶은 생각을 막 하려던 순간이었다.

"어디서 왔어요?"

"저기유."

나는 엉겁결에 이렇게 대답했는데, 내가 생각해도 어이없는 상황이었다. 그런데도 누나는 웃으면서 또 물었다.

"그니까요, 거기가 어디냐고요?"

어쩌면 내가 농담하거나 웃기려고 그런 줄 알았는지 누나는 정말 더 환하게 웃으면서 물었다.

"성남유."

"히히. 성남이 어디여유?"

누나는 또 웃었다. 이렇게 나와 누나는 말문을 튼 사이가 되었다. 누나는 아무것도 없는 미싱을 바라보며 멍청해진 표정으로 있는 나를 대신해서 사무실에 가더니 미싱 바늘하고, 바늘판, 노루발, 쪽가위까지 다 받아서 가져와 내게 주었다. 그것은 대단한 사건이나 다름없는 일이었다. 그 공장의 남자들은 누나에게 말을 걸거나 같이 밥도 먹으면 안 되는 사람이었는데 내가 첫날부터 그 누나랑 아주 친해진 것이었다. 그리고 한 사람이 더 있었다. 일종의 누나를 전담하는 시다였다. 열여덟 살 먹은 여자. 그러니까 그 공장에서는 나이를 속인 나하고 동갑내기였다. 이름은 말년이었다.

정숙이 누나는 내가 무슨 말만 하면 웃었다. 내가 말하는 충청도하고 전라도 사투리가 섞여 있는 어투가 웃게 한다고 말했었다. 나는 세상에 태어나서 그렇게 잘 웃는 사람을 본 적도 경험한 적도 없었다. 내 주변 사람들은 매일 외로워서 울고 싶은 얼굴인 나를 보고 차마 환하게 웃을 수가 없기 때문이었을 것이다. 그런데 정숙이 누나는 나를 보면 항상 환하게 웃었다.

사흘째 되는 날이었다. 당시 그 공장은 회사 식당 운영은 하지 않고, 공장 옆에 있는 작은 일반 식당 세 군데에서 밥을 먹게 했었다. 그래서 공장 직원들이 한꺼번에 들어갈 수 없었고, 세 곳 중에 먹고 싶은 식당에 들어가서 먹으면 되었다. 아침 점심 저녁에 누나하고 누나를 졸졸 따라다니는 전담 시다였던 말년이와 나는 항상 한 상에 앉아 밥을 먹었고, 그날도 그랬다. 점심 시간이었다. 우리 조가 아닌 어떤 형이 다가와서는 대뜸 이러는 것이었다.

"너, 따라와."

"왜유?"

나는 너무 뜬금없어서 고약한 성질머리의 본색을 드러내며 어떤 형을 올려다봤다.

"오라면 올 것이지, 왜 쳐다봐 새끼야."

나는 어떤 남자의 기세에 순간 뭔 일인가 싶었고, 적지않이 당황을 했다. 여자 앞에서 남자가 너무 약한 모습을 보이는 것은 쪽팔리는 거라고, 이런 황당한 생각을 빛의 속도로 지나가는 것처럼 했는지도 모르겠다. 그래서 나는 바로 일어나지 않은 채 한 번 더 왜 밥 먹다 말고 따라가야 하는지 따져 물어볼 참이었는데, 그 순간 누나가 먼저 그 남자를 보고 말했다.

"성수 오빠가 부른 거야?"

"응."

어떤 남자가 짤막하게 대답했다.

"자꾸 왜 그런데? 밥 먹고 내가 같이 간다고 해줘."

그렇게 잘 웃는 누나가 언성을 높였다. 화가 난 것이 틀림없었다.

"안 돼. 당장 데리고 오래."

어떤 남자가 조금 당황한 듯했다.

"그럼 내가 갈게."

누나가 들고 있던 수저를 놓고 벌떡 일어났다. 그렇지 않아도 밥 먹는 거 보면 속 터질 정도로 깨작거려서 가슴 아팠는데, 그마저도 먹다 말고 일어난 것이었다.

"누나 왜 그려?"

나는 정말 무슨 일이 있는 건가 싶어서 일단 말려야겠다는 생각을 했었던 것 같다.

"괜찮아, 너는 밥 먹어."

"아녀."

나는 무슨 일인지도 모르지만, 화가 난 누나를 우선 붙잡아야 한다고 생각했다.

"괜찮으니까, 밥 먹고 공장 가 있어."

누나는 그렇게 말해놓고 가버렸다. 나는 아녀, 아녀, 말하면서 더는 붙잡지 못했다. 그냥 이상한 기운이 느껴졌지만 달리 어떻게 해야 할지 떠오르지 않았다. 그래서 앞에 있는 전담 시다 말년이를 바라봤다.

"왜 그런 거여?"

"그런 게 있어."

그 공장에 입사한 지 서너 달 되었다는 말년이는 무언가 알고 있는 듯한 얼굴이었다. 나처럼 초등학교만 졸업하고 열네 살 때부터 아이 봐주는 식모 생활을 하다가 도망 나와 공장에 들어왔는데, 애를 봐주고 식모살이를 한 그 집에서 지낸 3년 동안 월급도 한 푼 받지 못했다는 것이다. 다만 타고난 성격인지 하는 행동도 생각하는 것도 느린 편이었다. 얼굴도 납작한 편이어서 여자다움이 덜했다. 게다가 성격마저 온순해서 누구 말이나 무턱대고 잘 듣는 편이었다.

"그게 머 간디?"

"언니 애인이 깡패잖아."

"깡패? 그게 누군디?"

"니가 알면 어쩌려고? 너도 조심해."

"왜?"

"언니하고 친하게 지내면 너도 가서 맞어."

"때린다고? 왜?"

"언니가 예쁘잖아. 그러니까 너도 조심하라고."

사실 이쯤 얘기를 들었으면 무슨 상황인지 알았어야 했는데, 나는 당시 열네 살 소년이었을 뿐이다. 정말로 열여덟 살이었으면 그다음 상황을 짐작했을지도 모르겠다.

누나는 그날 오후에 공장으로 돌아오지 않았다. 1층에서 올라오는 입구에 사람 모습만 보이면 쳐다보곤 했는데 그렇지 않아도 서툰 미싱 작업을 하는 동안 애를 태웠다. 그날따라 미싱 바늘도 두 개나 부러뜨리고 자주 고장이 났다. 야근 작업을 하는데도 누나는 돌아오지 않았다. 밤 열 시가 다 되어 끝날 때쯤 되었는데 미싱이 또 고장 났다. 내가 대충 고칠 수 있는 고장이 아니었다. 조장한테 가서 미싱 좀 고쳐달라니까 화를 냈다.

"야 새끼야! 일하기 싫으면 혼자 조용히 자빠져 잘 것이지 왜 나까지 일 못 하게 지랄질이냐."

조장은 마음이 착하고 성실한 사람이었다. 사무실 과장한테 무척 신임받는 사람이었다. 내가 조금 실수를 해도 화를 내지 않고 다독이는 편이었는데, 그날은 그렇지만은 않았다. 누나까지 빠지고 나도 일을 제대로 하지 못하자 생각만큼 작업량이 안 되어서 그런 것 같았다.

조장이 미싱을 고쳐주고 돌아갔고, 나는 저만치에서 실밥을 따고 있는 말년이를 불렀다.

"누나, 어떻게 된 거여?"

"뭐가 어떻게 돼. 애인하고 같이 있지."

"애인? 그 깡패 애인?"

나는 더 불안한 마음이 들었다. 점심때 내가 갔어야 했는데, 하는 생각을 하며 후회를 했다.

"그려. 그러니까 너는 모른 척 일이나 혀라."

"그게 누구여?"

나는 그럴 수만은 없었다. 왜 그런지 자꾸 마음이 쓰여 모른 척할 수가 없었다.

"저쪽을 봐. B조 조장도 없잖아. 지금 같이 있는 거지."

B조 조장은 덩치가 컸다. 머리카락을 짧게 자르고 빵모자를 항상 쓰고 있었다. 소림사 무술 유단자라고 공장 사람들은 다 알고 있었다. 홍콩 배우 이소룡이 한다는 18계 무술을 배웠다는 것이었다. 옷도 이소룡 배우가 영화에서 입었던 것만 입어

아무 곳에서나 눈에 띄는 편이었다. 어제는 아침 일찍 옥상에서 옷을 벗고 이상한 발차기를 하는 것을 빨래를 널러 갔다가 본 적이 있었는데, 근육이 잘 만들어져 있어서 내가 봐도 멋진 남자처럼 보였다.

"그럼, 그 조장님이 누나 애인인 거여?"

"그렇당게. 그니까 너도 언니한테 자꾸 말 걸지 말고 조심하라고."

그랬다. 내가 일주일 만에 재단실장한테 귀싸대기를 맞고 집으로 가자는 기철이를 혼자 가게 한 이유이기도 했을 것이다. 정숙이 누나를 그냥 두고 갈 수 없어서, 나를 처음 봤을 때부터 웃어주는 그 얼굴이 자꾸 슬퍼 보여서 그냥 두고 갈 수 없었다. 내가 보지 못한 내 얼굴도 그랬을 것 같은 웃는 얼굴이었다. 나는 보따리 같은 가방 하나를 챙겨 공장 기숙사를 나가면서 같이 가자는 기철이를 끝내 혼자 보냈다. 기철이가 여기는 사람이 일할 곳이 아니라고 간곡하게 나를 설득했지만 나는 오직 정숙이 누나 생각만 했다.

그렇게 사라졌던 누나는 그다음 날에도 공장에 나오지 않았고, 다음 날에야 출근했다. 얼굴에 멍이 들어 있었다. 그 예쁜 얼굴이 시퍼렇게, 그리고 피가 뭉쳐버린 듯한 상처가 눈 옆에 있었다. 그런 일이 처음이 아니라고 말년이가 귀뜸을 해주었다.

나는 그 누나의 웃지 않는, 아니 아파서 슬퍼 보이는 얼굴을 보는 것만으로도 곤욕이었다. 내 가슴이 아팠다. 누나는 그날 이후 며칠 동안 나에게 말을 걸어오지 않았다. 일만 열심히 했다. 웃지도 않았다. 그래서 나는 누나의 뒷모습만 보며 일을 했다. 정말이지 이상한 공장이었다. 한마디로 개판이었다. 일하는 사람은 열심히 하는데 노는 사람들은 또 아무것에도 개의치 않고 공장을 놀이터, 아니 뚝섬유원지 비슷하게 생각하는 분위기였다. 일하다가 팝송을 크게 틀어놓고 춤을 추는가 하면, 걸핏하면 삼삼오오 모여 떠들어댔다. 특히 B조 사람들이 그랬다. 마음 같아서는 나도 성남으로 돌아가고 싶었다. 하지만 돌아간다고 해서 상황이 달라질 것은 아무것도 없었다.

월세 3천 원 내는 조그만 단칸방에 사는 엄마도 누나도 나를 위해 해줄 것이 없다는 걸 이미 알았기 때문이었다. 내가 엄마도 누나도 먹여 살려야 하는 상황이 된 것 같았다. 지난 몇 달 동안 그 단칸방에서 자고 일어나 공장으로 출근했다. 날마다 생전 처음 보는 것 같은 엄마였고, 누나였다. 그 낯섦이 정말 싫었다. 내가 기철이를 따라 집을 나온 것은 그 기분에서 벗어나고 싶어서였던 것 같다.

그해 설날 연휴 전 마지막으로 일하고 받은 한 달 치 월급봉투를 들고 옥상에서 나는 누나에게 열네 살인 내 나이를 솔직하게 말했고, 헤어지며 이렇게 말했다.

"나, 내일 아침에 집에 갈 거야. 집에 가서 공부하려고. 누나도 집에 가면 오지 마. 이제 그 형에게서 도망갔으면 좋겠다. 절대로 오지 마. 세상이 너무 조까터."

누나는 고개를 끄덕거렸다.

나는 다음 날 아침 일찍 기숙사에서 짐을 챙겼다. 특별할 것 없는 짐이었다. 시골에서 보따리 속에 감춰두었던 방송통신중학교 입학 안내서만이 내 분신처럼 함께 있었다. 최병준 선생님이 주셨고, 할머니가 꼼꼼하게 다시 챙겨준 것이었다. 정숙이 누나를 한 번이라도 더 보고 싶었지만 참아냈다. 아쉬움이 마음 가득 담겨 있었다. 하지만 돌아보지 않기로 했고, 나는 뚜벅뚜벅 회사 정문을 나왔다.

집에 돌아와서 엄마에게 얼마 안 되는 월급봉투를 내놓고 다짜고짜 학교 보내 달라고 말했다. 큰소리로 또박또박 강조했다. 두 번 세 번 정말 간절하게 말했다. 마치 뭐에 미친 놈처럼 학교 보내 달라고, 학교 보내 달라고 말하는데 어떤 서러움 때문인지 눈물이 났다. 눈물을 흘리면서도 학교에 가고 싶다고, 학교 보내 달라고 소리쳤다. 그런 말을 해야 하는 것이 억울해서 결국에는 엉엉 울었다. 그때가 1975년 2월, 설날이었다.

엄마는 내게 아무런 말을 하지 않았다. 며칠 동안 말없이 잠만 자고 밥만 먹고 누워 있는 나에게 엄마는 아무 말을 하지 않았다.

그때 나는 참 많은 생각을 했었다. 내가 왜 살고 있는지, 이 조까튼 세상을 어떻게 살아야 하는지, 이런 생각을 했던 게 분명하다. 그러다가 초등학교 담임 선생님이 챙겨주신 방송통신중학교 입학 안내서를 꺼내 들고 다시 보았다.

"너는 공부를 해야 한다. 그래야 너답게 이 세상을 살아갈 수 있다. 네 아빠처럼 멋진 사람이 되려면 어디에 있든, 아무리 힘든 일이 있어도 책을 많이 읽고, 공부를 꼭 해야 한다는 거 항상 명심해서……."

초등학교 5학년 때부터 중학교 수학과 영어를 과외선생님처럼 짬이 나는 방과 후와 주말에 관사로 불러 가르쳐주고, 국민학생인 내가 이해할 수도 없는 그 많은 소설책을 읽게 한 선생님.

선생님은 나답게 살아야 한다고 했고, 할아버지는 타고난 팔자를 따라가라고 했다. 지금 돌이켜 보면 나는 그 두 갈림길을 왔다 갔다 한 기분이다. 포기하지 말라고 당부한 선생님 말씀 듣고 공부했고, 할아버지 생각처럼 타고난 팔자 그대로 공돌이가 되어 기술자가 되었다.

1998년 6월 서른여덟 살에 처음 쓴 중편소설이 발표된 문예지를 들고 선생님을 찾아갔었다. 석 달 넘게 수소문해서 선생님을 찾을 수 있었다. 초등학교를 졸업한 후 처음이었다. 그동안 선생님을 자주 생각했지만 찾아갈 용기를 내지는 못했었다.

선생님을 찾아뵙는 것에 굳이 용기까지 낼 일인가 싶기는 하지만, 나에게는 용기를 내야 했던 것 같았다. 어쩌면 내가 대학에 합격했을 때 마음먹은 대로 찾아뵈었다면 용기가 아니라 선생님 말씀 잘 듣고 해냈다는 것을 보여드리고 싶었던 것이었을 것이다. 하지만 어느 날 아침 잠에서 깨어났는데 대학에 합격했다는 것이 선생님이 말씀한 결과는 아니었다는 것을 생각했고, 찾아가 뵙겠다는 마음을 고쳐먹은 것이다.

선생님은 내가 졸업한 학교에서 몇 년을 더 근무하시다 1980년 5월에 아카시아 향기를 견딜 수가 없어서 퇴임하셨다고 말씀하며 웃음을 보였다. 다소 쓸쓸한 미소였다. 내가 찾아간 곳은 충남 논산의 시골 마을이었다. 농부처럼, 아니 농부로 살고 계셨다. 사모님과 함께 살고 있었지만, 그날은 가끔 내가 잘 사는지 궁금해하셨다는 사모님이 친정으로 외출하셔서 계시지 않았다.

"선생님, 궁금해서 그런데요. 서울에서 왜 우리 학교로 오신 거예요?"

미리 생각했던 질문은 아니었다. 불쑥 생각나서 여쭈어본 것이다.

"글쎄다. 그런 질문을 많이 받았었지. 그때마다 나도 잘 설명하지 못했는데, 박정희 정권과 유신헌법을 내가 거부했던 것 같더라. 그래서인지 서울이 무섭고 싫어지고, 힘들었지. 김대중 선생을 존경하고 흠모하는 마음도 있어서 남쪽을 선택했는데, 그때 너무 멀지 않은 학교에서 선생을 찾기에 선택했었지. 그때 나는 전라도 어디라면 무조건 갈 생각이었는데 네가 그 학교에 있을 줄 알았다면 가지 않았을지도 몰라. 하하."

선생님은 웃으셨고 나도 살짝 웃음을 보였다.

"그때 선생님 정말 멋지셨어요."

나는 실없는 소리로 들리지 않도록 진지한 표정으로 말했다. 참이라는 것을 강조하고 싶어서 한 번 더 강조했다.

"정말 멋진 선생님이셨어요. 저에게는 매우 특별하셨고요."

"그랬냐? 그때 내 나이 마흔이었다. 사는 것에 대한 회한이 일더라. 나라가 이상해졌거든. 대통령이란 박정희가 무서웠던 것 같다. 유신 독재 정권을 나는 견딜 수 없었다. 그래서 도망치고 싶었지…….

나도 한때는 작가 지망생이었다. 나도 소설을 쓰고 싶어서 조용한 그 학교를 선택한 것도 같다. 그런데 너를 만났고, 너를 보면서 이런 생각을 했단다. 소설을 써야만 하는 것은 아니지, 사람들 모두 한 편의 소설을 쓰듯 살아가고 있으니까. 잘 살면 그게 소설이지, 생각했다. 그런데 네가 이렇게 소설을 써서 찾아올 거란 생각은 해본 적이 없었는데…….

작가 지망생이었다고 말씀하시는 선생님은 내가 드린 책을 가만히 쓰다듬듯 내려다보고 말했다. 유신 독재 정권이 무서워서 시골 학교로 오신 선생님이었구나, 그랬었구나. 그래서 선생님 집에 소설책이 많았구나. 그제야 생각났다.

"참, 대학은 다녔냐?"

선생님은 갑자기 생각났다는 듯이 물었다.

"80년도에 몇 달 다녔어요. 아니네요, 몇 번 다녔네요."

나는 순간 몇 달과 몇 번의 차이가 매우 심한 것이란 사실을 생각했다.

"왜?"

"저도 아카시아 향기 때문에, 그해 오월에 핀 그 향기가 조금 아프게 하더라고요."

"그랬구나. 근데, 소설은 왜 쓴 거냐?"

"저도 아직은 모르겠어요. 서른 살이 되는 그해 갑자기 소설을 쓰겠다고 덤벼들었어요. 뭔가에 홀린 듯하기는 한데, 아마 선생님 때문이 아닐까요?"

"내가 왜?"

"선생님께서 저한테 읽으라고 주신 소설책이 몇 권이나 되는지 아세요. 오십 권은 될 거예요."

"내가 그랬나?"

선생님 표정이 환해지는 것을 나는 보았다.

"그때 얼마나 재밌었는데요."

"지금 너를 보니까 이런 생각이 든다. 네 할아버지께서 공부하는 것을 완강하게 거부한 이유가 타고난 팔자 때문이 아니라, 사실은 네가 공부를 하면 제명에 죽지 못할 거라고 말했거든. 세상이 너무 험난하다면서, 너 같이 가슴에 담아둔 게 많은 사람이 아는 게 많아지면 제명에 죽지 못한다고. 네 아버지가 그렇게 돌아가셨잖아. 할아버지께서 그렇게 말씀하신 이유가 이제 선명해지는구나. 네가 살아온 팔십년대에 젊은이들이 그렇게 죽어가야 했잖아. 너의 타고난 기질이 그 시대를 피해 가지 못했을 테니……."

선생님은 두런두런 할아버지에 대한 기억을 말했다. 그때 선생님에게 할아버지가 한 말을 나도 들었었다. 그날 내가 마루 구석에 걸터앉아 들은 말과 내용은 조금 달랐지만, 같은 의미로 선생님도 기억하고 있었다. 나는 차마 내가 살아온 이십 대 시절 이야기를 해드릴 수가 없었다. 이상한 군대에 끌려가 훈련을 받으며 죽을 고비 넘기기를 몇 번 했다고, 스물 몇 살 어느 날에는 전날 밤에 같이 술을 마시며 싸워서 이기자고 다짐했던 노동자가 5층 건물 옥상에서 온몸에 휘발유를 뿌리고 불덩이가 되어 뛰어내렸다는 사실을. 내가 그 동지에게 몇 날 며칠 동안 전태일이란 사람 이야기를 주야장천 해주었다는 사실을 말하지 못했다.

그날 밤하늘에는 유난하게 별이 많았고, 환하게 보였다. 선생님이 따라주는 술을 받아 마시는 내가 대견하다는 생각에 취

190

해버리기도 했다. 적당한 취기 때문인지 선생님은 김민기 가수처럼 〈아침이슬〉을 낮은 중저음의 목소리로 조용하게 불렀고, 나도 덩달아 힘을 빼고 조용조용 따라 불렀다.

10

갑질하는 공돌이

내가 무엇에 홀린 듯 라오스를 처음 왔을 때 당황스러웠던 것은 작은 공항 때문이었다. 세계에서 최고의 시설이라고 인정받는 인천공항에서 출발해서인지 수도인 비엔티안의 왓따이 공항은 마치 작은 도시의 간이역 같았다. 오래되어서 낡아 보이는 분위기가 한 나라의 대표 공항이라니, 5시간 동안 비행기를 타다 내리니 과거의 내가 보이는 듯했다. 더군다나 인천에서 19시 20분에 출발해서 왓따이공항에 도착한 한국 시간으로는 다음 날 1시 10분이고, 라오스 현지 시간은 당일 23시 10분이었다. 라오스와 한국의 시차는 2시간이며, 한국이 빠르다.

그때의 낯섦에 나는 잠시 당황하지 않을 수 없었다. 밤 비행이어서 더욱 그랬다. 한숨 자고 나니 타임머신이라도 타고 과

거의 세상으로 돌아온 기분이었다. 다행인 것은 경직된 라오스 공안의 여권 심사 과정을 지나고 공항 검색대를 나와 한국에서 인터넷으로 예약한 호텔로 이동할 때 만난 라오스 사람들의 친절함과 나의 서툴고 정확하지 않은 라오스 말에 미소 지어주는 환하고 순박한 얼굴을 보며 나는 긴장을 풀 수 있었다.

지금의 라오스는 21세기와 18세기, 아니 16세기의 삶이 공존하는 나라다. 소수민족이 사는 고산지대에는 아직도 전기나 수도 공급이 되지 않는 원주민과 같은 생활을 하고 있으며, 평야지대에 사는 사람의 대다수와 젊은 층은 애플 휴대전화기를 하나씩 들고 다니면서 SNS 활동을 한다. 상류층은 벤츠나 BMW 등의 고급차를 타고 다니고, 일반 서민들은 한국 등에서 1970년대에 운행하던 버스를 지원한답시고 보내준 그대로 운행하는데, 우리나라 1970년대의 모습과 똑같다. 어쩌면 그 이전 상황의 모습이기도 한데, 지역 간 이동을 위한 주요 도로와 연결된 지방도로가 비포장도로라는 점이다.

흔한 말로 비포장 길에 흙먼지 날리면서 덜컹거리는 버스를 타는 것만으로 설명이 안 된다. 그만큼 오래된 버스에서 풍기는 냄새도 그렇지만 너무 낡은 좌석 시트만 봐도 불안함이 밀려왔다. 군데군데 좌석마저 없었다. 한국에서 운행하던 버스 노선을 안내하는 한글이 그대로 남아 있어, 그것을 보는 순간 내가 1970년대로 이동한 기분이었다. 게다가 터미널에서 출발하는 시간도 정확하지 않고 사람이 충분하게 타야 출발하는 것은 말 그대로 우리나라의 1960년대 상황이었다. 게다가 지방의 거점 도시에서 작은 산골 마을에 찾아갈 때는 한국 등에서 버려진 버스, 그러니까 라오스에서 대중교통으로 활용되는 한국 버스마저도 없다. 오래된 화물차 적재함을 개조하여 만든 트럭과 너무 오래되어 한국에서는 찾아보기조차 어려운 트럭을 개조해서 만든 썽태우가 조금 활성화된 소수민족 마을을 운행한다.

1591년 버마 왕국의 지배에서 독립에 성공한 란쌍 왕국은 수린야봉사가 왕이 되어 나라를 다스리면서 다시 전성기를 보내게 되었는데, 50여 년의 세월이 지나고 왕이 죽자 심한 내란을 겪게 되었다. 후계자 싸움이 그 원인이었다. 10여 년 동안 8명의 왕이 즉위하는 대혼란의 시대였다. 그 결과 란쌍 왕국은 무너지고 북부 지방은 루앙프라방 왕국, 중부 지역은 비엔티안 왕국, 그리고 크메르 제국의 초창기 수도였던 남부 지역은 참팍삭 왕국으로 분리되어 내분이 지속된 결과 주변국의 속국이 되고 말았다. 루앙프라방은 지금의 태국인 아야타야의 속국이 되었고 비엔티안은 버마족의 속국이 되었다. 이에 아야타야는 비엔티안과 참팍삭을 정복했다. 그 결과 아야타야 속국으로 지낸 루앙프라방만이 왕국을 유지할 수 있었지만, 아야타야의 간섭을 심하게 받는 속국 이상이 되고 말았다.

이 당시 프랑스는 인도차이나반도를 점령해 캄보디아를 보호령으로 삼았다. 1884년에는 베트남까지 침공해 식민지화했다. 버마 제국과 말레이반도는 이미 영국이 식민지화했고, 프랑스는 인도차이나반도에서 중요한 캄보디아와 베트남을 식민지화하기 위해 전쟁을 치르고 있었다. 루앙프랑방 왕국은 프랑스에 도움을 청했다. 프랑스는 아야타야, 지금 타이 왕국의 수도 방콕 항구에 함대를 보내 정착한 후 협상을 가장한 협박을 통해 라오스 국경을 다시 돌려받게 된다. 타이 왕국은 서쪽으로는 버마 제국을 지배하는 영국, 남쪽 캄보디아와 동쪽으로는 베트남을 식민지화 한 프랑스 사이에 낀 나라가 된 것이다. 결국 타이 왕국은 영국에는 서쪽 땅을 프랑스에게 동쪽 영토를 양보하면서 두 나라와 전쟁을 하지 않는 길을 선택했다. 프랑스는 메콩강을 사이로 동쪽인 란쌍 왕국의 라오족 땅을 돌려받아 지금의 라오스와 태국의 국경이 된 것이다. 그때가 1893년이었다. 이후 1954년 독립이 되기까지 라오스는 프랑스의 보호를 받으며 왕국을 유지할 수 있었다. 국가명도 이때 라오스로, 프랑스가 지은 것이었다. 라오족의 나라라는 의미였다.

라오스는 세계 2차대전 중 잠시 일복의 식민지 지배를 받았지만, 프랑스는 일본을 경계하기 위해서 라오스 민족주의 조직을 지원했다. 일본이 패한 후 라오스 민족주의 세력은 다시 라오스를 지배하기 위해 돌아온 프랑스군을 물리쳤다. 프랑스는 지배국이었던 베트남에서도 치열한 저항을 받고 있던 터라 라오스와 전쟁을 치를 여력이 없었다. 프랑스는 결국 라오스 자치 정부를 인정하게 되었다. 라오스는 다시 자신들의 왕국을 설립할 수 있었다. 하지만 또다시 내분이 일어났다. 왕권회복주의와 민족주의 간의 권력 싸움이 시작되었는데 그 싸움은 30여 년 동안 이어졌다.

그 과정에서 이웃 나라 북베트남이 프랑스를 물리치자 이번에는 미국과 더 치열한 전쟁을 치렀다. 그 전쟁에서 고래 싸움에 새우 등 터진다는 우리 속담처럼 라오스 국민의 상당수가 희생당했다. 특히 소수민족이었던 몽족의 피해가 컸는데 미국의 지원을 가장한 군사 훈련을 받아 게릴라군으로 활동한 것이 그 이유였다. 전쟁 막판에는 수세에 몰린 미국이 베트남군의 보급로 차단이란 명분으로 무차별적으로 폭탄을 투하했다. 당시 투하한 폭탄의 양이 수십만 톤이라는 설과 수백만 톤이라는 설이 있는데, 미국은 아직도 사실을 밝히지 않고 있다. 그 흔적은 지금도 라오스 안남산맥의 북부지방과 남부지방 곳곳에 선명하게 남아 있어 2024년 현재에도 확인할 수 있다.

라오스의 역사를 짧은 상식 수준으로 공부하면서 나는 슬픔인지 아픔인지 모를 무언가를 가슴속에 두고 내내 어루만져야 했다. 견디거나 이겨야 살아남을 수 있는 내가 살아온 시간을 아프지만 다시 자꾸 꺼내 보게 된다.

　그때가 언제였던가.

　권투 도장에서 나온 나는 갑질하는 미싱사가 되었다. 내가 하고 싶은 날에만 일하게 된 것이다. 일당도 내가 정했다. 성남시에서 가방을 만드는 임가공 하청 공장에서 처음 있는 일이었다. 일종의 개인 도급제였다. 마도매(가방을 완성하는 합봉) 하나당 난이도에 따라 금액을 정해 받는 조건이기도 했고, 선적 날짜에 쫓기는 공장에서 일당으로 받았다. 선적 날에 쫓기는 공장은 철야 작업도 해야 해서 일당을 두 배 또는 세 배로 받았다.

　18살 적 어느 날부터 내가 그랬다.

　한 번은 이런 일도 있었다. 그때는 내가 갑질하는 공돌이 생활을 제법 잘하던 때였다. 성남시 가방 공장 사장 중에 악질적인 사장(월급을 두세 달씩 미루다 주고, 선적 날짜에 쫓기는 오더만 받아와 걸핏하면 철야 작업시키고, 쉬는 날인 첫째, 셋째 주 일요일 전날은 꼭 철야 작업시키고, 밥은 정부미 쌀에 보리쌀 섞어 주는, 그런 사장 참 많았다)에게도 나는 굽히지 않았다. 그중에 제일 악질이었던 사장은 은행동 양 사장이었다. 업체 이름은 지금 당장 생각나지 않는다. 아마 이 글을 쓰다 보면 곧 생각날 것이다.

　양 사장은 소싯적에 남대문에서 주먹질 좀 했다고 자기가 소문내서 다들 그렇게 믿고 있었다. 공장도 커서 기억이 정확하지는 않지만 미싱 20대 정도였다. 진짜 짠돌이 사장이었고, 더 나쁜 것은 그 공장에서 일 잘하던 사람이 매일 하는 야근(일주일에 수요일과 토요일, 일요일은 8시, 야근할 때는 10시 30분 퇴근이었다) 수당과 월급을 제때 주지 않아 잠긴 공장 문 몰래 열고 도망이라도 가면 서울 가방 공장까지 다 소문내 어떻게든 찾아냈다. 만일 거부하면 멱살이라도 움켜잡고 다시 데려왔다. 낮이고 밤이고 일을 시키는 나쁜 인간이었다.

한번은 이런 적이 있었는데, 지금도 어렴풋하게 기억에 남아 있다. 저녁 즈음 은행동 구멍가게 앞 평상에서 둘이 막걸리를 마시면서 나눈 대화를 대강 재구성해보면 이렇다.

1978년 여름, 내가 도급 일을 시작한 지 몇 달이 지난 때였다.

그 며칠 동안 일한 돈을 받으러 간 날이었다. 일을 다 마치는 날 돈을 받는 게 내가 고수하는 원칙이었다. 성질 고약한 양 사장이 굳이 찾아와 부탁했고, 선적에 차질없이 일을 다 마치면 내가 받는 일당보다 더 주겠다는 조건을 먼저 말했었다. 그때 같이 일하러 다니던 경식이 형이 있었다. 그 형은 절대로 그 공장 일은 하지 않겠다고 해서 나 혼자 가서 일했다. 그 형하고 같이 일한 지 얼마 되지 않았던 때였는데, 그 형이 고개를 절래절래 흔들면서 가지 않겠다고 한 이유는 일도 지독하게 시키지만, 돈을 바로 주지 않을 것이란 확신 때문이었다. 말과 행동이 정말 다른 사람이라는 것이었다.

당시 만든 가방은 꽃가방(철사를 싸서 가방의 외형 틀을 만들고, 철로 와꾸를 만들어 밑에 바퀴를 달아 밀고 다니도록 만든 여행용 가방이었다. 요즘 식으로는 캐리어다)이었다. 풍국산업에서 매달 꾸준하게 만들어 수출하는 가방이었다. 방수 코팅이 된 옥스퍼드 원단에 단풍나무 잎사귀를 인쇄한 것 같은 화려한 원단이었다. 나는 그 가방 마도매를 혼자 했고, 하루 400개를 목표로 일을 했다. 어렵지 않은 수량이었다. 하지만 다른 미싱사들이 내 일감을 대주지 못해 조금씩 지체되어 야근 작업을 했다.

그런데 일주일 정도를 선적 날짜에 맞추느라고 밤 11시까지 야근 작업을 해서 잘 끝냈는데, 약속과 다르게 돈을 바로 주지 않았다. 며칠이 지났고, 내가 두 번인가를 찾아갔었다. 내일 줄게, 모레 줄게, 이런 식으로 하루 이틀씩 미루는 것이었다.

"그러지 마시고 돈 주세요."

나는 그날은 절대로 그냥 물러나지 않겠다고 마음 다잡고 갔었다.

"너, 그러지 말고 우리 공장에 일하자. 월급 최고로 줄게."

어지간한 강단으로는 양 사장과 단둘이 대화하면 눈도 맞추지 못한다는 게 성남시 가방 업계의 정설이었다. 그러나 나는 예전의 내가 아니었다. 양 사장은 내가 14살 때부터 일한 현영산업 정 사장과 친구였고, 어린 내가 짐자전거를 타고 본사에 부족하거나 불량한 자재 교환 등으로 심부름을 할 때 가끔 자재과나 풍국산업 경비실에서 마주치기도 했다.

"그럴 시간 없어요."

"너 인마, 그렇게 공부해서 대학 들어갈 수 있을 것 같냐? 마음 고쳐먹고 정신 차려라."

"그런 말은 우리 엄마한테도 수없이 들어요. 내 일 상관하지 마시고 일 해드렸으니까 돈 주세요."

"지금 돈 없어."

"사장님이 매일 다니는 술집 제가 다 압니다. 돈 주세요."

"이번에 결제받으면 줄게."

당시 풍국산업은 한 달에 한 번 임가공 하청 업체에게 결제를 해주었다.

"저, 잘 아시잖아요. 이제껏 일하고 나서 돈 안 준 사장님은 처음입니다. 그러지 마세요."

"내가 뭘 인마. 내가 안 준다고 했어?"

"지금 안 주겠다는 것으로 들려요. 몇 번을 더 찾아와야 하는데요. 나이 드신 사장님이 그러시면 안 되죠."

"이 짜식, 말버릇 좀 봐라."

"나는 사장님 자식 아닙니다. 말씀 함부로 하지 마세요."

대충 정리하면 이랬다. 내 기억으로는 두 시간 정도 같이 막걸리를 마셨는데, 막판에 양 사장이 내 얼굴을 향해 싸대기를 날렸지만 내가 그 둔한 손에 맞을 리가 없었다. 그러자 한 번 더,

또 한 번 더 손짓을 허공에 날렸다. 차마 내가 맞받아 주먹질할 수 없어서 딱 한 번 앞으로 넘어지는 척하며 머리로 양 사장 가슴팍을 받아버린다는 것이 턱밑을 받았다.

그 잘난 양 사장이 뒤로 벌렁 넘어지자, 구멍가게 아저씨가 그제야 달려 나왔다. 내가 흥분해서 넘어진 양 사장에게 한 걸음 더 다가서자 나를 가로막았다. 그 아저씨도 양 사장 공장에서 일할 때 며칠 동안 저녁마다 와서 군것질 거리를 사 먹은 나를 몇 번 본 적 있고, 양 사장이 동네에서 하는 짓이 늘 그래서 더는 말리지 않았다.

"내일 다시 올 테니까요. 돈 준비해두세요. 사장님 단골집, 그 여자 가게 가서 엎어버릴 거니까요. 일해달라고 찾아와 졸라댈 때는 언제고 돈을 안 줘. 씨발."

"뭐여, 새끼야."

"또 새끼래. 아저씨 같은 사람 때문에 내가 열 받는 거라고요. 그래서 내가 조빠지게 공부해서 대학 가려고 하는 거라고요."

나는 더운 그 여름날 저녁 몹시 흥분한 상태로 걷기 시작했다. 몇 정류장인가를 걷고 나서야 나는 진정할 수 있었다. 정신 차려보니 구종점이었다. 그곳에 대한민국에서 가방 수출을 가장 많이 하는 회사인 풍국산업이 있었다. 나는 14살 때부터 그 풍국산업 정문을 짐자전거 끌고 무수히 다녔다. 경비실 아저씨도 나를 언제나 그냥 통과시킬 정도였다.

내일이면 또 풍국산업 경비실에서 무슨 소문이 만들어질지 모르겠지만, 당당하게 맞서보고 안 되면 서울로 뜨면 된다는 결정을 했다. 양 사장이 또 무슨 헛소리로 나를 나쁜 놈이라고 소문낼지 짐작이 되기도 했다.

아니나 다를까. 그 며칠 후 성남시 가방 하청 업체(약 100여 군데 되었음)에 소문이 났다. 내가 술 마시고 와서 다짜고짜 양 사장의 멱살을 잡아 박치기했다는 것이었다. 그래서 이빨 세 개가 흔들린다고 소문이 났다. 이빨이 흔들린다는 것은 거짓말이었다. 그런데 그 소문을 가장 먼저 말해준 사람은 조양산업 사장이었다. 굳이 내가 있는 독서실까지 찾아왔다.

"네가 그랬냐?"

"뭘요?"

"양 사장을 받아버렸다며?"

"아뇨."

"아니긴. 입술이 터져 병신 되었더라."

사실 조양산업 조양근 사장은 순둥이고, 정직한 사람이었다. 돈 계산도 정확했고 일하는 사람들을 존중하는 사장이었다. 고향인 완도에서 중고등학교에 진학하지 않은 어린 소년들을 데려와 기술을 배우게 했고, 그중에 몇은 자기 공장을 창업해 사장이 되어 열심히 일하는 사람도 있었다.

"돈을 안 주잖아요. 그래서 몇 번 찾아갔는데, 그날 막걸리를 마시고 계셔서 따지다가 주먹질을 하길래 내가 피하다가 이마 빡에 받힌 거예요.”

“잘했어. 그놈은 누구에게든 한번 호되게 당해봐야 했다. 돈은 받았냐?”

“아직요. 이제 받아야죠.”

“그려, 꼭 받아라.”

조 사장은 그전까지 내게 일을 요청하지 않았다. 일하는 사람들의 이직도 거의 없을 정도로 자기 공장 관리를 잘 했다. 다들 고향 사람들이어서만이 아니었다. 먹는 것도 자는 것도 항상 신경 써주고, 야근 작업도 다른 공장에 비하면 거의 하지 않는 수준이었다. 먹는 음식은 자기 가족이 먹는 것과 똑같이 해서 주었고, 자는 것도 공장 바닥이 아니라 자기 집에 남은 방과 옆집이든 골목 건너 집이든 월세를 얻어 기숙사로 활용해서 일하는 사람들은 나름 편안한 생활을 하게 한 것이다.

“그리고 준비해둘 테니까 모레부터 우리 일 좀 해줘라.”

“네.”

“공부도 열심히 하고.”

조 사장은 나에게 어려운 일 생기면 찾아오라는 말과 격려가 되는 말을 더 해주고 돌아갔다. 그다음 날 나는 양 사장이 단골로 가는, 그러니까 그의 감춰둔 애인이 하는, 간판은 찻집인데 안에 들어가면 시뻘건 불빛에 조명이 빙빙 돌아가는, 양주를 파는 술집(당시에는 그런 술집이 많았다)에 찾아가 돈을 다 받았다. 그가 순순히 젊은 애인한테 돈 좀 가져 와봐, 하고 내준 것은 소문이 내 편이어서였을 것이다.

이렇게 나의 전성시대는 시작되었다.

11

나의 전성시대

열여덟 살의 내가 체육관에서 나와서도 엄마 혼자 사는 사글세방에 들어가지 않은 이유를 나는 그때 정확하게 설명할 수 없었다. 당시에는 엄마가 한글을 읽지 못하는 까막눈으로 살고 있던 가여운 사람이라는 것을 알지 못했던 것도 원인이었겠지만, 내가 돈을 벌어야 한다는 강박에서 벗어나기 위한 선택이었을 수도 있다.

하지만 훗날 나는 당시를 다시 생각했다. 내가 엄마한테 가지 않고 몇 골목 옆에 있는 여인숙 방을 선택한 것은 나만의 자유로움을 찾기 위한 것이었다. 그 자유로움이 내가 가진 꿈을 향해 갈 수 있는 길이라고 판단했다. 그렇게 생각한 것은 서른 살 즈음에, 그리고 그게 엄마가 살던 상계동 동막골 단칸방을 찾아간 이유이기도 했다.

다시 나의 전성시대였던 열여덟 살을 생각해본다.

내가 체육관에서 나와 바로 일당으로 받는 도급제 일은, 기철이가 일하던 명성산업에 심심해서 놀러 갔다가 우연히 시작되었다. 명성산업 사장은 배재명이란 전라북도 산골짜기에서 올라온 사람이었다. 지금도 내가 그 이름을 기억하는 것은 그만큼 내 삶에 큰 영향을 줬던 인연이기 때문일 것이다.

키는 멀대같이 컸고 눈도 컸다. 나름은 선한 이미지였다. 재단사였던 기철이를 찾아가 일을 거들면서 농담 비슷한 말들을 주고받고 있었는데, 미싱을 하던 사장이 공장에서 버럭버럭 화를 내는 것이었다.

"저 사람, 왜 그러냐?"

칼질하던 기철이와 마주 보는 앞에서 조깃대가 흔들리지 않도록 잡아주고 있었는데 버럭 하는 소리에 내가 물었다.

"원래 저래."

"왜?"

"동생인데, 제대로 하지 못하니까 그러지."

당시 미싱 열 대 정도로 기억하는 공장이었다. 미싱사가 없어 주인 없는 미싱도 두어 대 있었다. 그중에 미싱을 하는 남자 동생이 한 명 있었고, 부인과 처제가 미싱사였다.

그런데 동생이 마도매하는 일에 절대적으로 영향을 주는 다

마(가방 테두리 작업)치는 일에 서툴렀던 것이다. 그 일은 내가 공장장 아저씨한테 15살 때 배워서 인정받는 기술이기도 했다. 가방 테두리 작업을 일관성 있게 해줘야 가방 마무리 작업인 합봉할 때 쉽게 되기 때문이다. 전체 둘레 길이가 일정해야 합봉할 때 문제가 생기지 않는다.

사장은 마도매를 하다가 또 한 번 미싱에서 갑자기 뛰어내리며 버럭 하더니, 마도매를 하던 가방을 동생한테 집어던지고는 공장 밖으로 나가버렸다. 역시 테두리 작업이 일정하지 않아서 합봉 마무리를 할 때 둘레 길이가 맞지 않았던 것이다.

"기철아, 저 다마 내가 쳐줄 테니까 십 원(내가 정한 가격은 정확한 기억에 없지만 대충 그랬을 것 같다)씩만 달라고 해봐."

정말로 농담처럼 괜히 해본 말이었다. 기철이 역시 나랑 같이 일한 2년여 동안 내가 그 일을 정확하게 잘한다는 것을 알고 있었다. 그래서 아무 생각 없이 한 말이었다.

"너 정말 할 거냐? 저것 때문에 맨날 저러거든."

"말해봐. 원하는 대로 쳐줄 테니까."

그랬다. 그 말을 듣고 바로 기철이는 공장 밖에서 담배를 쪽쪽 빨아 대던 사장한테 갔고, 내 얘기를 전달했다. 사장은 열을 조금 식혔는지 기철이랑 같이 공장에 들어섰다.

"가서 해봐."

기철이가 뭐라고 말했는지 사장은 나를 보더니 대뜸 그러는 것이었다. 그러고는 동생한테, 미싱에서 당장 내려오라고 소리쳤다.

나는 내가 사용하던 미싱이 아니어서 먼저 모든 것을 조절했다. 위에서 노루발을 누르는 스프링의 강도를 약하게 했고, 노루발 밑에서 끌고 가는 톱니를 조금 높였다. 그리고 중요한 노루발을 하나 달라고 해서 그 가방에 사용하는 PP선의 굵기에 맞도록 다시 홈을 판 다음 그 홈에서 잘 미끄러지도록 기름칠을 하고 문질러서 미싱에 장착하고 일을 시작했다.

가방 테두리 작업은 사각 코너링(가방의 전체 모양을 만들어 준다)이 중요한데, 그 기술은 노루발을 눌러주는 스프링의 강도에 따라 달라진다는 것을 나는 알기에 서너 개를 해보면서 완벽하게 조절한 다음 본격적으로 일을 시작했다.

여기서 나만의 기술 하나를 지금 공개한다면, 코너를 돌릴 때 오른발 무릎으로 작동하는 노루발을 살짝 들어 올리는 것이 내가 하는 특별한 기술이었다. 팽팽하게 할 때는 손으로 잡아주는 PP선을 살짝 밀어주면 코너가 확연하게 살아난다. 그리고 다른 무엇보다 마무리 작업을 남들이 흉내조차 낼 수 없을 정도로 빨리하는 편이었다. 그것은 기술이 아니어서 말로 설명하기 어렵고, 안에 들어가 있는 PP선을 잘라서 시작된 부분과 연결하는 동시에 원단을 접어 박음질하는 손이 빠르고 정확해야 한다. 굳이 내가 가진 특별한 기술이라면 미싱을 하는 동안 남들처럼 쪽가위를 놓지 않고 손에 들고 있다는 것 정도였다. 쪽가위를 들었다 놨다는 시간을 절약하는 것도 반복되는 일을 할 때는 생산량에서 큰 차이가 났다.

한 시간에 백 개 정도는 무난한 가방이었다. 그러니까 30초에 하나씩 나는 미싱 아래로 떨어뜨렸다. 사장 동생은 오십 개 정도 하는 실력이었는데 그마저도 일정하지 않아 늘어났다 줄어들었다 해서 총 둘레 길이가 차이 났던 것이다.

기철이 얼굴도 볼 겸 성남시 가방 공장 상황도 알아볼 겸 갔던 그날, 나는 그렇게 몇 시간 일을 한 다음 퇴근하게 되었다.

사장은 다음 날도 그다음 날도 나에게 마도매 일까지 부탁했고, 내가 가방 한 개의 단가를 정한 돈은 일을 마치면 바로 받기로 했다. 그래서 나는 며칠 동안 일해주고 기철이가 받는 월급의 3분의 1 정도를 받았다. 그렇게 받은 돈으로 나는 여인숙 방 하나를 차지할 수 있었던 것이다.

그렇게 시작한 나의 도급제 일은 서른 살 즈음까지 계속되었다.

그 일을 하면서 대학교 강의실도 몇 번 다녔고 대학교 주변에서 술도 취하도록 마셔봤다. 돌멩이도 던져봤다. 그리고 경찰서 유치장에 갇혀 이틀을 보내봤고 군대도 다녀왔다. 전국 여기저기를 다니면서 내가 해야 할 일이 있으면 다 해결하겠다는 이상한 정신세계에 빠진 스무 살 시절이었다.

그렇게 살면서 돈이 필요할 때마다 서울에 있는 가방 공장 아무 곳이나 가서 도급제 일을 할 수 있었던 것이다.

심지어 가방 재단이 급한 공장에서는 재단까지 도급 일을 할 수 있었던 나다. 정말이지 나는 갑질하는 기술자였다. 성남시뿐만이 아니라 서울의 화곡동, 신림동, 봉천동, 면목동 등등의 가방 공장에 나타나기만 하면 사장들이 나를 찾아와 서로 자기 일부터 해달라고 사정을 했으니, 내가 얼마나 대단했는지 지금 생각해도 가슴이 벅차오른다.

열여덟 살 전의 나에게는 친구가 두 명뿐이었다. 고등학교에 다니는 기영이란 친구와 가방 공장 재단사인 기철(사실은 노길 철인데, 나는 늘 기철이라고 불렀다)이었다.

앞에서도 말했던 기영이는 생긴 것도 하는 짓도 여자애 같아 매번 다독이고 보듬어주는 친구였고, 기철이는 내가 14살 때 들어간 가방 공장에서 만난 나보다 두 살 위였다. 형제가 4명이나 됐고, 허름하지만 그래도 자기 집에서 출퇴근하는 친구였다. 그래서인지 내가 의지하는 친구였다. 나는 엄마가 있고 아빠가 있는 그의 가족이 부러웠다. 아빠는 술을 좋아하고 일을 하지 않는 사람이었다. 큰형은 선천적인 심장병을 앓고 있어서 활동하지 못했고, 둘째 형은 하는 일이 없이 건달 비슷한 생활을 했다. 여동생이 있었는데, 기철이는 동생을 애지중지 아꼈다.

그랬던 내게 친구가 더 생겼다. 잠깐 다녔던 중학교에서 기영이를 괴롭히던 문철이가 어느 날 나를 찾아왔다. 지난 일을 사과한다면서 친구가 되고 싶다고 먼저 말했다. 고등학교에 입학하자마자 사고를 쳐 퇴학당한 문철이는 남한산성고고장 웨이터 보조 일을 하다가 체육관에서 권투를 하는 나에게 손을 내밀었다. 기영이를 괴롭히다 나와 일대일 맞짱을 떴던 지난 일을 사과하는 문철이를 나는 받아줬다. 오다가다 가끔 만나면 서로 웃고, 어떤 날은 안아주는 정도의 사이가 되었다.

시간이 몇 년 더 지난 후였다. 내가 이상한 군부대 복무를 마치고 다시 성남에 왔을 때 종합시장 안 간이 식당에서 만둣국을 먹고 있다가 우연히 만났는데, 문철이는 내가 연락도 없고 찾아오지도 않아서 궁금했다며 살아 있어서 고맙다고 문철이답지 않은 말을 해서 나를 당황하게 했다. 내가 대학생이 되어서 이제 자기를 완전히 잊어버렸을 거라고 생각을 했다는 것이다.

그렇게 다시 만난 문철이는 나와 매우 끈끈한 동지가 되기도 했는데, 내 말을 무조건 신뢰했다. 내가 하고자 하는 일에 목숨을 바치겠다는 말도 망설이지 않고 했다. 문철이와 동지가 되어 활동한 이야기는 스물네 살 때였으니 그 친구 이야기는 나중에 해야겠다. 내가 소설을 더 쓴다면, 분명 그러겠지만, 내 스무 살 적 이야기에 문철이의 사회적 활약을 들려줄 수 있을 것이다.

오늘은 경식이 형이란 나쁜 인간을 생각해본다. 오야 재단사로 인정받기 위하여 공장을 몇 달에 한 번씩 옮겨 다니던 기철이 때문에 만난 형이었다. 기철이가 명성산업을 그만두고 그 공장에 오야 재단사로 들어갔다. 월급을 많이 준다는 조건 때문이었다. 성남극장 사장이 하는 공장이어서 그런지 실제로 월급을 많이 주었다. 그런데도 가방에 대해서 전혀 모르는 사장이 경영해서 공장은 말 그대로 개판이었다. 다시 말하면 정말 진지하게 일하는 사람을 찾아볼 수가 없었다. 암튼 경식이 형은 나보다 다섯 살 위였다.

당시로는 키는 큰데 인상은 순해 보였다. 말솜씨도 서글서글한, 말 그대로 괜찮은 남자였다. 기철이가 독서실로 갑자기 찾아와 너무 급하다며 당장 가서 마도매 좀 해달라고 해서 갔는데, 마도매를 나보다 잘하는 것 같은 사람을 나는 처음 봤다.

내가 사흘 정도 일을 해줬는데 오야 미싱사 한 명이 예비군 훈련을 받으러 갔다가 아무 연락도 없이 돌아오지 않아 선적 날짜에 쫓기고 있었다.

내가 가방 미싱을 남들보다 빠르면서도 남다르게 잘한다는 평가를 받게 된 것은 공장장 아저씨가 나를 다양하게 써먹기 위해서 가르쳐 준 것도 있고, 40여 일 동안 일한 핸드백 공장에서 보고 경험한 기술 때문이기도 했다. 공장장 아저씨는 내가 정말 공부를 계속하지 않고 자기 공장에서 일할 것이란 생각으로 이런저런 기술을 다 가르쳤던 것이다.

여성용 핸드백을 만드는 기술과 여행용 가방을 만드는 것에는 미싱을 사용하는 방법에서 미세한 차이가 있고, 평화시장에 납품하는 작은 공장에서는 공정 수를 줄이기 위하여 여러 방법을 사용했다. 두 번을 해야 할 미싱 공정을 한 번으로 줄이는 것이 핵심이었다. 그 공장에서 만든 가방은 여성용 숄더백이었는데 핸드백 공장에서 비슷한 것을 해본 경험이 있었다. 대부분 남성용 여행 가방을 만들어 수출하는 풍국산업 하청 공장이 많은 성남에서 그 공장은 들어보지 못한 '도울상사'란 본사에서 일감을 받아 여성용 가방을 주로 만들고 있었다. 나는 별로 어렵지 않게 그 숄더백 마도매를 바로 시작했다. 이튿째 되는 날이었다.

"너, 나랑 내기 할래?"

식당에서 꽁보리밥을 양푼에 잔뜩 비벼 먹고 난 점심시간이었다. 경식이 형이란 나쁜 인간이 다가와 뜬금없는 말을 했다.

"뭘요?"

"오후에 나보다 한 개라도 더하면 내가 지는 것이고, 나보다 한 개라도 덜하면 너, 여기서 나랑 같이 일하는 걸로 하자."

"그게 무슨 내기에요. 나는 이겨도 그만이잖아요."

"나를 이기면 너는 성남에서 최고가 되는 것인데, 그게 왜?"

그게 무슨 말인가 생각해 봤지만 결론은 나에게는 의미 없는 말이었다. 결국에는 마도매 잘한다고 소문난 나를 이겨 자기가 더 잘한다는 것을 증명하고 싶은 것일 뿐이었다.

"내기 말고, 그냥 해보죠."

경식이 형이란 나쁜 인간이 웃으면서 그래 해보자, 했다. 그래서 오후에는 공장에 전쟁 비슷한 마도매 경쟁이 시작되었다. 대신 일감을 대주는 시다 아주머니와 다른 미상사들이 바빠졌는데, 두 사람이 오후에 마도매를 한 수량이 평소 하루에 하는 양이 나올 정도가 되었다. 그래서 선적 날짜에 쫓겼던 작업이 너무 일찍 끝나버렸다.

그날 숫자에서는 내가 다소 부족해서 졌지만 불량률에서는 내가 월등했다는 점을 경식이 형이란 나쁜 인간이 인정하면서 우리는 무승부라고 결론을 내렸다. 그후 경식이 형과 나는 한 팀이 되어 도급 일을 같이 하기 시작했다. 내가 도급 일을 하는 것을 보고는 경식이 형이 공장을 바로 그만두고 나왔던 것이다. 나중에 알고 보니 경식이 형은 그전까지 서울 천호동 부근에서 주로 일을 했고, 성남에 와서 처음 일한 곳이 그 공장이었다. 성남극장 사장이 가방 공장을 시작하면서 공장장 한 사람에게 모든 것을 의지했는데 그 공장장이 자기가 아는 미싱사 패거리를 서울에서 데리고 왔던 것이다. 그중 경식이 형이 실세였지만 공장장과 사이가 틀어져서 일하는 날보다 술 마시고 기숙사(돈이

많은 성남극장 사장은 오야 미싱사들에게 기숙사로 여인숙 방을 얻어
주었다)에 처박혀 있는 날이 더 많았다는 것이다.

다만 나는 조건이 하나 더 있었다. 돈을 덜 받는 대신 어떤 경
우라도 야근 작업을 하지 않겠다는 것이었다. 나 대신 야근 작
업을 해야 할 상황에는 경식이 형 혼자 한다는 조건이었다. 그
렇게 우리는 투톱이 되어 성남시 가방 공장의 해결사가 되는 팀
이 되었다. 찾아오는 사장이 정말 많아서 일정 관리를 해야 할
정도였다.

경식이 형이란 나쁜 인간 덕분에 나는 저녁이면 독서실 책상
하나를 차지해 안정적으로 시간을 사용할 수 있었다. 저녁 7시
부터 다음 날 아침 8시 전까지 온전한 내 시간이었다. 본격적으
로 고등학교 과정을 집중해서 공부할 수 있었다. 1년여를 그렇
게 보냈다.

참, 경식이 형이 왜 나쁜 인간인지 설명을 해야겠다. 그 인간
은 여자만 보면 환장하는 바람둥이여서 나하고 가끔이지만 언
쟁을 했다. 나중에 헤어진 계기도 그 형의 여자 문제 때문이었
다. 일하러 간 공장에 조금이라도 예쁜 여자가 있으면 며칠 후
영락없이 데이트를 했다. 처음에는 그런 남자가 왜 좋은지, 멀
쩡한 정신이라면 얼굴에 바람둥이라 씌어 있는 그 남자를 따라
왜 밤마실을 다니는지 여자들을 이해하지 못했다. 게다가 한 달
정도의 시간이 흐르면 여자가 바뀌었다. 가끔은 두세 여자를 동

시에 만나는 일도 있었다. 심지어는 나더러 대신 다방에 나가서 놀아주고 있어 달라고 사정을 하기도 했다. 사람은 착하고, 남들에게 나쁜 짓 절대로 하지 않는 사람인데, 큰 키 때문인지 바람 잘 날 없었다.

내가 마지막으로 형한테 한 말이 '정말 인간쓰레기다. 정말 너무 나쁜 새끼다'라고 했을 정도의 사건이 있었다. 하지만 내가 공부에 집중할 수 있도록 도움을 많이 준 형이어서 차마 때릴 수는 없었다. 때리면 맞겠다고 했지만 나는 차마 그럴 수가 없었다. 그냥 우리 다시는 얼굴 보지 않는 것으로 하자며 끝냈다.

내가 그 형을 완전히 미친 개새끼 취급을 한 계기는 이랬다. 그 형을 사랑한다는 여자가 있었다. 그런 여자가 한둘이 아니었지만, 그 여자는 너무나 진심인 것이 느껴졌다. 형을 너무나 사랑한다고 눈물 뚝뚝 떨어뜨리며 매일 나에게 찾아온 여자는 당시 스물두 살이었다. 형을 만날 수가 없다고. 자취방에 가서 밤새 기다려도 오지 않는다고. 자기를 보면 화를 내고 때리기도 한다고. 임신했다고 말한 이후 그렇게 변했다며 나에게 하소연했다. 자기 아이를 가진 여자가 찾아오는데도 이리저리 도망 다니는 그 형을 대신해 내가 그 여자를 설득하는 수밖에 없었다. 그 형은 지금도 여관방에서 다른 여자하고 놀고 있는 천하에 몹쓸 놈인데, 그런 남자아이를 낳아서 어떻게 키울 수 있겠느냐고, 누나의 인생을 이렇게 포기할 것이냐고. 내가 정말 그 여자의 동생인 양 하도 답답해서 내 가슴을 팍팍 치며 설득했다. 나는 결국에 그 여자를 데리고 병원에 가서 낙태 수술을 받는 데 보호자가 되어주었다.

그후 나는 경식이란 인간을 사람으로 취급하고 싶지 않았다. 몇 년 전 헤어진 정숙이 누나 생각이 나서 나는 그 형을 도저히 용서할 수가 없었던 것이다.

그 뒤로는 그를 성남에서 볼 수 없었다. 아니다, 내가 1979년 초여름에 대학입학학력고사를 보기 위해 신설동 학원에 다니느라고 성남을 떠나왔으니 그가 성남에 있었는지 없었는지 모르는 일이었다. 간혹 기철이를 만나면 궁금해서 물어봤지만 경식이란 인간의 소식은 기철이도 그후 듣지 못했다고 했다.

12

고마운 사람이 있었다

오늘은 나와 인연이 된 17세 소녀 누니 이야기를 해야겠다. 이번 라오스 여행은 본래 한 달 일정을 잡아서 왔고, 그 한 달 중 일주일 정도는 누니가 사는 루앙프라방에서 보낼 예정이었다. 다니는 학교의 식수 시설이 망가져서 사용하지 못한다는 말을 들었고, 가능하다면 가서 지원해주겠다는 마음을 먹고 한국을 떠난 것이다. 누니는 영특한 소녀다. 지난 6월 고등학교에 입학해서 학교생활을 잘하고 있다는 메일을 일주일에 한 번씩 보내주는 누니가 늦은 사춘기를 겪고 있는 것 같은 내 작은 딸보다 더욱 살갑게 느껴지기 시작했다. 그런 이유로 보고 싶기도 하고 학교가 집에서 너무 멀어 혼자 시작한 자취 생활이 어떤지 확인해보고 싶은 마음에 이번 여행을 계획한 것이다. 하지만 동남아시아 일대가 우기인 지금 라오스의 메콩강 북부 지방은 중국에서 댐을 개방하여 범람하고 말았다. 중국 윈남성 부근에 보름 사이에 두 개의 태풍이 지나가면서 연일 폭우가 쏟아졌다. 게다가 밤마다 굵은 비가 이어지는 날씨였다. 중국은 결국 라오스에 영향을 줄 수밖에 없는데도 댐을 개방하여 물을 내려보내고 있었다. 그 범람 지역의 한복판에 누나가 다니는 학교가 있고, 누나가 사는 헝태우가 있다는 것이다. 루앙프라방 시내에서 1시간이나 걸어가야 하는 곳인데 차가 다닐 수 있는 도로는 이미 물에 잠겨서 쉽게 복구되지 않는다는 것이 누나가 오늘 아침에 보낸 메일의 내용이었다. 메일로 보내온 세 장의 사진 중 하나에는 발목까지 물에 잠긴 학교 앞에서 누나가 환하게 웃고 있었다. 다른 두 장에는 살고 있는 집 마당이 물에 잠겨 있었고, 골목길 낮은 곳에 황토물이 강물처럼 고여 있는 사진이었다.

내가 그 소녀와 대화를 시작한 것은 비엔티안에 두 번째 방문했을 때였다. 5월이었다. 스승의 날과 어린이날, 그리고 부처님 오신 날이 낀 일정을 이용해서 일주일 다녀갔다. 한국은 봄날이어서 놀기 좋고 산으로 꽃 구경 다니기 좋은 계절이었다. 하지만 라오스는 우기가 시작되는 시기였다. 한편으로는 바쁜 농번기의 시작이기도 했다. 고산지대 산등성 화전에 심는 찹쌀을 이 시기에 파종하고, 이모작 하는 평야 지대의 논에서도 모내기 준비가 바쁜 시기이기도 했다.

당시 내가 일주일 예약하고 묵은 숙소는 비엔티안 여행자 거리 외곽에 있는 라오프라자 호텔이었다. 한국에서는 감히 엄두도 내지 않던 5성급 호텔이었다. 그런데도 한국의 모텔비랑 비슷한 가격이었다. 조식은 호텔에서 제공되는 뷔페식 식사를 하고 저녁은 특별한 일이 없는 한 구글에서 알게 된 'YOREE'라는 한국인이 운영하는 식당에서 한식을 먹었다. 한글 '요리'라는 글자를 디자인해서 간판으로 만든 식당이었다.

현지인들에게는 다소 비싼 음식이었지만 손님의 절반은 라오스 사람과 라오스에 거주하는 중국 사람들이었고 대략 절반의 손님은 한국 여행객들과 라오스에 거주하는 한국 사람들이었다. 메뉴는 우리나라 동네 식당에 있는 김치찌개나 해물탕 등이고, 고급 요리로는 갈비나 삼겹살이었다. 호텔에서 20여 분 걸어가면 되는 거리였다. 해가 지는 저녁이어서 운동 삼아 걷기에 안성맞춤이었다.

홀에서 서빙 하는 직원이 대략 열서너 명은 되었다. 거의 다가 10대 소녀이고, 간간이 20대로 모이는 남자 몇이 있었는데, 남자들은 숯불 관리하는 담당이었다. 그중에 한 소녀가 마치 내 담당 직원이라도 되는 듯이 항상 다가왔다. 소녀는 내가 식당에 들어서면 환하게 미소 지으며 나를 자리에 안내한 다음 메뉴를 선택할 때까지 옆에서 기다려주었다.

소녀는 내가 2월 설 연휴를 보내려고 처음 라오스에 갔을 때부터 저녁을 먹으러 갈 때마다 내게 와서 주문을 받았고, 상차림을 해줬다. 저녁만큼은 든든하게 먹고 싶어서 항상 그 식당을 이용했다. 점심은 여기저기를 찾아다니면서 먹었지만, 라오스 음식은 쉽게 적응할 수 없었다. 민물 생선으로 만든 한국식 젓갈 소스가 들어간 대부분의 음식이 내게는 짜고 강했다. 60대 사장이 운영하는 한국식당은 매일 가서 먹기에는 메뉴가 다양하진 않았다.

소녀는 항상 친절했고, 밝은 얼굴에 미소를 짓고 있었다. 나는 식사하고 나올 때마다 적은 돈이지만 일부러 소녀를 불러 팁을 주었다. 굳이 이유를 대자면 친절하기도 했지만 내 작은 딸 나이의 소녀가 그렇게 일하는 것에 대한 안쓰러움 때문이었을 것이다.

그 소녀는 내가 석 달 만에 다시 왔는데도 나를 기억하고 있었다. 나흘째 되는 날 점심이었다. 식당에 막 들어서려는데, 입구 옆 간이 의자에 앉아 소녀가 소리를 삼키며 울고 있었다. 나는 걸음을 멈추고 반대편 간이 의자에 앉아 담배 한 대를 뽑아 물었다. 소녀는 내가 자기를 보고 있는 것을 의식했는지 눈물을 훔치며 식당으로 들어갔다. 나는 하늘을 몇 번 더 올려다보고 들어갔다. 소녀가 나를 기다리고 있었다는 듯이 다가와 자리로 안내했다.

"쩌이 쓰냥?"

메뉴를 선택하고 내가 굳이 인터넷에서 배운 라오스어로 이름을 물어봤을 때 소녀는 환하게 웃었다. 처음 방문했을 때는 사바이디(안녕하세요), 컵짜이(고맙습니다) 정도만 알고 갔었는데, 두 번째 여행하기 위해서 나름 단어 몇 개를 더 외워서 갔다.

"누니."

소녀는 수줍어하면서도 유쾌하다는 듯이 고개를 들어 웃으며 말했다. 조금 전, 아프게 울던 소녀의 얼굴이 아니었다. 내가 다시 '누니?'하고 확인하니 소녀는 '오케이' 한국식 발음으로 확인해주었다. 내가 영어를 알아듣느냐고 물으니 한국말로 '쪼끔'이라고 말했다.

나는 나이가 궁금해서 묻고 싶었는데 외워 간 '짝비(몇 살인가요?)'라는 라오스 단어가 생각나지 않았고, 갑자기 영어도 생각나지 않았다. 휴대전화 번역기를 사용하여 물었다. 라오스어 번역은 오류가 많아 태국어로 번역했다.

"당신은 몇 살인가요?"

라오스어와 태국어가 거의 비슷한 데다 라오스 학생들은 태국어 공부를 따로 하거나, 젊은 세대들은 태국 방송을 많이 듣거나 봐서 태국어를 거의 완벽하게 읽거나 말하는 편이었다. 소녀는 내가 내민 휴대전화 태국어 번역기를 바로 읽었다.

"씹펫."

소녀가 말했다. 내가 보여준 관심 때문인지 습관적으로 웃는 얼굴이면서도 진지해진 표정이었다. 하지만 나는 정확하게 알아들을 수 없었고, 내가 알고 있는 라오스 숫자는 능, 썽, 쌈, 씨, 하, 혹, 펫, 뺏, 까오, 씹, 그러니까 한국 숫자로는 1, 2, 3, 4, 5, 6, 7, 8, 9, 10이었다. 나는 다시 물었다.

"씨페?"

"노오. 씹, 펫. 쎄븐틴."

그녀는 내가 알아듣기 쉽도록 호흡을 끊어 말해주면서 손가락으로 숫자를 말해줬다. 양쪽 손가락을 다 폈다가 접더니 손가락 일곱 개를 다시 펴서 보여주었다.

"아, 씹펫, 열일곱!"

소녀가 내 말을 알아들었다는 듯이 고개를 끄덕였다. 그렇게 그 소녀와 처음 인사를 주고받았고, 그 소녀가 궁금해서 일부러 점심과 저녁 시간이면 그 식당으로 갔다. 소녀는 친절했고, 나는 밝게 웃으면서 소녀가 차려주는 밥을 먹었다. 비록 식당 서빙을 하는 소녀지만 나는 그 소녀에게서 무언가를 생각해야 하는 숙제 같은 것을 느꼈다. 그게 무엇인지는 사흘쯤 지난 후에 생각났다. 내가 그 소녀의 나이, 그러니까 열일곱 살 때 무엇을 하며 어떻게 살았던가 생각하게 된 것이다. 나는 그날 점심을 먹고 나오면서 계산을 하며 직원에게 휴대전화 번역기를 사용하며 물었다.

"이곳 사장님은 한국 사람인가요?"

"네, 한국 사장님이에요."

눈이 동그랗게 크고 까만 눈동자를 가진 여자는 그런 질문을 자주 받았다는 듯이 한국말로 말했다. 나는 어깨에 메고 있는 작은 숄더백에서 메모용 노트를 꺼내 적었다.

저는 한국에서 여행 온 이종원입니다. 시간이 허락한다면 한 번 뵙고 싶습니다. 오늘 저녁 8시에 식사하러 오겠습니다. 특별한 용건은 아닙니다. 한 직원에 관하여 궁금한 몇 가지가 있어서입니다. 시간을 허락해주시면 고맙겠습니다. 꾸벅.

그날 저녁에 만난 식당 '요리'의 사장은 40대 후반의 수더분한 한국 남자였다. 우리는 간단한 인사를 했고, 그는 늘 있는 일이라는 듯이 "라오스 처음인가요?" 물으면서 나와 마주 앉았다. 누니가 메뉴판을 들고 서 있었다.

"이번이 두 번째입니다. 지난 설 연휴에 다녀갔는데, 그때도 덕분에 식사 잘 할 수 있었습니다."

"그러셨군요. 고맙습니다. 저도 선생님이 식사하러 오시는 것을 몇 번 봤습니다. 매번 혼자 오시기에 궁금했었거든요. 그런데 단순한 여행은 아니신 것 같네요. 라오스는 무슨 일 때문에 오셨나요?"

그는 다정한 성격의 사람인 것을 나는 바로 느낄 수 있었다.

한국 분들이 많이 오냐는 나의 상투적인 질문에 요즘에 많이 오시네요, 하는 답변을 하며 미소 짓는 표정에서 나는 본능적으로 경계하는 마음이 풀렸다.

"어찌하다 보니 라오스 사람들의 사는 모습을 촬영한 다큐 영상을 보게 되었습니다. 라오스 시골 마을 영상이었는데요. 어린 시절 제 모습을 보는 것 같아 찾아오게 되었지요. 한국에는 이제 과거의 모습을 찾아보기 힘들거든요."

"그러신 분들이 많더라고요. 여기 오시는 분들 대부분이 은퇴하신 분이거든요."

나는 옆에 서 있는 누나에게 뚝배기 불고기와 비어라오 맥주 한 병을 주문했다. 내 주문을 받은 누나가 두 손을 모아 껍짜이 (감사합니다) 하고 돌아서는데, 사장이 불러 소주 한 병 하고 두루치기를 더 가져오라고 말했다.

"저도 이제 일 끝나는 시간이라 한 잔 같이하겠습니다. 궁금한 것이 있다고 하시니."

내 생각대로 사장은 다정한 사람이었다.

"외국에서, 그것도 여러 가지로 어려운 환경의 나라에서 이렇게 큰 한식당을 운영하는 것에 대해 고마운 마음도 있고요. 제가 아까 낮에 식사하러 와 갑자기 궁금한 것이 있어서 메모를 남겼습니다. 먼저 오해할 수도 있는 내용이어서 제 말 그대로만 이해해주시기를 바랍니다."

나는 조심스럽게 말을 꺼내고 싶었다. 그러자 사장의 표정이 다소 어색해지는 것을 느낄 수 있었다. 들어주기 어려운 부탁이라도 하는 것이 아닐까 싶었을 것이다.

"글쎄요. 무슨 말씀인지 들어보겠습니다……."

사장은 코로나 이후 한국에서 오는 여행객들이 많아졌고, 불쑥불쑥 사장을 찾는 한국 사람이 늘었다며 가끔이지만 들어주기 난감한 질문을 하거나 부탁하는 경우가 종종 있다는 말을 덧붙였다.

"그러셨군요. 저는 단순하게 라오스의 맑은 하늘과 순박하게 살아가는 라오스 사람들이 보고 싶어서 왔어요. 많이 알려진 방비엥이나 루앙프랑방 같은 관광지를 찾아다니는 것도 그리 좋아하지 않아 이번 여행에도 계획이 없습니다. 그런데 라오스에 관하여 이것저것을 좀 알아보면서 든 생각이 아이들의 교육 문제였어요. 그러다가 아까 낮에 불쑥 떠오른 생각 하나가 있어서……."

나는 잠시 말을 멈췄다. 어떻게 설명을 해야 내 생각에 오해하지 않고 받아줄까, 싶었다.

"실례지만, 한국에서 선생님 하시는 일이 있나요?"

나는 순간 사장이 물어주어서 반가웠다. 먼저 지갑 속에 가지고 다니는 명함을 꺼내 주었다. 그러고는 여권을 챙겨 다니기 위해 늘 메고 다니는 숄더백에 일부러 챙겨온 내가 쓴 책을 꺼내 내밀었다. 책을 받아든 사장은 내 예상대로 다소는 경계심을 푸는 표정을 지었다. 그러고는 휴대전화기를 열어 네이버에서 내 이름과 소설책 제목을 검색했다. 출간한 책과 몇 번 한 신문 인터뷰 기사와 내가 가끔 글을 올리는 블로그가 화면에 떴다. 그 화면을 사장에게 보여주는 것으로 내 신원 확인을 해주고 싶었다. 그중에 가장 많이 검색되는 내용은 내가 인터넷쇼핑에서 판매하는 닭갈비 구매 고객이 리뷰 글을 올려준 블로그였다.

"저는 춘천에서 닭갈비 사업을 하고 있고요. 작품 활동은 많이 하지 못한 소설가이기도 합니다."

내가 먼저 나를 소개하기가 좀 그랬었는데, 자연스럽게 소개를 먼저 할 수 있었다.

"그러시군요. 나이 지긋하신 분께서 혼자 라오스에 오시는 것은 매우 드물거든요. 제가 도와드릴 일이 있다면 도와드리겠습니다. 편하게 말씀해주세요."

누니가 다가왔다. 내가 주문한 비어라오 맥주와 사장이 주문한 소주, 그리고 안주가 되는 견과류와 산나물 반찬이었다. 누니는 조심스럽게 식탁 위에 놓고 돌아갔다. 사장이 있어서 그런지 나와 눈을 마주치지 않는 것을 나는 느낄 수 있었다.

"저 아이에 대해서 궁금한 것이 있어서 뵙자고 했습니다. 아까 낮에 우연히 봤는데 울고 있더라고요. 일이 힘들어 우는 모습이 아니어서 마음이 쓰이더라고요. 라오스 소녀들의 어려운 상황을 여러 경로로 확인한 후여서 혹시 그런 것은 아닐까 생각이 들었거든요."

나는 내 말을 듣고 있는 사장의 표정을 바로 보며 말했다. 갑자기 뚱딴지같은 소리를 하는가 싶은 표정이라도 지으면 그만둘 생각이었다. 나도 오해받기는 싫어서였다. 한국의 나이 많은 남자가 라오스의 어린 여자를 만나려고 여행 오는 경우가 많다는 것을 알고 있기 때문이었다.

"아, 그러셨군요. 그렇지 않아도 저 아이 때문에 저도 조금 답답해하고 있어요. 저 아이는 작년에 여기서 조금 먼 곳인 루앙프랑방 북부 지역에서 온 아이인데, 공부도 잘하고 똑똑한 아이입니다. 아버지가 산에서 일하다가 갑자기 쓰러져서 다니던 중학교 졸업을 앞두고 여기 왔어요. 라오스 지인에게 소개받았고요. 처음에 왔을 때 제가 아버지 병원비를 내줘야 하는 상황이기도 했고요. 육백만 낍(당시 한국 돈으로 약 28만 원) 정도 되는 돈이었는데, 그 돈이 없어서 병원에서 나와야 하는 상황이었던 거지요. 그래서 그 돈을 미리 선불로 제가 해결해주었는데 저 아이 월급 전부를 매달 가족들 생활비로 보내주고 있어요. 그래서 선불로 준 돈을 아직 한 푼도 받지 않고 있는데 그 사실을 직원들이 알까 봐 저도 은근히 조심스럽더라고요. 그런데 아까 낮에는 고향 마을 동네 이장한테 전화를 받았더라고요. 치료한다리에 통증이 심해져서 아버지가 다시 병원에 입원해야 할 것 같다고, 돈이 필요하다고요. 그래서 저도 어떡해야 하나 고민 중이었어요. 그 돈이 아까워서가 아니라, 여기 근무하는 직원 전부 다 어려운 처지거든요. 오죽하면 공부해야 할 나이에 집 떠나와서 이런 일을 하겠어요. 저 아이에게만 특별한 대우를 해줄 수가 없는 것은 다른 직원도 다 같은 처지라서요……."

사장이 소주잔을 들어 마셨다. 그러고는 한국에서 여행사 가이드를 하다가 십수 년 전에 라오스에 정착해서 사업을 시작했다며, 지금은 그래도 좋아진 점이 많다는 이야기를 했다.

나도 맥주를 마셨다. 사장의 말을 듣고 있자니 내가 생각하고 있는 말을 해야 한다는 확신이 들었다. 나는 라오스를 알아보면서 하게 된 생각이 있었다. 내가 한국에서 술자리를 한번할 때마다 적게는 십여만 원, 많게는 수십만 원을 결제하는데 한 달에 두세 번은 그런 술자리를 하고 있었다. 그런 자리만 피하면 라오스 아이에게 도움이 되는 돈을 아낄 수 있다는 것이었다.

"그렇다면 제가 저 아이를 도와주고 싶습니다. 먼저 제 생각을 말씀드린다면 조건은 없습니다. 지난번 여행 때부터 저 아이를 봤는데요. 다른 직원들과 조금 다른 면을 제가 보고 있었던 것 같습니다. 똑똑하고 다부진 아이라는, 음식을 가져오고 상차림을 하면서도 책임감 있는 성실한 모습을 제가 본 것 같아서입니다. 저 아이가 집에 돌아가서 공부할 수 있다면, 아무 것도 묻지 않고 알려고도 하지 않겠습니다. 그냥 도와주고 싶은 것입니다."

내 말에 사장은 다소는 의아해하는 표정을 잠시 보였지만, 그럴 수도 있겠구나 하는 표정을 지었다.

"고마우신 말씀입니다. 하지만 좀 더 생각해보시고 결정해주세요. 저 아이는 제가 보아도 남다른 점이 있는 아이입니다. 우리 식당에서 짧게나마 영어로 소통하는 아이인데, 보통의 아이는 아닙니다. 시간 날 때마다 영어단어를 외우는 것도 기특하고요."

그때 누니가 주문한 음식을 가지고 다가왔다. 사장과 나는 식사하는 동안 별다른 말은 하지 않았다. 나는 밥을 먹으면서 지금 사장이 나를 어떻게 생각할까, 나이 먹은 남자가 가난한 라오스 소녀를 어떻게 해보려고 하는구나, 생각할 수도 있겠구나 싶었다. 한국의 은퇴자들이 코로나 이후 부쩍 라오스 여행을 많이 오는데 그 이유가 젊은 여자들과 어울려 술 마시고 즐기기 위함이라는 것을 나도 알기 때문이었다. 아무나 할 수 있는 방송인 유튜브의 영향 때문이었다. 40대나 50대 한국 남자중에 동남아시아, 즉 베트남이나 태국에서 유튜브 활동을 하다가 근래 라오스로 많이 이동해 유흥에 관한 콘텐츠를 찍어 올리고 있었다. 그 핵심은 물가가 싸고, 기본 급여가 적은 나라이기 때문에 돈 적게 쓰면서 젊은 여자들과 술을 마시고 즐길 수 있다는 내용이 거의 다였다. 심지어 60대 남자가 20대 아가씨와 결혼할 수 있다는 다소 허무맹랑한 콘텐츠도 많았고, 실제로 무허가(라오스 정부는 국제결혼중계업체의 허가를 내주지 않는다) 국제결혼 중계소를 하는 사람들이 늘어나는 추세였다. 나도 그런 부류, 즉 젊은 여자와 연애나 해보려고 수작질하는 남자로 생각할 수 있겠구나 싶어 조심스러웠지만, 나는 말을 아낄 수만은 없었다.

"사장님, 다른 오해는 하지 않았으면 좋겠는데요. 저는 진심으로 아무 조건 없습니다. 저 소녀가 집에 돌아가서 공부할 수만 있다면 지원해주고 싶을 뿐입니다. 연락처 이런 것도 묻지 않겠습니다. 사장님이 그래도 된다면 저 소녀에게 잘 말해주시고, 제가 해줄 수 있는 것을 알려주신다면 검토해서 제가 할 수 있는 지원을 하겠습니다……."

나는 나이 먹은 남자의 추태로 오해받기 싫어서 굳이 길게 설명을 했다. 진심이었다.

"선생님 마음은 알겠습니다. 하지만 여기 사정을 잘 모르시는 것 같아 저 역시 선뜻 말씀드리기는 조심스럽습니다. 한국 기업이나 단체에서 라오스 학교에 물적으로 지원해주는 프로그램은 많이 있다는 것을 알고 있는데요. 개인적으로 이렇게 지원하겠다는 말씀을 불쑥 듣게 되니 저도 조금 당황스럽습니다."

사장은 매우 침착한 편이었다.

"일단 저도 오늘 하루 더 생각해보겠습니다. 내일 다시 와서 사장님의 의견을 듣고 싶습니다. 사흘 후에 한국에 돌아가거든요. 돌아가기 전에 저 아이를 도와줄 수 있었으면 좋겠습니다."

"알겠습니다. 오늘 저도 누니와 이야기를 해보겠습니다. 도움이 필요한 아이인 것은 분명하거든요."

우리는 식사를 마쳤고, 사장이 술 한 잔 더 하실까요? 물었지만 나는 서둘러 사장과 헤어졌다. 더 많은 대화를 하다 보면 부정적인 요인들이 지금의 내 생각을 가로막을 것이기 때문이었다. 사장은 누니를 데리고 문밖까지 나와 나를 배웅해줬다. 그렇게 시작된 누니와의 인연이었다.

나는 나이를 먹어가면서 내 직감을 믿는 편이었다. 아마 쉰 살을 넘으면서 그랬을 것이다. 세상의 사물이나 만나는 사람의 표정과 습관, 걷는 걸음걸이와 행동을 보이는 대로 보고 느끼는 직감에 대한 확신을 가질 수 있는 나이가 그 나이 정도일 것이다. 내가 본 그 소녀는 모든 부분에서 진심인 사람이라는 확신을 어느 순간 아니 벤치에 앉아 소리를 삼키며 울던 모습을 보고 갖게 된 것이다. 그 확신은 내가 그 나이 때 그랬기 때문에 틀리지 않을 것이다. 누군가가 나를 도와준다면, 티끌만 한 힘이라도 보태준다면 나는 무엇이든 할 수 있을 것 같았던 순간을 보냈던 그 시절, 그러니까 내가 살아내기 위해서 견디어온

17살이거나 18살이었을 때 나도 그렇게 혼자 어딘가에 숨어 흘리지 않으면 가슴 속에 피멍으로 굳어질 눈물을 훔쳐냈지만, 이겨내고 미싱 앞에 앉아야 했다.

그날 밤 나는 숙소에서 바로 잠들지 못했다. 소리를 삼키면 눈물 흘리던 누니를 생각하니 내가 살아온 시간은 그나마 견딜 수 있는 시간이라는 생각이 들었다. 미래에 대한 꿈과 희망을 향해 하루하루 살았던 그 시간이 다시 소중해지는 밤이었다.

나에게도 고마운 사람이 있었다. 명성산업의 배재명 사장과의 인연은 나에게 큰 계기가 되었다. 성실한 사람이었다. 다혈질이었지만 솔직했다. 무언가를 숨기려고 해도 얼굴에 숨길 곳이라고는 눈을 씻고 찾아봐도 없는 사람이었다.

생각해보면 배재명 사장과의 그때 인연이 내 삶의 질을 확실하게 바꾸었고, 나의 갑질 인생도 시작되었다. 물론 공부하는 시간을 확보하게 된 정말 중요한 계기가 되기도 했다.

당시 성남시 가방 하청 업체의 환경을 설명해야겠다. 성남시에는 대한민국에서 가방 수출을 가장 많이 하는 풍국산업이 구종점에 있었다. 매일 컨테이너를 실은 차가 몇 대씩 나가는 회사였다. 그리고 뚝섬에 있는 클로버상사라는 본사도 성남시 하청 공장에 일감을 주기도 했다. 클로버상사는 본래 학생 가방(우리 세대가 중고등학교 때 들고 다닌 그 가방이다)을 만드는 내수

전문업체였다. 그 사장이 자칭 대한민국 가방 기술자 1호라고 주장했다. 그러다 수출 일감이 전 세계에서 몰려들자 1976년 성수동에 생산 공장을 지어서 수출을 시작했고, 미국 유학까지 다녀온 아들이 회사를 확장시켰다. 역시 몇 손가락 안에 드는 회사였다. 성남시에서만 두 본사의 하청 공장이 대략 100여 군데가 되었다.

그중에 1세대라고 해야 하는 공장은 내가 14살 때 일을 시작한 현영산업 정영모 사장, 중동산업의 박 모 사장, 조양산업 조양근 사장, 그리고 지금 생각났는데, 양 사장이란 악질적인 사람의 형제산업이었다. 그들의 나이는 당시 40대 초중반이었다. 공장 규모도 미싱 15대 이상이었다.

그리고 다음 세대가 배재명 사장이 속한 그룹이었다. 30대들이었다. 이들의 공장 규모는 미싱 10대 내외였다.

명성산업의 배재명 사장은 그 그룹의 막내 격이었다. 신정제포의 신인철 사장이 2세대에서 나름 큰형 역할을 했다. 또 정 사장이 있었는데, 이 사람도 순둥이였다. 업체명은 지금 생각이 안 난다. 자기 고향에서 중학교나 고등학교 진학을 하지 않은 사람을 데려와 공장을 운영하는 대표적인 사람이었고, 술도 담배도 하지 않는, 온종일 일만 하는 얌전한 사람이기도 했다. 조양산업의 조양근 사장이 완도에서 데려와 가방 기술을 가르쳤는데, 자기 공장을 차려 독립하고 난 후 정 사장 역시 완도 사람들을 데려와 자기 공장에서 일을 시켰다.

신정제포의 신인철 사장은 신안 사람이었다. 신정제포와의 인연도 나에게는 잊지 못할 대목이 있다. 내가 대학에 합격하여 등록금을 내고도 일 년은 살 수 있는 돈을 벌게 해주는 결정적인 일감을 내게 주었다. 그때는 경식이 형이란 나쁜 인간이 사라진 후였다.

게다가 신인철 사장의 동생(신점철, 헌병 제대 후 공장에 와서 재단을 배웠음)과의 인연도 내 기억에 선명하게 남아 있다. 신점철은 형의 공장에서 나와 풍국산업에서 운영(풍국산업이 노조 와해 전략으로 본사 생산라인을 모두 개인 사업자를 모으거나 희망하는 사람에게 장소와 기계 일체를 대여해주어 하청 공장으로 바꾸어버렸다)하는 본사 내부에서 하청공장을 하고 있었다. 본래 풍국산업이 18개 조로 운영하던 라인 모두 하청 공장이 된 것이었다. 그 한 라인을 신점철 사장이 받았다. 미싱도 가장 많은 20대였고, 쌍침 미싱 등 나름 본사에서 특별한 대우를 받고 있었다. 일종의 하청 공장 우두머리였다. 그 공장에 내가 공장장으로 들어가 일하며 성남시 가방 공장 하청 연합노조를 설립하는 주동자가 되었다. 이때가 86년 아시안게임이 막 시작되는 시기였다. 내 나이 스물여섯이었다. 그 노조의 신고필증을 받아내는 데 일 년여의 시간이 들었고, 88올림픽을 앞두고 신고필증을 받아 냈다.

신점철은 헌병 출신답게 덩치도 좋았고, 게다가 앞니 네 개를 금으로 바꿔서 정말 별명처럼 불독 같았다. 가방 기술을 늦게 배워 나에게 많이 의존했지만, 내가 노조를 만들기 위해서 사람들을 만나 설득한다는 사실이 알려지면서는 정말 살벌했다. 기억하다보니 그때 일이 떠올라 이야기 했지만, 그때 한밤중에 내가 자고 있던 숙소에 들이닥쳐 봉고차로 납치해 풍국산업 자재 창고에 가두고 살벌한 표정으로 나를 협박했던 신점철 얘기는 나중에 하겠다.

앞에서 나열한 공장이 1980년 후반까지 성남시에서 대표적인 가방 공장이었다. 나는 그 공장 모두에서 일당 일을 할 수 있었다.

내가 쉽게 그럴 수 있었던 이유가 배재명 사장이 마치 내 매니저나 되는 듯이 일감을 잡아줬기 때문이다. 그 이유는 무조건 자기 공장 일을 우선으로 잡기 위해서였다. 나도 배 사장의 일정 조율에 동의했다. 그때마다 경식이 형과 사소한 갈등이 있었지만, 같이 가서 바쁜 일 해결할 때도 있었고, 따로따로 다른 공장에서 일할 때도 있었다.

나는 배 사장과의 의리를 지키고 싶었다. 그 이유는 내가 공부하도록 방해가 되지 않는 시간 조건을 배 사장이 다 알아서 해줬기 때문이다. 배 사장의 동생하고 친해져서 친구 먹기로 한 것도 이유가 되었다. 나보다 서너 살이 많았는데 미싱을 다루는 나만의 노하우를 가르쳐주다 보니 자연스럽게 친구가 되었다. 그때 흔히 하는 말이 있었다. 객지 친구는 아래위로 십 년까지 맞먹는다고. 게다가 나는 세상살이를 일찍 시작했으니 우리가 친구가 되었다고 이상한 것은 아니었다.

(13)

꿈을 향해 가는 소년공

열여덟 살의 나는 독학을 해야 했다. 학원에 다닐 시간이 없었다. 일정한 시간에 가고 와야 하는 검정고시 전문 학원은 내 상황에 맞지 않았다. 그래서 독서실에서 가장 좋은 위치에 책상 하나를 차지했다. 독서실에서 좋은 위치는 캄캄한 구석 자리였다. 공부하다 더는 견딜 수 없으면 바닥에 누워 잠을 자야 했기 때문이다.

간단하게 먹는 것은 총무실에서 가능했다. 말 그대로 허기를 달래는 정도였다. 그렇지만 부족하지 않았다. 한 달에 삼천 원인가 했던 여인숙 방은 정말 힘들 때 들어가서 종일 잠만 자고 나오는 경우였다.

고등학교 과정 공부의 내 개인 교사는 눈이 크고, 순해 빠진

238

기영이었다. 기영이는 학교 숙제한다는 명분으로 엄마를 졸라 독서실 회원이 되었고, 내 옆자리에서 하루 두 시간씩 내가 알아야 할 것들을 설명해줬다. 학교에서 필기한 노트를 나에게 보여줬다. 기영이는 나를 위해서 필기를 더 꼼꼼하게 해왔다.

심지어 학교 시험지도 내가 풀어볼 수 있도록 하나 더 훔쳐오거나, 여의치 않을 때는 자기가 쓴 답을 다 지워서 나에게 주기도 했다. 점수 얘기는 하지 않겠다. 기영이는 과목별 선생님들이 기억할 정도의 성적을 받았다. 중학생 때는 중하위권이었는데, 고등학교에 들어가서 상위권이었다. 그렇게 기영이와 공부를 시작한 나는 일 년 만에 고등학교 과정을 마칠 수 있었다. 정확하게는 열 달 정도 공부한 것 같다. 당시 2학년이었던 기영이가 나에게는 최고의 조력자이고 선생님이었다. 기영이가 고등학교 3학년 1학기 때 나는 고등학교 과정을 마칠 수 있었던 것이다.

사실 내가 그렇게 미친놈처럼 공부에 집중할 수 있었던 것은 경식이 형이 있어서 가능했다. 그와 나는 일주일에 사흘이나 나흘 정도 공장에서 일당이나 도급일을 했다. 아침 8시에 출근해서 7시 30분(이 시간에 모든 공장은 저녁을 먹고, 8시에 야근 작업을 시작했다)에 퇴근하는 것을 원칙으로 했다. 경식이 형은 야근 작업을 했지만 나는 빠졌다. 그것이 내 조건이기 때문이었다.

우리가 일당으로 일해야 하는 상황이면 선적 날짜에 쫓기는 경우다. 내일모레가 선적 날짜라고 사장이 아무리 졸라대고, 해주지 않으면 다시는 일감 안 준다고 협박하고 사정을 해도 나는 내가 정한 시간을 꼭 지켰다. 마도매 도급 일을 할 때는 내가 정한 개수를 일찍 마치고 누가 뭐라고 해도 퇴근을 했다. 만약에 내 일감을 대주지 못하면, 거기서 멈추고 퇴근하는 날도 있었다. 일을 시작하기 전 그렇게 약속을 하고 시작했기 때문이다. 그래서 사장들은 우리에게 도급 일을 주기 전에 마도매 일감을 미리 준비해두고 불렀다. 가끔은 불량률이 적은 나만 필요하다는 경우도 있었지만, 나는 굳이 명성산업 말고는 혼자 가서 일하지 않았다.

정말 급할 때라도 경식이 형이 있었기 때문에 나는 걱정하지 않아도 되었다. 그런데 경식이 형이란 인간은 걸핏하면 술을 처마시고 뻗어 있거나, 여관방에서 여자 친구랑 뒹구는 날이 많아 내 속을 박박 긁어댔다. 하지만 없는 것보다는 훨씬 나았다.

여기서 잠깐, 늦었지만 기영이와의 인연을 말해야겠다. 기영이는 내가 15살에 잠깐 다니던 중학교 2학년 때 한 반이었다. 지지배 같이 이쁘게 생겨서 문철이란 친구에게 괜한 것을 트집잡혀 시달리는, 지금으로 말하면 일종의 '찐따'였다.

문철이는 합기도장 하는 자기 형 체육관에서 운동을 제법 한 것을 무기 삼아 일진 놀이를 하던 애였는데 내가 어느 날 학교에 가니까 나를 심심풀이 땅콩 취급을 하려고 다가왔다.

"너. 일루 와바."

"왜?"

"오라면 와."

"니가 와."

문철이와 나는 이런 정도로 첫인사를 했을 것이다. 그랬는데 몇 달이 지나서 보니까 기영이가 문철이에게 완전히 잡혀서 온갖 시달림을 다 당하고 있었던 것이다. 엄마한테 거짓말까지 해서 받아온 용돈을 먼저 내미는 것을 내가 우연히 본 것이었다.

"너 지금 뭐 하는 거냐?"

문철이 꼬봉 두세 명이 기영이를 둘러싸고 있었다. 몇 번 그런 모습을 보고 지나쳤는데, 그날은 내가 다가섰다.

"아녀. 암것두 아녀."

기영이는 내가 나타나자 도리어 겁에 질린 얼굴이었다.

"너 지금 애들한테 돈 줬잖아."

"아녀, 내가 전에 빌린 돈 준 거여."

이쯤 얘기했을 때 문철이 꼬봉 중에 한 놈이 나를 밀치면서 다가왔고, 나는 이마빡으로 그놈 콧잔등을 바로 받아버렸다. 내가 물러날 기세를 보이지 않자 문철이 꼬봉들은 챙긴 돈만 가지고 물러났다.

그래서 나는 문철이와 앙숙이 되었고, 그해 여름 방학하기

하루 전에 맞짱을 떴지만 나는 제법 많이 맞았다고 인정할 수밖에 없었다.

그랬다. 그래서 나는 그해 여름방학 중에 권투 도장을 찾아갔고, 8개월 동안 권투를 배웠다. 하필 그때 엄마가 방앗간에서 냉면을 받아 고무 다라이에 담아 머리에 이고 장사를 다니시다가 넘어져 다리 골절을 당했다. 엄마는 장사를 나가지 못했다. 걷는 것은 고사하고 그 좁은 방에서 일어나 미닫이문만 열면 있는 부엌을 기어서 다녔다.

2학기 개학을 했지만 나는 학교에 가지 않았다. 대신 엄마 친구인 공장장 아저씨에게 찾아가서 일을 다시 하겠다고 말했다. 대신 학교는 그만두지만 공부는 해야 해서 독서실에 다녀야 한다는 조건을 말했다. 공장장 아저씨는 나에게 정말 별난 놈이라며 내 조건을 허락했다. 그래서 나는 저녁 7시 30분까지 일을 하고 체육관을 다녔다. 엄마에게는 비밀이었다. 공장장 아저씨도 내가 정말 독서실에 공부하러 다니는 것으로 알고 있었다.

그렇게 권투를 몇 달 했다. 링에 올라가 스파링도 제법 하는 정도의 실력이 되었다.

기영이가 겨울방학을 앞둔 어느 날 내가 일하는 공장에 찾아왔다. 문철이가 너무 괴롭힌다며 울먹였다. 그래서 나는 그날 밤 문철이 형이 하는 성남시 중동 성호극장 옆 건물에 있는 합기도장으로 찾아갔다. 문철이는 운동은 하지 않고 사무실에서 만화책을 보며 낄낄거리고 있었다.

"너, 따라와."

문철이는 아무 말 하지 않고 따라 나왔다. 나는 뒷산 산마루에서 멈췄다. 할 말은 생각나지 않았다. 바로 맞짱을 떴고, 문철이 입술을 갈기갈기 찢어놓았다. 코뼈도 그때 나에게 맞아 살짝 비틀어진 채 지금도 살고 있다.

그렇게 인연이 된 기영이와 문철이는 지금도 가끔 생각나고 아주 가끔은 만나기도 한다. 기영이는 대학을 졸업하고 바로 제약회사에 입사했고, 20여 년 근무하다 마흔네 살—내가 큰딸을 낳았을 때—때 중학생인 아들 둘을 데리고 호주로 갔는데, 지금은 브리즈번에서 세탁소를 하고 있다.

문철이는 나와 스물세 살이었을 때 같이 죽자는 동지 의식을 치른 후 서울올림픽이 열린 그해, 그러니까 28살에 헤어졌는데. 문철이는 내가 만든 노조에서 위원장도 몇 년 하고 지역 노조 연합회 위원장 하다가 감옥에서 5년(집시법 및 노동쟁의조정 제3자 개입, 폭력 등등)을 살고 나왔다. 형량이 많이 나온 것은 가두시위 중 의경들에게 폭력을 행사했고, 진압봉을 빼앗아 '돌격 앞으로' 소리치며 경찰 진영을 앞장서서 무너뜨린 것이 가장 무거운 죄였다. 시위대는 거리로 나오게 되었고 차도를 점령했다. 시위대의 행진은 이어졌고, 거리의 사람들이 합세했다. 4km의 도로를 시위대가 행진한 것이었다. 결국에는 성호시장 근처에서 의경 몇 중대가 진압 대열을 하고 있었다. 격렬한 대치가 이어졌다. 나는 그 사실을 텔레비전 뉴스를 통해 보았는데 내가 얌전한 사람으로 살아가던 서른 살 즈음이었다. 의경과 몸싸움하는 문철이 얼굴이 일그러진 채 텔레비전 9시 뉴스에 클로즈업되어 잠깐 나왔다, 달려가고 싶은 마음이 굴뚝 같았지만 두 손 움켜쥐고 참아냈다. 당시 성남시에는 노동운동과 연관된 목사님을 비롯하여 변호사 등등 활동하는 분들이 많았다. 내가 처음 시작한 1984년에는 꿈에서도 생각하지 못한 조직이 탄탄하게 만들어져 있었다.

문철이는 출소 후 건달 비슷하게 살았다. 그러다 건달 친구가 하는 상가 임대 대행업을 시작했는데, 노조 위원장 몇 년 하면서 엄청나게 숙련된 말솜씨가 밑천이 되어 자리를 잡는 데 도움이 되었다. 그러더니 마흔 살, 그러니까 2000년 즈음부터 몇 년 동안 한 달에 억 단위로 벌어들였다. 환갑을 몇 년 전에 넘긴 지금은 정신 못 차리고 그 돈으로 여기저기 아파트와 오피스텔 몇 채를 사서 월세를 받고 산다. 말 그대로 돈으로 지랄하고 다닌다. 비싼 외국 차를 시도 때도 없이 바꿔 타고 골프장도 다니고, 카드놀이에 빠져 사는 놈이 되어서 아주 가끔 나를 만나면 혼쭐 좀 나는데도 늘 그렇게 산다.

내가 이번 생에 하지 말아야 할 것을 나는 이미 오래전부터 정해놓은 게 있다. 스키장 가지 말자, 카드는 애초에 그 그림이

나 숫자라도 알려고 하지 말자, 골프장은 물론 연습장도 가지 말자,다. 다 문철이가 하는 짓을 보고 결정한 것들이다.

그런데 이 세 가지를 문철이는 하루 일상으로 하며 살고 있다. 가끔 문철이 생각을 할 때면 혼잣말로 써글놈, 하고 중얼거리다 통화라도 하다 보면 늘 이렇게 말한다.

"온전한 정신으로 좀 살아라. 옛날 문철이는 나한테 뒤지게 터진 놈 아니냐, 너 또 맞고 싶냐?"

"야. 그래도 나 나쁜 짓은 절대 안 한다. 그리고 나는 너 같이는 하루도 못 살아. 나는 원래 고상한 너랑 다른 인간이니까, 너무 그러지 마."

문철이에게 그런 말을 들을 때면 나는 왜 문철이가 말하는 정말 고상한 사람처럼 살아야 하나 생각해본다. 외로운 사람의 특징일 것이다. 혼자 있는 것에 습관이 된. 혼자 살아가려면 항상 지금과 내일을 생각하고 계획하고 준비가 되어 있어야 한다. 그런 내 모습이 문철이가 말하는 고상함일 것이다.

이쯤에서 더 아픈 내 가족사 이야기를 해야겠다. 흔히 말하는 불행한 이야기다. 달리 생각하면 우리가 살아온 아픈 시절의 역사 속에서 나와 내 어머니, 그리고 형과 누나가 살아야 했던 기록이기도 하다.

내가 이번 생에서 가장 먼저 기억하고 지금도 너무나 또렷하게 기억하는 주소가 있다. 연희2동 182번지. 내가 태어난 곳이 아니다. 나는 1961년 이른 가을 연희2동 야트막한 산 아래 천막에서 태어났다. 182번지는 내가 태어나기 전 아버지가 짓기 시작한 무허가 집 주소다.

허가를 받지 못한 집이어서 세부 주소가 없다. 182번지란 숫자가 의미하는 18통 2반이었다. 내가 태어나 첫 돌이 되기 전 집은 완성되었고, 우리 가족은 생애 처음으로 벽돌로 지은 집에서 살기 시작한 것이다. 그런데 아버지는 그 집에서 고작 3개월을 살고 돌아가셨다.

18통 통장일 보시던 아버지는 집 전체가 무허가인 그 동네에서 할 일이 참 많았던 듯싶다. 6·25전쟁 참전 용사이셨다. 이등상사로 전역하셨고 훈장을 받았다고 한다. 내가 태어나기 한 해 전 한강에 홍수가 났다고 했다. 아버지와 어머니는 고향에서 올라와 노량진 한강변에 역시 무허가 판잣집을 짓고 살았는데, 홍수 때 그 훈장을 잃어버렸다는 것이 엄마의 증언이다. 훈장뿐만이 아니라 군대 시절 찍은 몇 장의 아버지 사진하고 간간이 찍어놓은 가족사진은 물론 냄비 하나 건져내지 못하고 정말 몸뚱이만 겨우 나왔다는 것이다.

훈장을 다시 받을 수도 있었을 텐데 그러지를 못했다. 1933년에 태어난 엄마가 한글 공부를 하지 못해 읽을 줄 모르는 채로 살아온 때문이다. 외할버지가 일본말을 가르치는 학교에 엄마를 보내지 않았다고 했다. 그래서 학교에 다녀본 적이 없는 엄마였다.

그랬다. 아버지가 한강에서 그렇게 정말 졸지에 돌아가신 후 어머니는 글자를 모르는 것이 얼마나 고통스러운 것인지를 더 아프게 경험하게 되었는데, 몇 해가 지난 어느 날 아버지가 지은 집을 빼앗는 문서에 사인까지 했다는 것이다. 그것도 아버지가 물에 빠져 죽어가는 것을 보고 뛰어들어가 구해 준 서 통장이란 사람이 앞장서 만든 그 서류에 서 통장 말만 믿고 사인을 했다고 했다.

훗날 내가 서 통장이란 사람을 찾아가 그 사실 확인을 했던 적이 있다. 모르는 사실이라고 발뺌하는 서 통장이란 사람을 패 죽이고 싶었지만 나는 이성을 잃지 않았다. 정말 다행이었다.

그때 서 통장이란 사람을 찾아 무려 3개월 동안이나 수소문해서 염창동에 사는 그를 찾아냈다. 찾아서 사실을 말하지 않고 딴소리하면 정말 죽여버리고 싶은 마음이었다. 그때 내 나이 스물한 살이었다. 내가 대학생 신분을 포기하는 결정을 한 시기였으니 나는 정말 무슨 일이든 저질러도 이상하지 않은 상황이었다. 내가 당시 대학을 포기한 것은 삶을 포기한 것과 같았기 때문이다.

어쨌거나 우리 가족의 불행은 아버지가 지어놓고 간 그 집을 어머니가 이상한 논리로 빼앗긴 일로 시작되었다. 아버지가 집을 지으면서 진 자재 외상값이나 빚이 있어 집을 넘겨줄 수밖에 없었다는 어머니 말을 나는 곧이곧대로 믿지 않았다. 집을 빼앗기고 월세 단칸방으로 옮긴 어머니는 행상 일을 시작했다. 하루하루 사는 게 정말 버거웠을 것이었다. 신촌에 있는 창서국민학교 5학년을 다니던 형, 3학년이었던 누나가 학교를 그만두었고, 형은 12살에 중부시장 건어물 가게 점원으로 들어가게 되었다.

어머니는 연희2동을 떠나와 서울의 한구석인 장지동에 월세방을 얻어 살기 시작했고, 누나의 학교 전학 과정도 해결해주지 못하고 대포집 주모로 일을 했다고 한다. 삶의 전부가 자존감이었을 외할아버지가 알면 경을 쳐도 크게 칠 일이었다. 어머니가 나를 외갓집에 맡겨두고 한 번도 찾아오지 않은 이유가 그게 아니었나 싶었다.

그렇게 누나는 학교를 더 다니지 못했다. 그러다가 12살 때 내가 사는 외갓집에 왔다. 키 작은 둘째 외삼촌이 데리고 내려왔다. 지금도 내 기억에 있지만, 그때 어른들은 누나를 친척인 어느 부잣집에 식모로 보내려고 결정을 했었다. 그래서 외삼촌이 데리고 온 것이었다. 나는 그 사실을 학교에 다녀와 마루에 걸터앉아 있다가 안방에서 하는 어른들의 말을 듣고 알게되었다. 그날 누나가 온다고 해서 나는 학교를 마치자마자 달려왔던 것이다.

"큰엄니, 아무 걱정허지마. 연산 언니가 우리에게는 싸가지 없이 굴어도 애들은 이뻐 하잖아. 잘해줄 거야."

막내 외할아버지 둘째 딸인 은희 이모가 그날 집에 와 있었는데 워낙 목소리가 낭랑하고 커서 잘 들렸다. 할아버지가 싫어하는 예수쟁이 동생이어서 서로 왕래하지 않는 집안인데, 그날 그 이모가 와 있어서 나는 귀를 기울여 듣게 되었다.

"은자가 키는 커도 아직 애잖아. 그런데 꼬장꼬장한 그 언니 집에 보내면 견딜 수 있을 것 같아? 애를 아마 달달 볶아 먹으려고 할걸."

이모가 말했다. 내가 지금 기억하는 말은 이게 전부다. 이모하고 할머니가 무슨 말인가를 했는데, 나름은 걱정하는 말투였고 막내 외할아버지 둘째 딸인 은희 이모는 할머니를 설득하고 있었다. 누나가 가게 되는 연산 이모를 나는 몇 번 본 적은 있었다. 막내 외할아버지의 맏딸이었고 엄마보다 나이도 한두 살 더 먹은 이모였다. 나를 보면 엄마의 애칭인 '쪼까니 아들!' 하고 불렀는데 나는 그렇게 부르는 목소리가 쟁반 떨어지는 소리 같아서 정말 기분 나빴다. 그리고 은희 이모가 왠지 나를 싫어하는 것 같아 동네 오다가다 볼 때도 피해 다니는 편이었다. 반면에 막내인 윤희 이모는 나를 이뻐했고, 엄마의 시촌 동생이고 연산 이모의 바로 아래 동생인 종환이 오촌 부인인 당숙모도 나를 엄청 챙겨주어서 그나마 오다가다 그 집에 인사도 할 겸 들

렀었다. 막내 외할아버지의 둘째는 종환이 오촌이고, 그 바로
아래는 인근에 사기꾼으로 소문난 종배 오촌이었다. 그 아래가
은희 이모였고 막내가 날 유난하게 챙겨준 윤희 이모였는데, 종
환이 오촌의 딸인 영란이가 나보다 두 살 아래여서 나눗셈이나
조금 어려운 선수 문제를 가끔 가르쳐주고는 했었다. 그때마다
당숙모가 먹을거리를 챙겨주었다. 그 집은 과수원도 하는 부잣
집이어서 먹을 것이 항상 많았다.

　나는 방에서 이러쿵저러쿵 들려오는 말을 들으면서 생각
했다.

　그 얼마 전 외할아버지가 용동 역전에서 만물상을 하는 돈다
산 큰어머니(아빠 형인 큰아버지의 첫째 부인이었고, 큰아버지는 집
안의 논을 팔아 둘째 부인하고 서울인지 인천인지에 살고 있었다)를 만
나 나를 큰어머니 양자로 보내기로 합의해서 나는 며칠 후 정
말 큰어머니 집에 갔었다. 누구나 아는 부잣집은 아니었지만 솜
리(당시의 이리)나 와리(당시의 함열) 술집이나 다방 여자들 상대
로 비단이나 옷 장사를 해서 돈을 많이 벌었다는 소문이 있었
고, 외갓집에서도 멀지 않았다. 당시 내 걸음으로 삼십 분 정도
거리였다. 그 동네에도 나하고 같은 반인 친구들이 세 명 있었
다. 용동역에서 함열로 출발하면 바로 오른쪽에 두고 지나가는
마을이었다. 돈다산이었다. 외갓집은 서울에서 출발한 목포행
완행열차가 용동역에 도착하기 전 왼쪽으로, 논 너머 저만치 보

이는 마을이었다. 그러나 나는 며칠을 견디지 못하고 내 발로 혼자 걸어 외갓집으로 돌아왔다.

그런데 며칠 후 누나가 왔고, 누나를 연산 이모네 집 식모로 보낸다는 것이었다. 그래서 나는 마루에 걸터앉아 울었다. 이모가 내 울음소리를 듣고 달려 나왔다. 이모는 내가 갑자기 왜 우는지 물어봤지만 나는 설명하지 못했다. 방에서 하는 말을 듣고는 그냥 엉엉엉 울기만 했다. 그래도 이모는 내가 왜 우는지 알고 싶었는지 나를 뒤란 장독대로 데리고 갔다. 나는 울먹이며 겨우 말했었다.

"누나 식모살이 보내지 마."

이모는 나를 이해시키려고 이러쿵저러쿵 설명했다. 그래도 나는 그 말만 반복했다. 한참을 내가 그렇게 울먹이자 이모가 말했다.

"그래, 알았어. 보내지 않을 테니까, 울지 마."

정말 그래서였을까. 그날 저녁 기차를 타고 온 누나는 연산 이모네 집으로 가지 않았다. 며칠 후 어머니의 사촌 동생인 그 사기꾼 종배 오촌 부인이 서울 가는 길에 누나를 데리고 엄마한테 다시 간다고 하면서 데리고 갔다. 그런데 나중에 안 사실이지만 누나는 연산 이모네 집에 식모로 가고 말았다. 다만 누나의 성깔이 대단해서 연산 이모가 몇 달도 견디지 못하고 엄마에게 누나를 다시 보냈다는 것이다.

그래서다. 우리 3형제는 함께 살아온 시간이 매우 짧다. 열두세 살 때부터 각자의 길을 찾아야 해서 허둥대다가 많은 시행착오를 경험했다. 그래도 다른 사람에게 나쁜 짓 한번 하지 않고 살았다는 자부심만은 나에게 있다. 형과 누나가 그 흔한 전과 한 건도 없다는 것에 나는 존경을 한다. 지금도 서로에게 부담되지 않는 삶을 살고자 해서인지 형과 누나는 나에게 연락을 하지 않고 산다. 나도 같은 생각이다. 만나면 아프기만 하니까, 만나면 울어야 하니까, 그래서 만나지 않는다. 명절 때나 무슨 일이 있어 만나도 서로 어색함이 많아 심심하고 지루하게 지내다가 헤어진다. 어쩌다가 고스톱이라도 치다 보면 잠깐은 재미나지만, 누가 먼저 '그거 생각나?' 하면서 옛날얘기를 꺼내면 몇 마디 주고받다가 울음바다가 된다. 그 울음에 시동을 거는 사람은 늘 나였다. 형과 누나는 나를 챙겨주지 못한 것을 가장 미안해하고 아파했다. 그래서 우리는 정말 봐야 할 때가 아니면 만나지 않고 각자 살아내고 있다.

내년이면 형이 칠순이다. 잔치는 해야겠지만 또 울음바다가 될 것을 생각하면 솔직히 망설여진다. 그냥 조용하게 형제들끼리 라오스로 여행이나 다녀올까, 생각 중이다. 그곳에서는 아마 내가 먼저 울어버리는 실수를 하지 않을 것 같아서다.

14

지금 나는

Sing us a song, you're the piano man

Sing us a song tonight

Well, we're all in the mood for a melody

And you've got us feelin' alright

우리에게 노래 한 곡 불러줘요, 당신은 피아노맨이잖아요!

오늘 밤 우리에게 노래 한 곡 해줘요

우리 모두 노래에 취하고 싶은 기분이에요

당신이 우릴 기분 좋게 해주고 있거든요

빌리 조엘의 노래를 들으면 나는 어쩔 수 없이 내가 살아온 날들을 떠올리게 된다. 그날들이 아프게 기억되어 술을 마시는 때도 있었다. 바람 부는 가을 들판에서 혼자 우는 날도 있었다. 서른 몇 살의 내가 그랬다. 하지만 지금 나는 이 세상을 63년이나 살았다. 두 딸을 낳아 좋은 아빠가 되어주려고 열심히 살아온 시간도 있었다. 아이를 키우면서 나는 내가 살아온 그 시간을 좋은 기억으로 바꿀 수 있게 되었다. 그래서 이제는 덤덤하게 그날들을 기억한다.

나는 1961년 음력 8월 18일인지 17일인지 모르는 새벽에 태어났다고 했다. 추석 명절을 보낸 이틀 후인지 사흘 후인지 정확하게 기억하지 못한다고 어머니가 말했다. 그래서 나는 스무 살이 되기 전에는 추석날이 내 생일인 줄 알았다. 하지만 나는 추석날이 내 생일이라고 누구에게든 말해 본 적이 없는 것 같다. 진짜 내 생일이 아니라는 것을 어려서부터 알고 있었던 것 같기도 하다.

"오늘은 우리 종원이 생일이다."

나는 외갓집에서 성장하면서 추석날이면 늘 그렇게 들었다. 추석날이면 나름 먹을 게 있어서 어른들이 그렇게 말하지 않았나 싶다. 내가 태어난 곳은 행정구역으로는 서대문구 연희2동이었는데, 번지 없는 산모퉁이 천막집에서 이 세상의 공기를 처음 마셨다고 한다. 그것도 새벽 공기를 말이다.

내가 태어난 그 날 밤 아버지는 짓고 있는 집 공사를 도와주는 사람들과 술을 마시다가 그만 공사 중인 집에서 잠들었다가 천막집에 왔을 때 내가 태어나 울고 있었다는 것이 어머니가 해 준 말이다. 그러니까 나는 태어나는 순간에도 아버지가 없었던 것이다.

그 좁고 허술한 천막집에는 다섯 살 사내아이와 두 살 여자아이가 있었는데, 어머니는 혼자 어금니를 깨물며 나를 낳았다고 하니, 얼마나 고통스럽고 참담했을까 싶다. 그리고 그렇게 태어난 나를 누가 반가워했을까 싶다.

이 글을 쓰는 지금은 2024년 9월 25일이다. 음력으로는 며칠 전이 내 생일이었다. 이 아침에 지금의 내가 그렇게 태어난 갓난아이였던 나를 생각하고 있다. 조용한 나라 라오스 남부 도시 팍세의 전망 좋은 호텔 창문 앞에 서 있다. 메콩강물이 바다로 흘러가는 모습을 보며 가슴 먹먹해지는 기억들을 꺼내 보고 있다. 63번째 생일도 나는 혼자 보냈고, 조용한 식당에서 혼자 저녁 만찬을 즐겼다. 고작 소주 한 병과 제육볶음 한 접시면 충분하지만, 이번 생일은 이미 각오하고 있어서인지 외롭다거나 아픈 기억을 꺼내 보지 않았다. 그 아이가 63년이란 세월을 살아왔다. 그 결과가 지금 내 모습일 것이고, 지금 내가 하는 생각일 것이다.

실패한 나는 아니다. 그렇다고 잘 살았다고도 생각하지 않는다. 돌아보면 아쉬웠던 선택을 한 때가 더러, 아니 매번 그랬을 수도 있다는 생각을 하게 된다. 내 삶은 그 잘못된 선택을 책임지기 위하여 살아온 시간이었다. 좋은 선택보다 잘못된 선택을 하였을 때 나는 더 치열했던 것 같다. 어쩌면 그 치열함이 지금의 내가 된 이유가 될 것이다.

좀 더 생각해보면 나에게는 애초부터 좋은 선택이란 없었던 것도 같다. 어느 순간 떠오른 내 생각을 구겨 버리거나, 내가 보거나 듣고 생각해서 만든 꿈을 포기하는 것이 아니라면 모든 선택에는 억지스러움이 있었다. 그런데도 나는 늘 생각했고 꿈을 꾸었다. 그 꿈을 향해 가는 것을 마다하지 않았다. 그래서 나는 늘 진지했고 치열했다.

그런 나를 돌아보는 지금이다. 지금 이 글을 쓰는 것이 내가 하는 이번 생의 마지막 일이 될 것 같은 마음이기도 하다. 이 순간을 위하여 나는 그렇게나 치열하게 살아온 것일 테고, 내가 굳이 다른 일 마다하고 이십 년 넘는 세월 동안 쓰지도 않는 소설 쓰는 일을 포기하지 않은 이유가 될 것이다.

사람으로 살아오면서 봄이 되면 희망을 생각하고, 여름이 되면 여름이니까 보이는 것들 모두 다 좋아야 하고, 가을에는 바람에 흔들리는 것들을 가만히 보고만 있어도 행복하고, 손발이 시린 겨울이 되면 무조건 겸손해져야 하는데, 나는 늘 치열하기만 했다. 오늘 하루를 잘 살기 위해서 내게 안성맞춤인 무기하나를 가지고 있다면 그건 바로 치열함이었다. 사시사철 아침마다 나는 치열함을 갈고 닦으며 살아온 것이다.

그렇다. 나는 지금 내가 살아오면서 선택한 그 잘못된 순간을 기억하고 있다. 지금의 나를 만든 이유이기 때문이다. 그리고 나는 왜 그 순간에 그런 선택을 하였을까, 정말 궁금한 것이다. 63년이나 살아왔으니 이제는 그때 내가 왜 그런 선택을 했는지 알 것도 같다.

요즘 나는 아침마다 커피 한 잔을 마시면서 다소 여유롭게 시간을 보낸다. 좋았던 기억보다 아팠을 것 같은 그 순간만이 매우 선명하게 떠오른다. 남다른 성장기를 경험했으니 떠오르는 장면이 사실 너무 많다. 그때마다 나는 어떤 선택지를 받아들고 있었는지, 어떤 선택을 했었는지 생각해보게 된다.

나이 먹으면서 가끔 후회했던 일 중 하나가 있다. 내가 소설을 쓰겠다고 덤벼든 서른 살의 내 모습이었다. 서른 살이 된 그해 첫날부터 무언가에 홀린 듯 원고지에 소설을 쓰기 시작했다. 상계동 동막골 허름한 집 단칸방에서 쓰고 버리기를 반복했다. 그런 내가 어머니에게는 미친놈처럼 보였던 것 같았다. 매일 아침 밥상을 차려두고 새벽일을 나가시던 어머니가 그때 얼마나 아팠을까 싶다. 사지 멀쩡한 내가 몇 년 만에 찾아와서 방구석에 처박혀 한 짓이 그랬으니 많이 답답했을 것이었다. 하지만 어머니는 내색하지 않으려고 무진 애를 썼다는 것도 이제는 알 것 같다.

스물한 살의 내가 어느 날, 어머니와 함께 조카를 갓 낳은 형 부부 집에 찾아가 불쑥 내뱉은 말이, 며칠 있다가 군대 간다는 말이었다. 어머니는 내가 군대 생활을 어디에서 하는지도 모른 채 삼 년여를 보냈다. 형이 병무청과 국방부 민원실을 찾아다니며 내가 죽었는지 살았는지, 복무하는 부대가 어디인지 알아봤지만 매우 특별한 부대에서 특수 요원으로 근무하고 있다는 것 말고는 알 수 없다는 게 전부였다고 했다. 내가 군대에서 무슨 짓을 하며 어떻게 살았는지 어머니는 죽을 때까지 알지 못했다. 단지 군대에서 전역했다는 사실이 등기우편으로 형 집에 배달되어 알고 있었을 뿐이다. 그사이 그러니까, 나는 4주 동안 훈련소에서 총 한번 잡아보지 않은 채 내 이름 대신 훈련병 번호로 불렸고, 그 이상한 군대인지 아닌지도 모르는 산골짜기 막사에서 8주 동안 훈련을 더 받았다. 3초 만에 사람을 죽이는 요령도 배웠다. 바다가 보이는 곳이었고, 그 바다에서 잠수 훈련도 받았다. 소리 내지 않고 앞으로 가는 수영도 배웠다. 그렇게 지독한 훈련을 받고 나서는 세상 편하게 아파트에서 놀고먹는 군 복무를 했다. 육사 출신 보안과장인 중령의 숙소였다. 군화한번 신지 않았다. 당연하게도 무거운 총 한번 들어보지 않았다. 머리카락도 일반인들의 머리카락하고 차이 나지 않았다. 하지만 심심했다. 아파트에 사는 장교 부인들하고 가끔 테니스를 치기는 했어도, 정말 아주 가끔이었다. 내 직속 상관인 보안과장은 한 달에 서너 번 숙소에 와서 잠을 잤다. 두 집 살림하는 중령이었다. 본처는 서울 서빙고동에서 살았고, 둘째인지 첩인지는 모르겠지만 젊은 그 여자는 부천에서 살았다. 보안과장은 자기가 그날 밤 있는 곳을 나에게 꼭 말해주었다. 통신보안 전화기로 나와 둘이서만 알아듣는 일종의 암호화 된 말로 나에게 자기 위치를 말한 것이었다.

그렇게 일 년여를 살다가 도저히 견딜 수가 없었다. 어디 가서 사고라도 치고 싶을 정도였다. 그래서 연락처 없이 아파트를 나왔다. 아파트 관리병에게 203호 관리 잘 하라는 지시만 내렸다.

그랬는데, 심심해서 탈영했다고 생각했는데, 나는 몇 달 후 군 복무를 마친 전역자가 되어 있었다. 어머니 말로는 이상한 아저씨가 찾아와서 나라를 위해서 중요한 임무를 잘 수행하고 있으니 아무 걱정하지 말라는 말을 해주고 쌩하니 가더라는 것이었다. 내 행적을 알아보려고 찾아왔던 것 같다.

그런데 제대 후 동사무소 주민등록 서류에는 행불자로 빨간 도장이 찍혀 있었다. 그 사실을 나는 몰랐다. 나중에 서른 몇 살이 되어 형에게 들으니까 그때 나는 향군법 위반, 폭력 등등의 죄명으로 기소유예가 되어 이상한 수배자인지 행불자인지 모르겠는 사람으로 되어 있었다는 것이다. 게다가 이상한 사람들이 형이 사는 집 근처를 수시로 배회했다고도 했다. 그런데 나는 정작 아무런 제재를 받지 않고 살았다. 아주 가끔 길거리에서 검문하는 경찰에게 신분증을 요구받았지만, 나는 아무렇지 않게 공장에서 일하다가 나와 신분증을 챙기지 못했다면서 55년생인 형의 주민등록 번호를 불러주고 다녔다. 그러다가 한번은 충남 광천 남당리 바닷가 민박집에서 수상한 사람이 왔다는 민박집 주인의 신고를 받고 온 해안 초병의 불심 검문에 잡혀 홍성경찰서까지 경찰차를 타고 가서 유치장에서 하룻밤을 잔 적도 있다. 그날은 왜 그랬는지 내 주민등록 번호를 그대로 불러준 것이었다. 스물여섯 살 때였다. 그러니까, 아시안게임이 대한민국에서 열리는 해였다.

그때 나는 무슨 일 때문인지 많이 지쳐 있었다. 내가 마음만 먹었으면 홍성경찰서에 도착하기 전에 경찰차를 세우고 아주 쉽게 빠져나올 수 있었지만, 모든 것에 귀찮았다. 애송이 초병이나 순경들이 물어보는 말에 대꾸도 하기가 싫은 정도였다. 그냥 편해지고 싶었을 뿐이었다. 유치장에서 하룻밤 편하게 자고 일어나 정보과장 이름을 대고 꼭 만나야겠다고 형사에게 귓속말 비슷하게 말했다. 당시 홍성경찰서 정보과장은 내 초등학교 단짝 친구인 주평이 아버지 바로 아래 동생이었다. 주평이 아버지와 엄마는 동갑내기 친구였고, 주평이 작은아버지도 내 엄마와 어린 시절을 같은 동네에서 살았으니 잘 아는 사이였다.

나는 아침에 출근한 경찰서 정보과장한테 전화번호 하나를 적어주었다. 내가 경찰서를 나오는 건 전화 통화 1분이면 충분했다. 나는 정보과장한테 해장국까지 대접받아 먹었다. 친구의 작은아버지이고, 같은 동네에서 자란 동네 누나의 아들이어서인지 여비까지 두둑하게 받아 서울에 왔다. 나는 나라를 위해 아무 일도 하지 않았지만, 여전히 국가를 위한 정보원 신분이었던 것이다. 정보과장이 통화한 사람은 육사 출신 대령 전역자였는데 국가 정보기관에 근무하고 있었다. 그는 내가 자기의 정보원이라고 확인해준 것이었다. 그 사람은 나를 위해서가 아니라 자기를 위해 나를 보호해야 할 처지였다. 그는 나에게 약점을 너무 많이 잡혀 있었던 것이다.

나는 언제든 이 세상에서 없어져도 괜찮지만, 당신은 내가 목숨 내놓고 말하면 잃을 게 너무 많지 않은가. 나는 아무 때나, 아무 곳에서나, 아무렇게나 죽어도 괜찮은, 그래서 나를 이곳에 가져왔겠지만, 나는 이미 그때 죽었다는 생각으로 지금을 살고 있다. 당신은 가진 게 많은 사람이므로 나를 함부로 대하지 않았으면 한다. 나는 아무 때나 죽어도 괜찮은 사람이니까,라는 메시지를 군대 복무 당시부터 수시로 확인시켜 주었다. 그는 내가 정말 마음만 먹으면 무슨 일이든 저지를 인물이라는 확신을 갖고 있었는데, 그 확신은 내가 그의 직속 '따까리'가 되고 불과 몇 달 후부터였다. 군 복무 시절 나는 언제든지 죽어도 괜찮다는 생각만 했고 나를 괴롭히거나 이용하려는 상관의 각종 비리 등등의 약점을 파악했다. 그것은 내가 살기 위해서가 아니었다. 그들의 비인간적인 모습에 분노했고 경악했기 때문이었다. 그중에 약점이 가장 많은 정보과장의 멱살을 나는 어느 순간 움켜잡았다.

"나를 이용하려고 생각하는 그 순간 나는 당신과 함께 죽을 각오를 했다. 지금부터 나를 보호해야 당신이 살 수 있다. 나는 당신을 그냥 죽일 수도 있고, 당신의 모든 것을 잃게 할 수도 있다. 인정하나?"

정보과장은 아주 짧은 순간 명료하게 '인정한다'고 소리 내서 말했다. 그래서 나는 심심한 군대 생활을 했고, 아무도 생각하지 못하는 이상한 첩보 요원의 신분으로 스무 살 시절의 한때를 내 맘대로 살 수 있었던 것이다.

그렇게 심심한 군대 생활을 하고, 이상한 신분으로 내 맘대로 살던 그 한때, 나는 가끔 어머니와 형과 누나를 생각했다. 그때마다 형네 부부가 나름 재미나게 사는 부평 효성동 집 근처에 갔었다. 젖먹이였던 조카가 아장아장 걸어 다니는 모습을 골목에 숨어 훔쳐보기도 했고, 가끔 가서 볼 때마다 똘망똘망하게 잘 크고 있어서 착하기만 한 형과 형수가 좋아지기도 했다. 새벽에 공장 밥을 지으려고 출근하는 어머니를 먼발치에서 바라보기도 했다. 누나가 결혼해서 사는 서울 월계동 시민아파트를 배회하면서 조카를 안거나 업고 다니는 누나를 훔쳐보기도 했었고, 한 번도 인사하지 못한 매형이 잘생긴 사람이어서 누나가 대견하기도 했다.

누나는 아들이 걸어 다니기 시작하자 수유리 밤나무골 입구 삼거리에서 돌솥 우동 전문 식당을 시작했다. 어머니는 조카를 봐주고 누나 식당 일을 도와주기 위해 누나 가게 근처에 방을 얻어 살고 있었는데 내가 서른 살이 되었을 때 누나 식당은 문을 닫았다. 어머니는 상계동 달동네에 집을 장만해서 혼자 살고 있었다. 어머니는 새벽 첫 버스를 타고 출근을 했는데, 따라가 보니 서초동의 높지 않은 빌딩의 청소일을 하고 있었다. 그 빌딩에는 변호사 사무실만 있었다.

그랬는데, 서른 살의 내가 어머니 혼자 사는 집에 불쑥 찾아갔던 것이다. 그러고는 방구석에 처박혀 원고지에 무언가를 맨날 쓰고 버리기만 했으니 어머니는 얼마나 속이 답답했을까 싶다.

그해 겨울 소설이란 것을 처음으로 완성해서 신문사 신춘문예에 도전했는데 사실은 하지 않았으면 좋았을 일이었다. 그랬다면 지금과 전혀 다른 곳에서 있을 것이다. 내가 가진 능력이란 것과 경험이라는 것으로 나는 이 세상을 누구보다 월등하게 잘 살아갈 수 있었는데 그 길을 외면하고 멋쩍게도 소설을 쓰는 나를 상상했다.

왜, 나는 그런 선택을 했을까. 그리고 나는 그 일에 왜 그렇게 치열했던 것일까. 가끔은 생각했었다. 그때마다 알 것 같으면서도 고개가 저어지는 선택이 아닐 수 없었다.

왜 그랬는지 그때는 잘 몰랐지만, 지금은 알 것 같은 치열하게 살아온 그 순간을 기억하면서 혹은 사람 살아가는 일을 생각하며 글을 쓸 수 있는 시간을 갖기 위해 그랬던 것은 아닐까 싶기도 하다.

나는 오늘 하루를 또 살아낼 것이다. 잘 살아내기 위해서 오늘도 치열해질 것이다. 그래야 나다운 사람이 되니까. 나를 잉태시켜 준 아버지가 그랬던 사람이었으니까. 나는 그래야 하는 사람인 것이다.

내 아버지는 지금의 내 나이를 살아보지 않았다. 서른 몇 살에 돌아가셨다. 나는 예순세 살이고, 아직도 살아 있다. 그것도 아주 건강하게. 그리고 재미나게 살고 있다. 술자리 한 번 줄이면 17살의 소녀에게 꿈을 꾸게 할 수 있는 능력도 있다. 그 소녀를 위해서 나는 더 열심히 살아 있어야 한다.

누니는 강한 소녀였다. 산에서 고무나무 작업을 하다가 낙상해 오른쪽 다리를 심하게 다쳐 목발에 의지해 살아야 하는 아버지, 11살의 남자 동생과 12살과 15살의 여동생이 있다. 세 명의 동생과 매일 죽순과 산나물을 찾아 산에 오르는 엄마. 그들이 고무나무 수액과 죽순과 산나물을 채취해서 버는 돈으로는 한 달 살아가기도 빠듯했다. 산에서 다리 정강이뼈가 부러진 채 2km나 기어 집에 와야 했다는 아버지의 병원비는 엄두도 낼 수 없었다. 그 병원비 때문에 17살의 소녀가 가장이 된 것이다. 그래서 고등학교 진학을 포기하고 비엔티안으로 왔던 것이다. 남다르게 영특한 소녀가 꿈을 포기할 수밖에 없었다. 나는 그 소녀에게 희망을 품고 꿈을 다시 꾸게 해주고 싶었다. 한국식당 '요리' 사장의 통역으로 소녀의 가족사를 듣고 나는 바로 결정했다. 지금 당장 무조건 후원하겠다는 결정이었다. 내가 다시 한번 더 17살의 나로 살아간다는 생각을 하니까 누나가 나로 보였다.

한국식당 '요리' 사장은 한국에서 하는 일 때문에 연장할 수 없는 나의 여행 일정을 듣고 내 결정을 빠르게 수용해주었고, 누나를 자신에게 소개해 준 현지인을 불렀다. 바로 소개해주었다. 그는 유쾌한 성격이면서 매우 긍정적인 사람이었다. 그도 내가 한국 소설가이고, 사업을 하는 사람이라는 점을 인터넷에서 검색해 확인하고는 연신 엄지손가락을 치켜세우며 '넘버원'을 외쳤다. 그러면서 하는 말에 나는 당황했다. 누나가 여자로 마음에 들어 결혼하고 싶냐는 질문이었다. 그 말을 통역해주는 '요리' 사장이 그런 사람 아니라고, 순수하게 후원하겠다는 내 생각을 강조해주었는데도 믿으려고 하지 않았다.

"신경 쓰지 마세요. 여기 사람은 다 그래요. 나중에 선생님이 누니와 결혼한다고 해도 이상하게 생각하는 사람 하나도 없을 겁니다. 여기 사람들은 나이를 중요하게 생각하지 않거든요. 외국인이니까 능력만 중요하게 생각해요. 이 나라가 그만큼 살기 어렵다는 증거인 거죠. 어떤 여자아이들은 자기를 희생해서 가족들에게 도움이 되기를 정말 원해요. 그래서 중국 남자들과 결혼하는 경우가 많아요. 요즘에는 한국 분들도 많지만요."

'요리' 사장이 말했다. 나는 다시 결혼한다는 생각을 해본 적도 없고 누니를 한순간도 여자로 본 적이 없다고 강하게 부정하고 싶었지만, 굳이 그럴 필요가 있을까 싶었다. 그래서 웃어넘겼다. 그랬는데, 그냥 웃어넘길 수 없는 말을 '요리' 사장이 바로 덧붙였다.

"어제 선생님 가시고 나서 제가 누니를 불러 물어봤어요. 그때도 누니가 그러더라고요. 선생님께서 우리 식당에 온 처음부터 마음에 들었다고요. 멋진 신사분이라고 생각하고 계셨다고 하더라고요. 그래서 항상 선생님이 오시면 제일 먼저 다가가 안내해드렸다고. 똑똑하고 성실한 아이니까, 선생님 기대에 어긋나지 않을 것입니다."

누니는 내가 앞으로 후원자가 되어 모든 것을 책임지고 도와주겠다는 내용을 '요리' 사장에게 전해 들었고, '요리' 사장이 나에 대한 설명을 잘해주었는지 몇 번이고 두 손을 모아 공손하게 고개 숙여 인사하면서 고맙다, 매우 고맙다는 의미인 라오스 말로 "껍짜이, 껍자이라이"라고 했다. 그러고는 현지인 옆에 앉아서 꿈을 꾸는 듯하다고 말했던 누니에게 현지인이 물어보니까 내가 남자로서 마음에 든다고, 내가 매우 잘 생겼다고 말했다는 것이다. 그 말을 '요리' 사장이 또 전해주었다. 나는 그냥 웃음을 지어 보였다. 그게 라오스 말을 할 수도 알아들을 수도 없는 내가 할 수 있는 유일한 방법이었다.

내가 한국식당 '요리' 사장에게 600만 낍(당시 한화 1,353원이 미화 1달러로 환전됐고, 100달러를 라오스 현지에서 212만 몇천 낍으로 환전했다)을 갚아주고, 누니와 함께 비엔티안에서 기차 타고 루앙프랑방까지 2시간, 비가 오는 강을 건너기 위해서 배를 타고 30분, 다시 트럭 버스인 썽태우를 타고 미끄러운 빗길을 2시간을 달려 해발 1,000m 고지에 있는 집에 간 것은 지난 5월 중순이었다. 일주일 예정으로 와서 닷새째 되는 날이었다. 아무런 연락도 없이 갑자기 나타난 딸 아이를 만난 가족은 반가움보다 당황한 모습이었다. 동행한 한국식당 '요리' 사장의 지인이 없었다면 매우 난감한 문제가 발생할 수 있었다. 동행한 현지인은 누니 아버지의 친구였다. 그는 한국 사람인 나에 대해서, 내가 누니와 동행한 이유를 잘 설명해주었다.

누니의 집은 해발 1,000m 고지대에 있었다. 라오스 북부 지방의 전형적인 나무집이었다. 라오스를 알기 위해 찾아본 다큐멘터리 영상에서 본 그런 집이었다. 마루 높은 집에서 여섯 식구가 살았다. 그들의 사는 모습에 나는 몹시 당황했다. 2m 정도 높이의 나무 계단을 통해 집으로 올라가는 구조였다. 나무 계단은 엉성해 보였다. 생활하는 공간도 집이라고 하기에 난감할 정도였다. 여섯 식구가 하나의 큰 공간에서 함께 먹고 잤다. 음식을 하는 주방마저 내가 생각할 수 있는 상식에서 많이 벗어나 있었다. 한쪽 모퉁이에 주방이 있었는데, 장작불을 피우는 곳에 시멘트로 구덩이를 만들었다고밖에 설명할 수 없었다. 현장에서 직접 눈앞에 두고 있으니 영상에서 보는 것과 다르게 가슴까지 파고드는 아픈 무언가를 느낄 수 있었다.

그것이 내가 사는 우리나라의 역사인 동시에 우리가 살아온 삶의 모습이었다. 그 역사를 말해주듯 세월을 말해주는 듯한 두툼한 냄비나 찹쌀밥을 짓는 검게 그을린 양은 솥 두어 개와 작은 나무 절구통, 그리고 설명을 들어야 용도를 알 수 있는 것들이 벽에 걸려 있었다. 밥 먹을 때도 밥상조차 없이 바닥에 놓고 먹는 것에 나는 당황했지만, 내색하지 않으려고 웃음을 지었다. 아래층에는 닭하고 오리, 돼지가 사는 타이족의 전통 가옥이었다. 누니가 한국식당 '요리'에서 한 달을 일하고 받는 월급 380만 낍(한화 18만 원)이 없으면 생활할 수 없는 처지의 가족이었다. 게다가 누니는 한국식당 '요리'에 취업을 하면서 아버지의 병원비로 일도 하기 전에 600만 낍을 받았다. 식당 '요리'의 사장이 라오스 현지 지인에게 안타까운 사연을 듣고 소녀를 채용하면서 배려해준 것이었다.

나는 누니와 가족이 준비한 찹쌀밥에 산나물과 메콩강에서 잡았다는 물고기탕에 저녁을 먹었다. 이미 그곳으로 가기 전 한국식당 '요리' 사장에서 충분히 들은 사전 지식이 있어서 나는 누니 아버지와 짧은 영어가 가능하고 매우 능동적인 그의 친구 현지인과 인터넷이 되지 않아도 태국어 동시통역이 가능한 휴대전화기가 있어서 다소 답답하기는 했지만 소통할 수 있었다.

"나는 당신의 딸이 훌륭한 의사가 되도록 도와줄 것이다."

나는 매우 사무적인 어투로 말했다. 측은지심이나 일시적인 동정심이 아니라는 것을 표정으로 말해줘야 한다는 생각 때문이었다.

"우리는 공부시킬 돈이 없다. 저 아이가 돈을 벌지 않으면 우리 가족은 굶어 죽어야 할지도 모른다."

누니의 아버지는 서른여덟 살의 젊은 사람이었지만 불안해하고 있었다. 직접 돈을 벌 수 있는 처지가 아니어서일 것이라고 나는 생각했다. 무너진 가장의 모습이었다.

"내가 당신의 가족 모두를 도와줄 수는 없다. 당신은 당장 병원에 가서 치료받아야 한다는 말을 들었다. 도와주겠다. 그러니 내 뜻에도 동의해주기 바란다. 나는 누니가 고등학교에 진학할 수 있도록 동의해주기 바란다."

"내 병원비를 도와준다니 고맙다. 하지만 누니가 다닐 고등학교는 여기에 없다. 너무 멀어 다닐 수가 없다."

"알고 있다. 매년 6월에 고등학교 입학을 해야 한다고 나는 알고 있다. 아버지가 입학을 허락한다면 내가 모든 것을 도와주겠다."

내가 매우 사무적인 어조로 말을 이어가자 현지인 친구가 누니 아버지의 어깨를 툭 치며 손짓을 했고, 누니 아버지는 어렵게 몸을 일으켜 주방이 있는 곳에 먼저가 서 있는 현지인에게 다가갔다. 두 사람은 빠른 라오스 말로 한참을 대화했다. 그때 저만치 떨어져 우리의 대화를 듣고 있던 누니가 나에게 다가왔다. 내 휴대전화기를 사용하고 싶다고 손짓을 했다. 나는 동시통역 화면 모드를 설정해서 주었다. 태국어로 누니가 휴대전화기에 대고 말했다.

"나는 선생님을 믿고 따르겠습니다. 나를 구해주세요. 나에게 행운의 신이 되어주세요."

번역한 내용이 뜨는 순간 내 몸에 전율이 일었다. 소름이 돋았다. 이 말이 번역에 오류 없이 누니가 한 말 그대로라면 소녀의 절실함과 확고한 목표의식이 담겨 있었다. 그 화면에서 내가 시선을 떼지 못하자 누니는 다시 휴대전화기에 대고 천천히 또박또박 말했다.

"나는 아버지를 사랑하고, 우리 가족을 사랑합니다."

"하지만 우리는 너무 가난합니다."

"나는 지금 이 기회를 놓치고 싶지 않습니다."

"아버지는 제가 설득하겠습니다."

"저를 도와주세요."

"선생님에게 가장 소중한 사람이 되겠습니다."

누니는 긴 문장은 오류가 많다는 것을 알고 있는 듯이 한 문장씩 말하고 화면을 내게 보여주었다. 나는 순간순간 가슴에서 올라오는 무언가를 느꼈다.

"그래, 내게 소중한 사람이 된다면 세상 모든 사람에게 소중한 사람이 되겠지."

나는 누니의 눈을 바라보며 말했다. 알아듣지 못하는 한국말이지만 내 눈을 똑바로 보고 있는 누니는 굳이 통역기를 사용하지 않아도 알아들었을 것이다. 내가 고개를 끄덕거렸다. 누니의 어깨에 손을 얹어놓고 말했다.

"그래, 알았어. 너의 키다리 아저씨가 되어줄게."

누니가 알아들었다는 듯이 고개를 끄덕였는데, 눈물이 잔뜩 고여 있었다. 나는 누니에게서 휴대전화기를 받아 말했다.

"누니가 포기하지 않고 노력한다면 세상은 너의 편이 될 것이다."

"나는 노력하고 싶어요. 내가 가장 잘할 수 있는 것은 공부입니다."

"그럼, 됐다. 우리 같이 노력하자. 포기하지 않으면 도와준다."

"저는 힘들다고 포기하지 않아요. 저를 믿어주세요."

나는 누니에게 엄지손가락을 세워 보여주었고, 누니의 손을
꼭 잡아주었다. 더 이상 무슨 말이 더 필요할까 싶었다. 누니가
기어코 흐르는 눈물을 참아내지 못하겠는지 일어나 아래층 계
단으로 내려갔다.

누니가 그렇게 간 뒤 나는 한참이나 누니의 아버지와 그의
친구가 주고받는 대화가 끝나기를 기다려야 했다. 친구가 누니
의 아버지를 설득하는 듯한 대화였다. 두 사람이 내게 다가와
다시 마주 앉은 것은 30분이 더 지난 후였다.

"당신을 믿기로 했습니다. 고맙습니다."

이 짧은 대답을 들으니 가슴이 후련했다.

"이제부터 누니는 당신의 딸입니다."

현지인이 누니의 아버지가 한 말을 바로 영어로 번역해주었
다. 이 말은 내가 한국식당 '요리' 사장에게 한 말이었다.

"누니를 내 딸들과 똑같이 여기고 도와주겠다. 라오스와 한
국의 거리 차이만큼이나 떨어져 있는 국가 관계상 법적으로는
가능하지 않지만, 마음으로는 얼마든지 가능한 것이다."

이 말에 '요리' 사장도 마음이 흔들렸고 도와주기로 마음먹
었다고 말했었다. 사람의 마음은 그렇게 진심이고 절실하면 언
어보다 마음으로 먼저 소통이 되는 것이었다.

나는 누니의 아버지와 누니, 그리고 현지인과 함께 루앙프라방에 갔고, 가장 먼저 병원에 가서 누니의 아버지 치료를 위한 소견을 들었다. 부러진 뼛조각이 살갗을 찌르고 있어서 염증이 생긴 증상이었다. 수술해서 조각난 뼈를 걷어내야 할 정도로 치료 시기가 지나 있었다는 진단이었다. 치료를 위해서는 6개월 이상 입원해야 하는 심각한 상태였다. 치료비 걱정을 먼저 하는 누니와 아버지에게 걱정하지 않아도 된다고 안심을 시켰고, 당장 입원해서 치료를 받으라고 예상되는 병원비를 직원에게 설명하고 결제했다. 다행스럽게도 내가 가지고 있는 신용카드로 납부를 할 수 있었다.

그리고 당시 지갑에 미국 돈으로 환전해서 가지고 있던 500달러를 누니에게 주었다. 아버지 간병하면서 필요할 때 쓰고, 더 필요하면 보내줄 테니 걱정하지 말고 고등학교 입학하는 절차를 잘 진행해야 한다고 강조했다. 그리고 노트북과 휴대전화기를 역시 신용카드로 구매해 들려주었다. 나는 그것까지 사줄 생각을 하지 않았는데 루앙프라방 시내 구경을 하다가 삼성전자 간판이 보여서 들어갔다가 충동구매를 한 것이었다. 먼 나라에서 사는 나와의 소통을 위하여 필요하다는 생각을 했다. 그런데 사고 나니 정말 잘했다 싶었다. 누니가 꿈에서라도 한 번쯤 갖고 싶었던 휴대전화이고 노트북이었다고 말하는데, 정말 꿈인지 싶어 볼을 자기 손으로 잡아 당겨보며 행복한 표정을 지었기 때문이다.

　돈이 사람을 행복하게 한다는 사실을 다시 한번 실감하는 순
간이었다.

15

기억에 없는 아버지를 찾아봤다

아버지는 6·25전쟁에 참전해 훈장을 서너 개나 받고 전역한 역전의 용사였다. 전투력이 대단했던 모양이다. 2년이 넘는 동안 북한군과 전투를 했는데, 손톱 하나 다치지 않을 정도로 뛰어난 용사였다고 했다. 게다가 애국심까지 남달랐고 전우를 위해 희생하는 정신까지 멀쩡했던 분이었다. 별명이 날다람쥐였다고 어머니가 아주 가끔, 아니 내가 살아오면서 서너 번 정도 말했었다.

"네 아빠는 못 하는 게 하나도 없었어. 척척박사였지. 날다람쥐처럼 빠르고 정확한 사람이었다. 그래서 별명이 날다람쥐였어. 노량진에 살 때였는데……."

나이 많은 어머니는 아버지에 대한 기억을 토막토막 가지고 있었다. 칠순을 넘긴 나이에 아버지를 기억하는 어머니는 대체로 덤덤한 표정을 지었지만 마음은 꼭 그렇지는 않은 것 같았다. 아버지 기일을 자식 셋이 다 모여 지내기 시작한 내 나이 서른이 넘은 어느 해부터 그랬다. 말복 날이면 애틋해졌다. 특히 노량진 한강변에 무허가 판잣집에서 살 때 이야기를 자주 했다.

"별별 사람들이 다 모여 사는 동네였어. 대전에서 살다가 보따리 몇 개 들고 올라왔는데, 집을 뚝딱뚝딱 금방 지어버렸지. 그 집에서 은자가 태어났다. 동네 사람들이 네 아빠를 아침저녁으로 하도 찾아와서 내가 미쳐버릴 지경이었어……."

아버지와 어머니는 1954년 봄에 결혼했다. 밀양 박씨 집성촌인 두무마을의 여자 대들보하고, 전주 이씨 집성촌인 화실마을의 남자 대들보가 결혼한 것이다. 두 분을 중매한 고모할머니(외할아버지의 여동생)가 그렇게 주장했다고 한다. 그러나 두 대들보는 만나자마자 의기투합했다고 하는데 그것은 집을 떠나는 것이었다. 일찌감치 노름꾼으로 소문난 할아버지를 견디지 못하고 집을 나간 장손인 형을 대신해야 하는 아버지와 6·25 전쟁 중 실종된 장손 때문에 매일 술에 취해 인사불성이 되어 있는 아버지를 둔 어머니의 처지가 너무 비슷한 것도 그런 결정을 하는 데 영향을 미쳤다고 했다. 줄줄이 따라붙는 동생 넷을 둔 것도 똑같다고 했다.

두 사람은 결혼식을 하자마자 바로 대전에서 신혼생활을 시작했다. 아버지의 남다른 추진력과 어머니의 화끈한 성격이 만났으니 거칠 게 없었던 것이다. 아버지는 양말공장에서 일했고, 타고난 성질이 불같은 어머니는 그 성격을 잘 다잡으면서 현모양처의 꿈을 꾸었다고 했다.

그런데 문제는 7살의 나를 문밖에서 내쫓은 내 아버지의 엄마인 친할머니였다. 다소 과장하면 하루가 멀다고 그 먼 길을 찾아와서 두 사람 혼을 쏙 빼놓고 가는데, 노름꾼 남편을 둔 아버지의 엄마인 친할머니는 매번 아버지를 붙잡고 당장 집에 가자고 울고불고 한바탕 난리를 쳤다고 했다. 그러면서 젖가슴 큰 여시같은 년이 착한 아들을 꼬드겨 불효자 만들었다고 생떼를 부렸다는 것이 어머니의 말이었다.

그래서 두 사람은 더욱 먼 서울로 상경하게 되었다고 한다. 56년생인 형은 대전에서 태어났고 58년생인 누나는 노량진에서 태어났다. 61년생인 나는 연희2동에서 태어났으니 당시 아버지는 끊임없이 무언가를 이루기 위해 도전하는 삶을 멈추지 않았던 것이다.

아버지는 살아오는 내내 성격 꼬장꼬장한 엄마인 친할머니와 성격 불같은 내 엄마인 아내 때문에 많이 힘들었지만 내색하지 않으려고 무진 애를 썼던 모양이다. 어머니가 가끔 아버지를 이야기하면서 목소리가 작아지고, 슬픈 음색이 되어 말을 이어가지 못하는 대목이기도 했다. 어쩌면 어머니도 어느 순간부터 본가 생활을 하지 않고 집을 나온 것을 후회하고 있었던 것이다.

어쨌거나 결과적으로 아버지와 어머니는 할아버지와 할머니가 강력하게 요구했던 본가 생활을 선택하지 않고, 독립을 선언한 것이 우리 가족의 불행한 결말로 이어졌다. 아버지가 너무나 갑작스러운 사고로 돌아가신 일은, 나와 우리 형제는 본가 친척은 물론 심지어 고모와 작은아버지, 조강지처를 버리고 집 나가 딴 살림을 살던 큰아버지 등에게 철저하게 외면당하는 빌미가 되었다. 엄마가 졸지에 서방 잡아먹은 여자가 된 것이었다.

내게 아픈 기억 한 토막이 있다. 일곱 살 때였다. 색이 아주 진하게 바랜 기억이지만, 본가 사립문에 들어서자마자 곰방대를 길게 문 친할머니에게 쫓겨나는 내 모습이다. 할머니가 무어라 말을 해 내가 바로 돌아서 뛰어나왔는지는 모르겠지만, 그때 나를 보던 할머니의 그 사나운 눈빛만은 너무 선명하다.

"여기가 어디라고 감히 그 더러운 발을 디뎌. 우리는 너 같은 손자 둔 적 없어. 당장 쫓아내라."

내 아버지의 엄마인 친할머니가 이렇게 말했을 것이다. 그 무서운 할머니의 괴성에 나는 바로 사립문을 뛰쳐나왔다. 사립문 밖에는 서울에서 내려와 들어가라고 내 등을 떠밀어 준 외삼촌이 있었다. 서울에서 내려온 순둥이 큰외삼촌이 나를 데리고 갔었던 것은 어머니와 합의된 것이었다는 게 그날의 정황이었다. 아버지 없는 나를 그래도 본가에서 성장하도록 해야 한다는 가족들의 의견이 있었을 것이다.

1963년 말복 날 아버지는 돌아가셨다. 당시 아버지는 연희2동 18통 통장 일을 맡아 보았다. 그날은 서대문구청에서 통장들을 위한 천렵을 준비해줬다고 했다. 내가 이상한 군대에서 복무인지 근무인지도 헷갈리는 생활을 하다 제대한 스물세 살이 되어 그 당시 사건 현장에 있었던 사람들을 수소문해서 찾아다니며 취재한 결과는 이렇다.

일곱 분을 만날 수 있었다. 그때 내가 조금만 더 흥분했으면 사람 하나를 죽였을지도 모르는 상황이기도 했다. 이상한 군대에서 나는 아무런 무기 없이 사람을 단 3초 만에 죽이는 기술을 배웠기에 마음만 먹었으면 그랬을 수도 있었다. 하지만 나는 사람 죽이는 그 기술을 이성적으로 기억하고 있지 않았다. 내 몸도 기억하고 있지는 않았다. 그래서 나는 참을 수 있었던 것이다.

내가 만나본 사람 중 거의 다가 아버지에 대한 좋은 기억을 말했다. 정말 아까운 사람이었다고 한결같이 말했고, 너무 똑똑한 사람이었다고 말한 사람도 있었다. 다들 그날 사고는 일어나서는 안 될 너무나 안타까운 일이었다고 했다.

그 사람들은 내가 갑작스럽게 찾아가서 1963년 연희2동 18

통 통장이었던 이용재 씨의 막내아들이라는 것을 밝히는 순간 하나같이 놀라면서 입을 다물었다. 잠깐이지만 숨기고 있던 어떤 것을 보였다는 듯이 당황하는 행동을 했다. 그들은 하나같이 한숨을 크게 쉬고 나서야 반응을 했다.

"아이구, 그 애가 이렇게 컸구나."

다들 똑같은 말을 했다.

"아버지를 기억하고 싶어서 찾아왔습니다. 그날 사고에 대해서 듣고 싶습니다."

이렇게 말하는 내 눈을 그들은 모두 피했다. 나는 그들에게 묻고 싶은 것이 많았다. 하지만 알아듣기 쉽게, 아니 그날 사고를 자세히 말해주는 사람은 없었다.

"잡은 물고기를 손질해서 장작불 피워 굽고 있었는데, 후다닥 달려가는 거야. 순식간이었어. 그러더니 사라진 거야. 정말 어떻게 해볼 수가 없었다니까."

머리카락이 희끗희끗해진 13통 통장이셨던 분은 당시 상황이 기억나는지 경직된 표정으로 말했다. 그러나 거기까지였다. 아버지와 가깝게 지내셨던 분이 아니어서 특별하게 관심을 가져보지 않았다는 것을 알 수 있었다.

"자네 아버지가 그날 술을 많이 마셨어. 성품이 다혈질이어서 뭐든지 빠른 편이었거든. 생각해보면 애통한 일이지. 물에 빠진 분을 구해놓고 돌아가셨으니 그런 황망한 일이 또 어디 있겠어."

　그날 사고를 띄엄띄엄 기억하는 듯한 8통 통장이었던 분은 아버지와 연희2동 행사가 있을 때마다 만나면 나름 반갑게 인사하는 형님 동생 사이였다고 했다. 아버지보다 다섯 살 위인데, 고향이 같은 지역이어서 조금은 각별했다고 했다. 하지만 서로 먹고사는 일이 바빠서 속 사정까지는 모르는 사이였다고. 그래서 도움이 될 만한 말은 없다고 안타깝다는 표정을 지었다.

　"동네 사람들에게 귀한 분이었는데, 다들 어려운 시절이었거든. 그런데도 항상 동네일에 적극적이었지. 자네 집도 어려운 형편이었는데 내색하지 않고 동네 사람들 챙기는 일에 부지런했어……."

　15통 통장이었던 분은 당시 18통에는 무허가 집이 많았다고 했다. 야트막한 산비탈 아래 줄지어 지어진 벽돌집 대부분이 무허가로 지은 집이었는데 동네 초입에 벽돌 공장이 있어서 민원도 많았고, 벽돌 공장에서 일하는 사람들 때문에 공중화장실도 관리하기가 힘들었다고 했다. 그만큼 통장 일이 유난히 많은 동네였다고 했다. 그해 장마가 길지 않았으면 집을 빨리 지었을 텐데 비가 자주 왔다고 했다. 그러고는 걸핏하면 동사무소 찾아다니느라 집 짓는 일이 늦어졌다고. 그래서 아버지는 그때 스트레스를 심하게 받았다고 하면서 조용조용 말을 이어갔다.

　"가끔 만나면 막내아들 이야기를 자주 했는데. 잘 웃는다고.

아빠 손을 유난히 힘주어 잡는다고, 자신을 똑 닮았다고 말하면서 자네 두 돌 잔치는 집에서 하겠다며 열심히 집을 지었어. 첫돌 잔치를 못 했거든. 그랬는데, 그런 사고를 당한 거야. 그때 나는 집에 일이 있어서 천렵하는 중간에 점심만 먹고 돌아왔거든. 그래서 사고를 직접 보지는 못했어."

아버지를 그나마 잘 기억하는 15통 통장은 술을 마시지 않는 교인이었다. 아버지가 2년 연속 통장을 맡아 본 계기는 집을 짓기 위해서였다고 강조해서 말했다. 통장 일을 보면 벽돌을 외상으로 살 수도 있었지만, 무엇보다 동네일을 보면 동사무소에서도 어지간한 일은 다 눈감아주었다는 것이다. 그래서 무허가 집을 짓는 동안 간섭을 받지 않을 수 있었다는 말이다.

"어머니에게서 통장 말씀은 들었나?"

"아뇨!"

15통 통장은 이때 눈을 감고 하늘을 올려다보았다. 스스로 마음을 다잡는 모습이었다. 그러고는 혼자 작은 소리로 기도문을 외우셨다.

"참, 어려운 얘기인데, 이렇게 찾아왔으니 해야겠구먼."

나는 긴장했다. 내가 듣고 싶은 이야기가 사실은 어떤 것인지 모르지만, 아버지가 그렇게 돌아가셨는데 왜 사고 후 아무런 일이 벌어지지 않았나 궁금했었다. 시신을 찾으려는 노력은 고사하고 왜 사고 후 경찰 조사 한번 하지 않았나 싶었다. 그리고 아버지가 지었다는, 산비탈 천막집에서 태어난 나와 아주 잠 간이지만 우리 가족이 함께 살았다는 그 무허가 집에서 왜 쫓 겨나게 되었는지 알고 싶었던 것이다.

"자네 아버지가 그렇게 돌아가시고 나서 일이 이상하게 진 행되었지. 벽돌 공장 사장은 외상 장부를 내밀었고, 그 착하기 만 한 목재소 사장도 외상 장부를 자네 어머니에게 내놓았어. 그럴 사람들이 아니었는데. 내가 몇 번을 찾아가서 사정했는데 도 막무가내더라고. 자네 어머니는 매우 난감해했지. 어머니가 글을 읽지 못하잖아. 그래서 그때마다 나를 찾아왔었어……."

나는 그때 처음 알았다. 어머니가 글을 읽지도 쓰지도 못한 다는 사실을. 일제강점기 시절에 다닌 국민학교에서 일본 말을 사용했고, 일본 글을 배웠다는 것을 처음 알았다. 우리 말을 가 르치는 선생님이 없어서 학교에 다녀본 적이 없다는 사실을. 그 래서 어머니는 아주 난감한 세월을 살다가 가신 것이었다.

"나는 말이야. 그 서 통장을 의심했어. 수영 잘하는 그가 물 에 빠져 곧 죽을 것처럼 허우적댄 것도, 그것을 보고 왜 가까이 있는 사람들은 쳐다만 보고 있었고 자네 아버지만 그렇게 급하 게 물에 뛰어들어가서 서 통장을 구해냈어야 했는지를. 내게는 모든 게 의심스러웠는데, 내가 현장에 없었으니 어떻게 할 수 가 없더라고. 현장에 있던 사람들은 다 같이 눈 깜짝할 사이에 벌어진 일이라 못 봤다고만 하니 답답했지만 어찌해볼 도리가 없더라고. 자네 아버지는 정의롭고 책임감 강한 훌륭한 사람이었는데 그렇게 사고로 돌아가신 것으로 되어버렸지. 그래, 그렇게 되었다네."

이 말은 많이 요약한 내용이다. 15통 통장은 조심스럽게 또박또박 아버지에 관하여 더 구체적인 이야기를 해주었다. 그러고는 내가 아버지의 체형과 닮았고, 이목구비도 두상도 그대로 똑 닮았다고, 아버지를 보는 것 같다고 말하면서 눈시울을 적셨다.

"시간 내서 서 통장 한번 만나보게."

그러고는 마지막으로 내게 주소 하나를 메모해 주었다. 아버지가 구해준 서 통장의 집 주소라고 말하는 15통 통장은 표현하기 어려울 정도로 경직된 얼굴이었다. 이전에 만나본 분들은 내가 먼저 물어봐도 어디서 사는지 모른다고, 연락 끊고 산 지 오래되었다고 했는데, 15통 통장은 먼저 주소를 주면서 만나보라고 진심이 담긴 얼굴로 말했다.

그래서 나는 서 통장이란 분을 만날 수 있었다. 자신을 구하려 물에 뛰어든 술 취한 아버지를 물속에서 나오지 못하게 했을 것 같은 상상을 하면서 나는 그를 만났었다. 그리고 아버지가 다 지은 그 벽돌집을 여럿이 공모하여 장부 하나를 만들어 외상값이라며 한글을 모르는 어머니에게서 빼앗아간 상상을 하게 한 그 서 통장을.

그는 내가 알고 싶어 묻는 내용에 20년 전 일이라 하나도 모른다며 이제 와 왜 그게 알고 싶은 거냐며 나를 윽박질렀지만, 그래서 더욱 내가 머릿속에서 그려본 그림들이 실제 벌어진 일이라고 확신하게 되었다.

그날 이후 나는 가끔 물속에서 살아 나오려고 안간힘을 쓰는 나를 꿈에서 봤다. 늘 같은 장면이었다. 살아야 한다는 강한 의지가 담긴, 아주 절실한 내 얼굴이 그대로 보였다. 그러다가 꿈에서 깨어나면 온몸이 아팠다. 그래서 새벽에 몽유병 환자처럼 길로 나선 적이 한두 번이 아니었다. 그 모습이 내 청춘의 전부였다. 사람들이 본 나는 진짜 내가 아니었다.

지금도 그렇지만, 언제부턴가 나는 거울 보는 것을 싫어했다. 어쩌다 가는 이발소에서 마주 보는 내 얼굴을 정면으로 볼 수 없는 이상한 증상이 생긴 것이다. 내가 사는 방에 거울과 시계가 없는 이유가 그 꿈 때문이었나 싶다. 거울 앞에 서면 꿈에서 보는 내 얼굴이 그대로 보이기 때문이고, 초침 돌아가면서 나는 작은 시계 소리는 물속에서 들리는 아버지의 심장 뛰는 소리같이 들리기 때문이었나 싶은 것이다.

아버지가 생각나서 울고 싶어질 때 나는 요즘 이렇게 중얼거린다.

"아, 아버지. 이제 저에게서 떠나가셔도 됩니다. 이 험한 세상에서 그래도 잘 살아낸 것 같으니까요. 이렇게 작가라는 명함 하나 내밀고, 아버지를, 내 아버지를, 내 아버지는 이런 사람이었다고 말할 수 있어서 지금 참 좋아요."

이런 중얼거림이 그나마 나를 진정시키는 효과가 있었다.

16

1979년, 그해 겨울

1979년 12월, 내 나이 열아홉 살이었다.

다들 아시다시피 당시 대한민국은 이상한 나라였다. 10월에는 김재규가 박정희 심장에 총을 쐈고, 전두환은 군인들을 동원에 나라를 품에 안으려고 전쟁을 치렀던 12월이었다.

나는 그런 일이 벌어지고 있는데도 학원 독서실에서, 자취방에서 죽어도 좋다는 각오를 다지면서 공부만 했다. 그리고 선택해야 했다. 11월에 본 예비고사 시험 결과 내가 선택할 대학은 많았지만 결정하지 못하고 있었다.

내 사정을 잘 아는 학원 담당 선생님(대학 본고사 시험 대비 마지막 한 달은 학원비를 내지 못해 장학금 처리해줌)은 예비고사 성적으로 장학금을 받을 수 있는 대학을 선정해 권했지만, 나는 싫었다. 최고가 아니면 나에게 의미 없는 것이란 이상한 생각을 하고 있었다. 오기였을 것이다. 내가 공부하는 것을 인정하지 않는 사람은 내 주변에 있는 모두 다였다. 외삼촌, 이모, 형, 심지어 엄마까지 나를 허파에 바람만 잔뜩 든 놈 취급했다. 나는 그 모두에게 보여주고 싶었다.

크리스마스이브 날이었다. 눈이 제법 많이 내렸다. 첫눈인지 두 번째 눈인지는 내 관심사가 아니었다. 나는 종로3가 음악다방에서 혼자 노래를 듣고 있었다. 아마 서너 시간은 족히 그 자리에 앉아 있었을 것이다.

한참을 그렇게 멍하니 있다가 나왔는데, 지하철역 입구에 서 있는 관광버스 앞에서 호객행위 하는 남자가 뭐라 뭐라 소리쳤다. 어딘가를 간다는 것이었다. 나는 갈 데가 없어서 그냥 버스에 탔다.

그날 왜 그랬는지, 자취방에서 본고사 대비 공부를 더 해야 했는데 나는 외로워서 견디지를 못했다. 크리스마스이브 날인데, 나는 알 수 없는 불안감도 최고조였을 것이다. 그러나 나는 그런 증상들을 인지하지 못하고 그냥 종로3가에서 그렇게 방황하며 이겨내려고 안간힘을 쓰고 있었다.

그 버스는 눈 내리는 캄캄한 밤길을 달렸다. 그곳이 어디인지 나는 몰랐다. 버스에서 내릴 때 나는 알았다. 혼자 좌석 두 개를 차지한 채 그 버스에 타고 있는 사람은 나뿐이었다는 사실을.

버스에서 내리고 나서 알았다. 송추유원지였다. 나는 두어 시간 정도를 혼자 눈 내리는 캄캄한 송추유원지를 서성거렸다. 남들 눈에 보이지 않도록 피해 다녔는지 어쨌는지 암튼 여기저 기를 걸었다. 남들처럼 뛰어다니지는 않았다.

정말 아무 생각이 나지 않았다. 내일 해야 할 일도 생각나지 않았다.

다시 돌아오는 버스에 타려니까 내 자리가 없었다. 앞에 간 차를 타지 못한 커플이 타고 있어서 나는 그 버스에 탈 수가 없 었다.

나는 다시 혼자가 되었다. 송추유원지를 그래서 나는 평생 잊지 못한다. 훗날 장흥미술관이 생긴 후 비라도 오는 날 하는 일이 없을 때면 혼자 다녀오고는 했는데, 그 송추유원지를 먼 발치에서 바라보다 돌아오고는 했었다.

열아홉 살 적 겨울 어느 하루는 그만큼 외로웠지만, 그 하루 만 빼면 치열하게 살아냈다.

그해 내 마지막 선택은 옳았지만 결과는 아픈 것이었다. 학 원 담당 선생님의 만류에도 불구하고 내가 떨어져도 좋다는 마 음으로 지원한 대학에 합격했지만 등록금 낼 돈이 없었다.

대학에 합격했다고 자랑할 사람이 내 주변에 없었다. 그래도 조금은 도와줄 수 있는 형편의 둘째 외삼촌과 외숙모 앞에 무 릎 꿇고 앉아 대학에 합격했다고, 눈물 흘리면서 등록금만 빌려주면 꼭 갚겠다며 부탁했는데 그런 내가 더 한심하다는 듯이 말했다.

"우리한테 그런 돈이 어딨냐. 먹고 죽을 돈도 없어. 대학은 아무나 가냐……."

그날 외숙모의 목소리를 귀에 담고 나와 그 집 야트막한 담벼락을 한 번 더 넘겨 보고 나서야 빠른 걸음으로 그 골목을 나왔다. 그 골목 뒤편 산모퉁이에서 내가 태어났다는 사실을 그후 몇 년이 지나서 알았는데, 그날 기억은 왜 지금도 지워지지 않는지, 참 아픈 날이었다.

형은 잘 다니던 다이마루 공장을 그만두고 부평공단의 삼익악기로 직장을 옮겨 작전동 논두렁 옆에 있는 시골집 단칸방에서 근근하게 살고 있었고, 누나는 얼굴 본 지가 몇 년 되었다. 엄마는 여전히 이 세상에서 혼자 살아가는 방법을 찾지 못하고 있었다.

나는 그래서 다시 성남으로 돌아가 가방 공장 일을 시작해야 했다. 대학 합격은 그냥 사라지는 거품이 되어버린 것이었다. 마치 꿈을 꾼 듯한 그 겨울이었다.

내가 다시 가방 공장에 들어간 곳은 성남시 단대동 골목 2층 공장 신정제포였다. 설날을 앞두고 성남시 가방 공장은 하나 같이 밀린 일감 때문에 난리가 난 상황이었다. 삼성물산이 성남

상대원 공단에 생산 공장을 설립해서 성남시 하청 공장 중 큰 공장에 일감을 풀어낸 것이었다.

리비아 학생 가방 십여만 개를 나눠서 각 하청마다 줬는데, 원단이 두꺼워서 합봉(마도매)하는 일이 쉽지 않은 가방이었다. 내가 몇 달만에 나타나 여기저기 공장 사장들한테 인사를 다니자 다들 똑같은 말을 했다.

"야, 일 좀 해줘라. 죽겠다."

그랬다. 그중에 나는 신정제포를 선택했다. 명성산업을 거부하고 신정제포로 들어간 이유는 딱 하나였다. 사장이 의리가 있고 무슨 상황이든 결정을 간결하고 명확하게 하는 성격 때문이었다. 다른 사장들이 제시한 한 개에 얼마 하는 도급제가 아니라 일당제로 설날까지 일하기로 했다. 당시 일하는 공장장이 받는 월급 정도의 액수를 제시한 것이었다. 20여 일 일을 하고 공장장이 받은 한 달 월급을 받는 것은 매우 안정적이기도 했다. 게다가 인센티브도 있었다. 공장장한테는 비밀이라는 조건으로 설날 전까지 다 끝내주면 약속한 돈에 배를 더 준다는 것이었다.

그만큼 그 일이 중요했고, 설날 휴가 전까지 맡은 가방 15,000개를 끝내느냐에 따라 다음 일감을 더 받을 수 있기 때문이었다. 당시 삼성에서 리비아로 수출하는 그 학생 가방은 수십 만 개였고 그 시작으로 십만 개가 성남시 하청 공장 대여섯

곳에 풀린 것이었다.

당시 그 가방 오더를 명성산업은 받지 못했던 것도 내가 신정제포를 선택한 이유이기도 했고, 명성산업 사장과 신정제포 사장은 단짝 친구였다.

나는 신정제포에서 본격적으로 일하게 되었는데 그곳에는 사장 동생인 신점철이란 괴물이 재단사로 일했다. 헌병을 제대하고 형 공장에서 재단을 배웠는데 실력이 형편없었다. 경력이 짧아서 그런 것인데도 굳이 그 괴물한테 재단을 맡긴 이유는 전에 일하던 재단사가 그만두었기 때문이다.

훗날(1988년) 새벽에 잠자고 있는 나를 흔들어 깨워 봉고차에 태우더니 풍국산업 자재 창고로 납치해서 당장 그만두라고, 죽여버리겠다고 협박한 그 괴물과의 인연이 그렇게 시작된 것이다.

암튼 리비아로 수출하는 그 가방을 만드는 과정에서 나는 성남시 하청 공장 사장은 물론 삼성물산 생산관리하는 외주 담당 직원들에게까지 최고의 가방 기술자이자 최고의 공장장이라고 인정받았다.

신정제포에서 처음 일을 시작한 날이었다. 중학교 문턱에도 들어가 보지 못한 사장이 삼성물산 직원에게 우리 공장에도 진짜 천재 같은 대학생이 들어왔다며, 나에 대한 소개를 자랑삼아서 했던 모양이다. 사장도 대학교 출신 직원에게 느끼는 열등감을 그렇게 해소하려는 심리였을 것이다.

매일 고급 양복을 입고, 넥타이 매고, 손가방 하나를 들고 다니는 삼성물산 직원이 내 미싱 앞으로 다가오더니 물었다.

"우리 학교 시험 봤다면서요?"

"누가 그래요?"

"사장이 그러던데요."

내가 굳이 더 말할 이유는 없었다.

"그런 걸 왜 물어요?"

거의 반년이 넘어 다시 돌아간 성남시에는 내가 대학 입학 학력고사를 봤다는 사실이 소문으로 너무 많이 퍼져 있었다. 성남에서 큰 업체에 해당하는 공장 사장들이 갑자기 사라진 나를 찾아다니다 소문이 만들어진 것이었다. 나는 누구에게도 말하지 않았지만, 사장 중에 한 사람이 당연하다는 듯이 공부에 집중하러 산속에 들어갔거나 절에 들어갔을 거라는 상상을 해서 시작된 소문이었다. 내가 돌아와 사장들을 만나 인사할 때마다 시험 잘 봤냐, 합격했냐, 질문을 했지만 나는 대답을 하지 않았다.

다만 신정제포에서 설 전까지 일하기로 하면서 사장한테는 사실을 말했다. 대학에 합격했지만 입학을 포기했다고. 돈 모아서 내년에 다시 시험 볼 거라는 내 계획을 확실하게 말했다. 그래야 성남시 가방 공장 사장들에게 소문이 나고, 내가 일 년 동안 열심히 일해서 돈을 넉넉하게 모아둘 수 있을 것 같았기 때문이었다.

그런데 내가 삼성물산 하청 공장에서 일을 시작하다 보니 자연스럽게 그들의 관심 대상이 되기 시작했다.

삼성물산 외주업체 생산 관리 직원들도 거의 다 알게 되었다. 발 없는 말의 전달 속도는 상상 이상이었다. 그들은 모두 대한민국 사람이면 다 알아주는 서울에서도 다섯 손가락 안에 들어가는 대학교를 졸업한 엘리트였다. 삼성물산에 취업하는 게 지금도 그렇지만 그때도 쉽지만은 않았다. 게다가 삼성물산에서 가방 공장 하청 외주업체 생산 담당은 성적이 우수한 신입 사원들이 거치는 일종의 연수 코스였다.

"검정고시 출신이 독학으로 우리 학교 시험 봤으면 대단한 것인데, 포기하지 마세요."

"이미 포기했습니다."

"아쉽네요. 다 사연이 있겠지만 나중에 얘기해 봐요."

그후로도 그 직원은 공장에 올 때마다 일하는 내 미싱에 다가와서 작업하고 상관없이 굳이 하지 않아도 될 것들을 꼭 물어봤다. 내가 귀찮다고, 학교나 공부 이야기는 제발 하지 말아 달라고 할 정도였다. 나하고 아무 상관이 없는 사람이 내 삶에 끼어드는 기분이어서 좋지 않았다.

그런데, 일은 생각하고 있지 않은 곳에서 터졌다. 갑작스럽게 공장장 어머니가 돌아가신 것이다. 공장장의 집은 전라남도 완도였다. 게다가 장남이었다. 장남이 아니어도 당장 달려가야 할 일이었다. 그런데 공장의 입장은 또 달랐다. 대목인 설 전이었다. 그것도 설 전에 끝내지 못하면 삼성물산에서 일감을 받는 것에 크게 지장을 받을 것이다.

　공장장이 어머니 장례 치르러 시골로 내려간 밤이었다.

　10시까지 야근 일 다 끝내고 늘 하던 대로 공장 재단 판 위에 가방 원단 몇 겹을 깐 다음 그 위에 이불을 펴고 〈이종환의 디스크 쇼〉를 들을 때였다. 사장하고 재단사가 적당히 취해서 공장에 들이닥쳤다. 사실 신정제포 기숙사는 사장 집 이층 방 세 개를 다 쓰고 있어서 부족하지 않았지만 나는 혼자 있기를 원해서 공장 사무실에서 자겠다고 했다. 추울 거라고 걱정하는 사장한테 내가 알아서 하겠다고 고집을 부렸다. 나는 지금도 그렇지만 늘 혼자 자고 일어나는 것이 편하고 좋다.

　"네가 공장장 좀 해라."

　사장이 대뜸 말머리를 꺼냈고, 나는 별로 주저하지 않고 내가 원하는 조건을 말했다. 내가 받기로 한 돈의 두 배를 달라는 조건이었다. 설 전에 그 가방을 끝낼 자신이 있었기 때문이다. 사장은 내 조건을 무조건 수락했다. 아니, 내가 제시한 것보다 두 배 더 주겠다고 말했다. 나는 사장의 약속을 믿었다.

나는 그렇게 해서 느닷없이 신정제포에서 공장장 대행을 하게 되었다. 사장하고 동생인 재단사하고 나름 고민해서 결정한 듯했다. 그 공장에는 경력이 오래된 오야 미싱사가 한 명 있었다. 나하고도 잘 아는 형이었다. 나이도 서른을 넘었고 공장장보다 두어 살 더 먹은 사람이었다. 진짜 착한 여자, 그래서 내가 '형수님' 하고 부르는 여자와 동거하고 있었다. 아들 하나를 둔 아빠였다. 그 형과 나를 두고 사장하고 재단사 동생하고 의견을 나누었다가, 나로 최종 결정을 한 모양이었다. 그 형은 경력이 오래되었지만 내가 하는 일의 반 정도도 못 하는 천성은 느리지만 꼼꼼한 사람이었다.

임시로 공장장을 맡게 된 첫날이었다.

"이거 설 때까지 무조건 끝내야 한다. 못 끝내면 나 징계 먹어. 그러니까 조금 빼자."

삼성물산 외주 생산 담당 직원은 걱정을 많이 했다. 그렇지 않아도 다른 공장 생산량보다 늦어지고 있어 걱정하고 있던 참이었는데, 설상가상으로 공장장까지 빠지게 된 것이었다. 그는 하청 공장을 다니면서 일일 생산 과정을 기록하고 보고해야 하는 본사 직원이었다. 나는 하청 공장 관리자가 되었으니 그와 좋은 사이가 되어야 했다.

일만 오천 개를 받아 작업하기 시작한 것은 내가 신정제포에서 일을 시작하기 약 한 달 전이었다. 그런데 겨우 오천 개 정도를 끝낸 것이었다. 두꺼운 원단으로 처음 만드는 가방이니 모든 공정에서 더디게 진행되는 것은 당연했다. 손에 익숙해졌다고 해도 남은 1만 개를 20여 일만에 끝낸다는 것은 누가 생각해도 터무니없는 짓이었다. 사장도 그걸 인정한 터였다. 그래서 사장도, 외주 담당인 그도 이미 똑같은 걱정을 하고 있었다. 그런데 나는 무슨 배짱인지 모르겠지만, 사장한테 할 수 있으니 내게 무조건 다 맡기라고 말한 상태였다.

"설 전에 다 끝내줄 테니까 한 가지만 해결해줘요."

공장장의 집은 완도의 작은 섬이었다. 며칠 있다가 돌아오는 상황도 아니었다. 공장장이 돌아오려면 당연히 오래 걸릴 수밖에 없는 상황이었다.

"말도 안 된다. 지금까지 한 게 있는데, 어떻게 끝내. 그러지 말고, 오천 개는 다른 공장으로 빼자."

외주 담당 직원은 무너뜨려야 할 태산을 보며 걱정하는 표정으로 말했다. 설 전 선적 날짜를 맞추지 못하면 큰일 난다고 도리어 자기 사정을 구구절절하게 말했다.

"할 수 있어요. 그러니까 내일부터 검사하는 두 분만 보내주세요. 하루에 오백 개씩 입고해 준다는데 왜 사람 말을 못 믿어요. 나도 계획이 있어서 하는 말이니까 믿어봐요."

그렇게 나는 본사 직원을 설득했다. 그리고 임시 공장장 첫날부터 작업 공정을 완전히 바꾸어버렸다. 매일 완성품 가방 500개씩 만들 수 있는 공정을 짜낸 것이었다. 그것을 나는 며칠 동안 공장장이 시키는 작업만 하면서 생각했고, 공장장한테 제안도 했었다. 하지만 공장장은 자기주장이랄까 고집이 너무 강한 사람이었다. 그 공장에서 공장장으로 일한 경력도 오래된 데다가 일도 꼼꼼하게 잘한다는 평가를 받는 사람이었다. 그런 사람이 내 말을 들을 리 만무했다. 그래서 나는 하라는 일만 했던 것이다.

당시 신정제포는 미싱이 열네 대였다. 미싱사는 여성 한 명이었고, 다 남자였다. 보조 일을 하는 분들은 지금 기억에 열다섯 명 이상이었다. 나는 그들이 출근해서 하루 동안 해야 하는 일을 꼼꼼하게 시간을 정해 만들었다.

하청 업체에서 완성한 가방을 본사에 입고하면 제품 검사를 해 불량품을 다시 수선 작업하라고 되돌려 보내는데, 나는 그 과정을 그때그때 처리하겠다고 설명했다. 매일 완성품 500개를 만들어내겠다는, 본사 검사원이 매일 공장으로 출근해서 그 완성품 검사를 해주면 된다는 작업 계획을 설명했다. 그때까지 본사에 입고시킨 가방 중에 10% 정도가 불량품으로 다시 돌아와 수선 작업을 해야 했다. 그 과정이 일일 생산하는 과정에서 가장 큰 걸림돌이었다. 나는 본사 제품 검사과 직원이 당일 검사를 해주면 불량률을 최소화해서 그 과정을 없애고 싶었다.

"검사 직원을 출근시키는 것은 문제가 안 돼. 그런데 그게 말이 되냐고. 출근시킨 검사 직원 놀려도 안 되지만, 작업 들어간 지 한 달 넘도록 겨우 오천 개 했는데, 이십일 남은 설 때까지 만 개를 한다는 걸 내가 어떻게 믿어. 그렇게 하는 공장 지금까지 없었어. 그냥 오천 개 빼자."

내가 그렇게 설명하는데도 본사 직원은 다음 날 출근해서 또 걱정했다. 내 말을 곧이곧대로 믿을 수 없다고 주장했다. 그도 그럴 것이 설 전에 리비아로 보내야 하는 그 가방은 총 10만 개였고, 성남시에서 제법 큰 가방 공장은 거의 다 그 가방을 만들고 있었다. 그것도 한두 달 전부터 시작해서 만들고 있었지만 미싱 열 서너 대 있는 공장에서 하루 평균 300개 이상 만든 공장은 없었던 것이다. 게다가 신정제포는 한 달 동안 작업해서 5천 개 정도 만들었고, 그것도 본사에서 다시 보내온 수선할 불량품 가방이 수백 개나 쌓여 있었다.

"할 수 있다니까, 왜 자꾸 그래요. 나를 믿어봐요. 검사과 직원이 와서 검사하면 내일부터 당장 완성품 500개씩 입고시켜 줄 테니까. 단 완성품 검사를 여기서 그날 그날 받아 포장해서 박스에 담아가는 조건입니다. 그래야 불량품 수선을 내가 바로바로 할 수 있고, 그날그날 불량품이 나오는 것을 확인하면 불량률도 확 줄어들 것입니다. 그래야 차질이 안 생기고요."

사장도 안 된다고 포기한 그 일을 나는 아주 강력하게 설득했다. 결국에는 본사 직원이 내 말을 믿어보겠다고 말했다. 단 며칠이지만, 하루에 500개를 만들어내지 못하면 가방 오천 개를 다른 공장으로 나누어 빼겠다는 약속을 했다.

"좋아. 한번 믿어볼게."

다음날부터 본사 검사원 두 명이 공장으로 아침에 출근했고, 완성품이 나오는 즉시 제품 검사를 했다. 내가 매시간 체크하며 마도매를 하면 남자 두 명이 내 미싱 아래에 앉아 가방을 뒤집어서 실밥을 제거한 다음 본사 검사과 직원에서 넘겼다. 내가 1분에 하나씩 완성된 가방을 떨어뜨렸는데, 가방을 뒤집어 실밥을 제거하는 남자 둘이서 따라오느라고 진땀을 흘릴 정도였다.

그렇게 해서 1분에 하나씩 완성품이 비닐에 포장되고, 선적 박스에 담겨졌다. 그래서 일하는 사람 모두가 시간마다 완성품 숫자를 확인할 수 있었다. 그렇게 500개는 쉬운 일이 되어버렸다. 저녁때마다 삼성물산 차가 와서 완성품 가방을 박스에 담아 실어갔다.

사실 공장장이 갑작스럽게 자리를 비우게 되자 사장은 나를 바로 불러 물어봤었다. 설 전까지 할 수 있겠느냐고. 사장은 이미 불가능하다고 판단하고 있었다. 그래서 나는 할 수 있다고 자신 있게 장담했다. 대신 조건은 있었다. 어차피 나는 그 공장에 일을 시작하면서도 하루 객공 일당을 받고 설까지만 일하기로 구두 계약하고 일을 시작한 것이었다.

나는 공장장과 둘이 합봉(마도매)을 했는데, 많이 할 때는 300 개만 해도 충분했다. 공장장이 100개 정도 했다. 나는 더 할 수 있었지만 내가 할 수 있는 일감을 미처 대주지 못했던 것이다. 사실 내가 혼자 해도 됐는데 공장장이 굳이 합봉을 같이 하면서 미싱에 앉아 있는 시간보다 다른 볼일을 더 많이 보게 된 것이다.

그래서 나는 사장에게 설 전까지 삼성에서 받은 만오천 개의 가방을 다 끝내면 인센티브를 더 달라고 했었다. 오천 개는 이미 작업을 마친 상태였으니 나는 일만 개만 만들면 되는 것이었다. 그러니 나는 무조건 끝내야 했다. 내 조건은 애초에 받기로 한 일당의 두 배였다. 들어줄 거란 생각을 하지 않고 그냥 한 말이었다.

사장은 본래부터 손도 크고 배포가 있는 사람이었다. 열다섯이었던 내가 성남시 구종점에 있는 풍국산업으로 자전거를 타고 이런저런 심부름을 다니면서 가끔 선적 날짜에 쫓기어 밤새 검사과 모퉁이에서 불량품 수선을 혼자 다 할 때도 있었다. 사실 불량품 수선 작업이 쉬운 게 아니었다. 대부분 경력이 있는 오야 미싱사들이 하는 일이기도 했다. 응용력이나 임기응변이 절대적으로 필요한 일이었다. 그런데 나는 그 일을 쉽게 처리했다. 그러던 어느 날 신정제포 사장과 밤새도록 수선 작업을 하게 되었다. 선적 날짜가 같았던 것이다. 신정제포 사장은 불량품 수선을 해내는 나를 처음 보고부터 신기한 애라고, 다른 말로는 평범하지 않은 천재 같은 애라고 자주 말했는데, 그런 내가 검정고시 공부를 하는 것을 알고부터는 내가 하는 말은 무조건 다 믿는 사람이었다.

사장은 가방만 다 끝내면 내가 달라는 만큼 무조건 다 주겠다는 터무니없는 말로 나와 약속을 했다. 정말 해낼 수 있을까 싶었던 것이다. 그래서 나는 그날 밤 내가 해야 할 일을 노트에 쓰고 지우고 밤새 고민하고 생각해서 얻은 결론은 하나였다.

선적 날짜로부터 역순으로 계산해서 작업할 날짜를 만들어야 하는 가방의 수에 나누었고, 그래서 하루 500개씩 만들면 된다는 답을 얻었다. 그리고 매일 500개의 완성품을 만들기 위해서 서른 명이 되는 사람들이 매일 시간에 따라 해야 할 일을 노트에 적기 시작했다. 손이 빠른 사람은 두세 가지 일을 맡겼고, 공정이 까다롭고 빨리할 수 없는 일, 중요한 공정은 한 가지에만 집중하도록 짰다. 가방 하나를 완성하기 위해서는 많게는 수십 번의 공정을 거쳐야 한다. 순서대로 이어져야 하고, 공정에 불량이 없어야 차질이 생기지 않는 것이다. 그래서 강조했다.

"내가 하는 공정이 다음 사람에게 어떤 영향을 주는지 생각하며 일해주기를 바랍니다. 내가 잘못한 작업을 그냥 내려놓으면 그것은 모두를 힘들게 한다는 사실을 생각하고, 내가 하는 일에 대한 책임을 지겠다는 마음으로 해주세요. 그러면 우리가, 우리 모두 편해진다는 사실입니다. 여러분이 나를 놀리지 않으면 다 됩니다. 부탁드립니다."

가방 공정에서 가장 중요한 마지막 마무리인 마도매는 내가 혼자 다 해결할 수 있어서, 모든 사람이 내가 혼자 하는 합봉하는 일감을 대주면 되는 것이었다. 나는 그 과정을 마치 조회하듯 모두 공장 바닥에 앉혀두고 설명했다. 무조건 나를 놀리지만 말아 달라고 부탁하듯 강조했다. 그러자 같이 일하는 사람들은 모두가 하나같이 나를 쉽게 하지 않겠다는 생각으로 일에 집중했고, 내가 미싱에서 내려오지 않도록 알아서 서로 도와주면서 재미나게 일을 하기 시작했다.

그렇게 해서 내가 공장장 대행을 한 20일 동안 공장 사람들은 매일 밤 열 시까지 하던 야근 작업을 주 삼 일만 하면 되었고, 야근하지 않는 날은 도리어 퇴근 시간 8시 전에 일을 끝내고 퇴근한 날도 있을 정도였다. 삼십여 명이 각자 맡은 일에 손에 익자 작업량이 늘어났고, 불량률도 현저하게 줄어들었다. 그래서 일주일이 지나면서 야근하는 날을 정했다. 화요일 목요일 금요일에는 하루 생산량이 700개로 늘려 잡았다. 야근하지 않는 월요일 수요일 토요일 일요일은 500개를 했는데, 보통 1시간 정도 일찍 끝났던 것이다.

당시 내가 합봉을 하는 것을 보고 본사 직원이 한 말이 생각난다. 일이 모두에게 익숙해지면서 내가 마도매 하는 데 더 좋은 상태가 되었고, 나도 1분에 하나씩 하던 마도매를 40초에 하나씩 미싱에서 떨어뜨렸다. 온종일 일정하게 가방이 완성되어 떨어지는 것을 바라보면 정말 신기하다고, '낙엽이 하나씩 떨어지는 것 같다'고 사장도 삼성 직원도, 심지어 검사하는 삼성 직원들도 말했다.

정말이지 그 일은 내게 아무것도 아닌 일이었다. 하지만 많은 사람은 그런 나를 남다른 능력자라고 평가했다. 특히 삼성물산 외주 담당 직원은 나더러 미친 사람이라고도 했다. 하청 공장 생산 관리를 하니 여러 공장을 다니게 되고, 매일 생산하는 제품 검사를 하며, 공정 검사를 작성해서 매일 회사에 보고하게 되는데 그런 일을 하니 당연히 다른 공장의 생산 과정과 내가 일하는 과정을 비교하게 되었던 것이다.

"진짜 대단하다. 이렇게 쉽게 하는 일을 다른 공장에서 왜 못하는 거냐?"

삼성 직원이 말했다. 설 전 마감날보다 삼 일이나 먼저 가방을 다 끝내서 삼성물산에 마지막 입고를 하는 날이었다.

"그걸 내가 어떻게 알아요."

"이천 개만 더 해주면 안 될까?"

내가 가끔 도급 일을 하던 다른 공장에서 도저히 할 수 없다고 손을 들었다는 것이다. 나는 애초에 사장하고 한 약속이 있어서 하기 싫었지만 사장이 사정 얘기를 했다. 이번에 더 해주면 다음 오더를 더 잘 받을 수 있고, 삼성물산 고정으로 하청 업체가 될 수 있다는 말이었다. 신정제포가 이번 가방으로 완전히 신뢰를 받았던 것이다.

나는 다시 조건을 말했다. 나는 갑질하는 기술자였기 때문에 그냥 순순히 받아줄 리가 없었다.

내가 사장한테 제시한 조건으로 모든 직원에게 설 보너스 50%를 준다는 것이었다. 하지 않아도 되는 가방 이천 개를 작업하는 것이니 본사에서 받는 그 임가공비를 다 내놓으라는 조건이었다. 사장이 그러겠다고 했다. 그래서 직원들의 동의를 받아 가방 이천 개를 더 만들게 되었다.

"너, 우리 회사로 올래?"

이천 개 마저 끝내니까 본사 직원이 말했다. 내가 그 공장에서 마지막 근무를 하는 날이라고 말했기 때문이었다.

"나는 그런 일은 못 해요."

"그게 아니고, 우리 회사 생산 공장을 여기 공단에 만들거든. 내가 추천할게."

성남 상대원 공장 생산부에서 사람을 구한다는 것을 그는 자세하게 설명했다.

"나는 규칙이 엄한 회사에서는 일 못 합니다."

그는 내가 하는 말을 바로 이해한다는 듯이 수긍했다. 나는 작은 공장에서 객공 일을 하는 것에 익숙해져 있었다. 내가 가진 기술을 필요로 하는 공장에서 일하고, 내 능력을 바로 인정해주는 작은 공장이 좋았다.

내가 남과 다르게 특별한 능력이 있었면 그것은 늘 생각하는 습관 때문이었다. 하는 일마다 쉽고, 정확하게 할 방법을 찾으려고 일하면서 끊임없이 생각했던 것이다. 그것에 대한 답은 항상 미싱을 어떻게 사용하느냐에 따라 달라진다는 것이었다. 미싱은 단순한 원리이기는 하지만 위에서 노루발을 눌러주는 힘과 노루발 밑에서 원단을 끌고 나가는 힘이 바늘이 들어가는 그 순간에 어떻게 작용을 하느냐에 따라 달라지는 것이었다. 나는 그것을 열네 살 적에 미싱을 시작하면서부터 고민했었고 그 원리를 찾아내려고 미싱을 수없이 뜯어보았다. 그런 나를 미친놈이라고 말하던 형들이 일 년 뒤, 이 년 뒤에는 내 남다른 노력을 모두 인정했다. 그래서 나는 미싱을 다루는 기술이 남다른 능력자가 되었던 것이다.

그랬다. 사장은 나하고 약속한 것보다 더 많은 돈을 주었다. 그렇게 많은 돈을 나는 처음 가져보았다. 대학 등록금을 내도 조금 남는 돈이었다. 그런데 외로웠다. 설을 텅 빈 공장 기숙사에서 혼자 보냈다. 다들 고향에 갔는데 나는 갈 곳이 생각나지 않았다. 엄마한테 가려니 왜 그런지 망설여졌고 가면 안 될 것 같았다. 엄마를 보면 화가 날 것 같았다. 대학 등록 기일이 며칠 전 지나갔다는 것 때문에 엄마를 웃는 얼굴은 아니더라도 하다 못해 덤덤하게라도 볼 자신이 없었다. 그래서 혼자 공장 앞 통 닭집에서 통닭 한 마리와 마시지 않는 소주도 샀다. 공장 바닥 에서 혼자 술을 마셨고, 빌리 조엘의 노래 〈피아노맨〉을 들으면 서 눈물 몇 방울 흘리기도 했다. 빌리 조엘이 내 마음을 알겠다 는 듯이 불러준다는 기분 때문에 눈물이 떨어졌다.

그날은 1980년 2월 16일, 설날이었다. 내가 스무 살이 된다 고, 이미 스물 몇 살 청년으로 살고 있으면서 나는 혼자 내 나이 이제 고작 스무 살인데, 하며 울고 있었다. 시끄러운 세상에서 나는 혼자 텅 빈 공장 바닥에 앉아 울고 있었던 것이다. 외로워 서 울음을 쉽게 멈출 수가 없었다.

그런데 늦은 밤에 공장 문을 두드리는 소리가 들렸다. 나가 보니 기영이었다. 대학 입학 학력고사를 보고 만난 후 처음이 었다. 그때 기영이 엄마가 그동안 고생 많이 했다면서 여행이 라도 다녀오라며 돈을 두툼하게 챙겨줘서 같이 여행이랍시고 간 곳이 지리산 뱀사골이었다. 우리는 뱀사골 입구 민박집에서 사흘 동안 막걸리를 마시고 취해서 잠들었다가 깨어나면 다시 또 마시고 잠들었다가 깨어나면 또 마시고 잠들었다 깨어난 후 돌아왔다. 돌아와서 갈 곳이 없어 나는 가방 공장 일을 다시 시 작한 것이었다.

"너 등록했냐?"

기영이는 내 얼굴을 보자 먼저 물었다.

"못했어."

"왜?"

"일했잖아."

"사장한테 말하면 등록금 해줄 거라고 했잖아."

그랬었다. 나는 등록 마감 이틀 전에 기영이에게 그렇게 말했었다. 기영이가 등록금 내면서 엄마가 내 등록금 걱정한다고 전화를 했길래 걱정하지 않아도 된다고, 일하는 공장 사장한테 돈 받아서 등록할 거라고 말했었다. 하지만 나는 등록 마감 전날 밤잠 설치며 고민했다 등록을 포기하기로 마음먹었다. 등록금만 낸다고 해결될 일이 아니었기 때문이다. 일 년 동안 열심히 일해서 돈을 모아놓고 들어가는 것이 정답 같았다. 그리고 합격 점수가 조금 낮은 수준의 대학을 선택해서 장학금을 받아야겠다는 구체적인 결정을 했다.

"기영아, 내가 누구냐. 다 계획이 있어. 걱정마라."

"너 정말 안 했어?"

착하기만 한 순둥이 기영이는 불편한 마음을 내보였다. 그 대학에 합격하겠다고 정말 죽을 고생을 다 했는데, 그 고생을 옆에서 지켜본 기영이였으니 그런 마음이 드는 것은 당연했을 것이다.

"기영아, 내년에 내가 너 후배가 되어줄게. 그것도 멋진 장학생으로. 그러니까 너 길 잘 만들어놔라."

"야, 말하지. 엄마가 해줄 수도 있다고 했는데."

"아니야. 여기 사장님도 말했으면 해줬을 거야. 근데 등록금만 낸다고 해결될 문제가 아니잖아. 책값도 벌어야 하고, 먹고 살아야 학교도 다닐 거 아니냐."

"그건 합격하면 우리 엄마가 해준다고 했잖아."

기영이가 거의 울먹이는 목소리로 말했다.

"그러지 말고 술이나 마시자."

"지금 이 상황에 술이 들어가냐? 안 마신다."

그때 사무실에서 전화벨이 울렸다. 받아보니 기철이었다.

"너 뭐해? 엄마한테 안 갔어?"

기철이는 내가 대학 시험에서 떨어진 것으로 알고 있었다. 기철이에게 합격했다는 사실을 굳이 말하고 싶지 않았다. 등록금 때문에 연희동 외숙모한테 다녀온 날이어서 그랬다.

"심란해서. 술이나 마시자."

"그럴래?"

설날 밤이지만 기철이도 심란하기는 마찬가지인 듯했다.

"나와라, 거기로."

기철이에게 '거기로' 통하는 곳은 종합시장 안에 있는 만둣국 집이었다. 순대랑 돼지 머릿고기 안주도 있어서 자주 다니는 단골집이었다. 권투 도장을 다닐 때부터 배고프면 가서 먹는 집이었다. 돈이 없어도 부담 없이 가서 먹는 곳이었다. 먹기 전에, 돈 없어요, 하면 아무 때나 줘, 하는 주인아주머니의 인심 도 마음도 항상 넉넉했다. 돈은 있다가도 없고, 없다가도 있는 거여. 아주머니는 사소한 말에도 호탕하게 잘 웃었다.

우리 셋은 만둣국 집 나무 의자에 나란히 앉았다. 설날이나 추석 명절에도 쉬지 않고 장사를 하는 것은 배고픈 나 같은 사 람이 많아서라고 언젠가 주인아주머니가 말했는데, 갈 때마다 늘 기억나는 말이었다. 그날도 스물 몇 군데가 되는 식당 조리 기구들은 다 덮여 있고, 두세 집 정도만 나와 영업하고 있었다.

아주머니는 내 처지를 잘 알고 있어서 그런지 굳이 심란한 얘기는 묻지 않고 순대하고 머릿고기 안주를 듬뿍듬뿍 담아 주 었다.

"어디 갔다 왔어?"

명절 휴가 때면 하루 한 끼는 꼭 먹던 나였다. 권투 도장에서 생활할 때부터 그랬으니 몇 해 된 것이다.

"왜요?"

"오던 사람이 안 오면 궁금헌 거여."

"그려요. 그냥 공장에 있었어요.

"그려, 많이 먹어."

우리 셋은 굳이 할 말이 따로 없어서 술만 서로 따라주고 받 으면서 마시기 시작했다.

"애들아, 너희들 지금 이 상황이 뭐냐?"

아주머니가 내심 작정한 듯 말했다. 평소 우리의 모습과 다른 무언가를 감지한 것이었다.

"왜요?"

기철이가 말했다.

"말 한마디 없이 술만 처마시니까 그러지. 죽으러 가냐?"

우리는 웃었다.

"그게 아니고요. 이제 기영이는 대학생이 되고요. 종원이는 대학에 합격했는데 돈이 없어서 입학하지 못해요. 나는 개뿔이나 가진 것도 배운 것도 없으니 공돌이를 벗어나지 못한다고요. 내가 먹여 살려야 할 식구는 장장 여섯이나 된다고요. 무진장 슬픈 얘기잖아요."

요즘 김기덕의 〈두 시의 데이트〉에 푹 빠져 지내는 기철이는 여윳돈만 생기면 종로나 청계천에 나가 LP판을 사 온다. 〈두 시의 데이트〉 김기덕 씨가 추천하는 앨범을 거의 다 살 모양이었다. 월급도 이제 적지 않게 받으니 여윳돈이 좀 있는 형편일 텐데 아직 전축은 사들이지 못하고 휴대용 스테레오로 밤새 노래를 듣는다.

소주가 두세 병 비워졌을 때 아니나 다를까, 기철이가 말문을 열었다.

"야들아, 가자."

앞에서도 말했지만 기철이는 나보다 두 살 위였다. 언제부턴가 내가 기철와 동갑내기 친구같이 지내는 사이 기영이는 기철이만 만나면 늘 어색해했다. 이상하게 기영이는 스물 몇 살 행세를 하는 내 친구로는 아무렇지 않았는데, 기철이가 친구야, 하고 부르는 순간은 기영이 얼굴이 경직되기 때문이었다. 사실 산전수전 다 겪으며 사는 22살의 기철이와 엄마가 싸주는 보자기에 둘둘 말려 사는 기영이가 같은 나이로는 보이지 않았다.

"어디?"

나는 기철이가 가자는 곳을 알 수 있었지만, 기영이는 궁금한 것보다 먼저 가지 말아야 할 곳을 가는 것으로 순간 생각했을 것이다.

"가보면 알아. 가자."

불안해하는 기영이 어깨를 내가 잡아 일으켰다.

기철이가 그때 시간만 있으면 가는 곳은 '란다방'이었다. 항상 북적대는 음악다방이었다. 그곳 디제이와 나름 눈인사를 하는 사이가 되어 있었다. 기철이가 신청하는 노래가 당시에는 잘 알려지지 않은 곡이 많았다. 그만큼 팝송을 좋아하는 기철이를 디제이가 알아준 것이었다. 실제 기철이의 취미 비슷한 것이 그즈음 생겼는데 청계천에서 LP판을 사 모으는 것이기도 했다. 가끔은 스피커 좋은 다방에서 듣고 싶다며 LP판을 직접 디제이에게 전달했던 적도 있었다. 노래하는 가수나 밴드 이름도 생소한 헤비메탈 장르의 노래였다. 그리고 더 중요한 것은 여자들만 있는 테이블에 찾아가서 말발 좋은 장점을 활용해 하룻저녁 정도는 그 여자들과 같이 놀 수 있는 능력자였다. 기철이가 여자들과 다방 문을 나서면 디제이는 다방 안에 울려 퍼지게 말했다.

"능력자께서는 오늘도 즐거우시기를."

기철이는 란다방에 들어서자마자 신청곡 두 곡을 메모지에 써서 디제이 박스에 넣었고, 돌아오면서 괜히 다방 안을 한 바퀴 돌아보고 자리에 왔다.

"오늘 밤은 이 형이 책임질게. 종원이 기분도 풀 겸 한바탕 놀아보자."

기철이는 한 시간 정도 두세 테이블을 찾아가 좋은 말발로 여자들을 현혹했다. 그중에 한 테이블과 성공했다. 둘이 온 여자였다.

"됐다. 가자."

기철이가 돌아와 당당하게 말했다.

"어디로?"

내가 물었다.

"아무 데나 가자."

기철이가 내 어깨를 툭툭 쳤다. 우리 테이블을 보고 있는 여자 둘은 이미 다방 입구에서 나갈 준비를 하고 있었다. 두툼한 겨울옷을 입은 여자 둘하고 내 시선이 마주쳤다. 나름 열심히 작업한 기철이를 생각해서 나도 자리에서 일어났다. 기영이도 엉겁결에 따라 일어났다.

우리는 거리에 나왔고, 잠시 어색한 시선으로 여자들과 인사를 했다. 바로 옆 건물은 동경나이트클럽이었다. 새벽 4시까지 하는 곳이었다. 어디로 갈 거냐고 여자들이 먼저 물었다. 기철이는 나를 보고 있었다. 그때 생각났다. 문철이를 본 지가 꽤나 지났다는 것을.

"저기 가자. 아무래도 친구 있는 곳이 좋잖아."

내 말에 기철이도 기영이도 남한산성고고장을 생각한 듯했다.

"오케이."

기철이가 말했고, 기철이는 여자 두 사람에게 다가가 설명했다. 무슨 말로 여자들을 설득했는지는 모르겠지만 동경나이트클럽과 남한산성고고장은 분위기는 물론 음악 사운드 수준이 달랐다. 동경나이트클럽은 열두 시 전후로 유명 가수 두세 명이 직접 무대에서 노래하는 클럽이었다. 그에 비하면 남한산성고고장은 말 그대로 애들이 노는 곳이었다. 가수가 출연해서 노래 부를 무대도 없었다. 말 그대로 노래 틀어놓고 춤만 추고 노는 곳이었다.

기철이는 역시 탁월한 능력이 있었다. 여자 둘을 앞장세워 종합시장 지하에 있는 남한산성고고장으로 향했다.

"지금 동경나이트 가봤자, 술값만 비싸고 연예인 공연도 안 되니까 일차로 놀다가 이차로 동경에 가자고 했다. 일차비는 네가 내라. 돈 있지?"

기철이가 귓속말로 말했다.

"오케이."

어차피 남한산성은 12시까지만 운영하는 곳이었다. 웨이터로 승진한 문철이도 있고, 기철이와 몇 번 다닌 곳이어서 나는 익숙했다. 하지만 기영이는 처음이었다. 기영이가 문철이를 만나는 것도 오랜만이었다. 우리는 입구에서부터 '문둥이'란 웨이터 명찰을 붙이고 일하는 문철이를 찾았다.

"친구들, 어서 오너라."

문철이가 반겼다. 그러고는 뒤에 뻘쭘하게 서 있는 기영이를 보고 뜻밖이라는 듯 다가가서 안아줬다. 대학에 합격한 기영이 소식을 들어 알고 있다면서 자기가 오늘 술값 쏘겠다고 큰소리쳤다.

여자 둘은 우리보다 두세 살은 위였다. 그래서인지 말수 적은 기영이하고 대화하는 것은 거의 불가능했다. 춤을 추고 노는 것에는 내가 앞장섰다. 나는 가끔 가는 고고장에서는 거의 신들린 사람처럼 몰입해서 노는 편이었다. 기철이도 본래 뻣뻣하고 운동 신경이 둔한 편이어서 춤을 춘다기보다 까딱까딱 움직이는 정도였다. 그런데도 블루스 타임만 되면 그 억센 손으로 여자를 잡아챘다.

그렇게 두 시간여를 재미나게 보냈다. 어설프게 춤을 추는 기영이를 억지로 끌고 나가 내 앞에 두고 나는 신기 들린 듯 춤을 추었고, 그런 내 주변으로 여자 둘이 다가왔다. 그런데 그 여자 두 사람에게 다가오는 남자가 있었다. 해군 군복을 입은 군인들이었다. 그러거나 말거나 나는 기영이에게 집중하고 있었다. 기철이는 저만치 떨어져서 다른 여자를 물색하는 듯했다.

하지만 영업이 끝나는 것을 알리는 "우리는 이제는 헤어져야 할 시간……"이 나올 때가 되자 기철이는 혼자 테이블에 와 앉았다. 여자들은 우리 테이블에 오지 않았다. 이미 군인들하고 나간 뒤였다. 그 모습을 나는 춤을 추며 보았었다. 하지만 나하고는 상관없는 여자들이어서 관심 없었다.

기철이는 그 사실을 그제야 알고 화가 난 듯 말했다.

"너희들 잘해보라고 피해줬더니, 놓치냐? 병신들."

"괜찮아, 우리는 관심 없어. 이쁘지도 않던데 뭐."

"너는 돼지를 인물 보고 잡아먹냐. 그 군인놈들이 채갔지?"

"아까 같이 나가더라."

나는 아무렇지 않다는 듯이, 아니 정말 아무렇지 않아서 덤덤하게 말했다. 그때 문철이가 다가왔다.

"애들아, 나가서 소주 한 잔 하자. 기영이 축하도 해야지."

기철이는 이미 자기 테이블에서 마신 술값을 정산했다며 나가자고 우리를 일으켜 세웠다. 우리는 2층에 있는 동경나이트클럽 아래 골목에 있는 포장마차에서 술을 마시기 시작했다. 건배도 외치고, 내가 대학에 합격했지만 등록금이 없어 포기했다는 말에 문철이가, 아이구야, 이 형한테 말했으면 빌려줬을 텐데. 그냥 하는 말이 아닌 것처럼 진지하게 말했다. 웨이터 생활 3년을 하면서 그 정도 돈은 있다고. 돈 많이 벌었다면서.

포장마차에서 한두 시간 정도 술을 마시고 나왔다. 그런데 2층 계단에서 내려오는 여자 둘이 눈이 확 들어왔다. 그 뒤로 해군 복장의 군인 둘이 바로 따라오고 있었다. 처음에는 그러려니 했는데 결국 기철이도 그 광경을 보았고 내 어깨를 툭 쳤다.

"쟤들 뭐냐?"

"뭐긴? 잘 놀고 나왔겠지."

"그게 아니지. 잘 놀았으면 벌써 나오냐. 한참 좋은 시간인데."

기철이는 무언가 결심한 듯했다. 여자 둘이 앞장서서 빠른 걸음으로 걸었고 군인 둘이 여자들 좌우에서 한 여자씩 잡아 무슨 말인가를 하는데 여자는 군인들의 손을 뿌리치며 앞으로 걸어갔다.

버스는 이미 끊긴 시간이었다. 여자들은 아마도 걸어서 집에 갈 모양이었다. 길가에 서 있는 택시를 그냥 지나치고 걸었다.

"따라가 보자."

기철이가 말했다.

"그냥 가자."

내가 말했다.

"아니야. 내가 보니까 저것들 휴가 나와서 한 번 해보겠다는 것 같은데, 혼내줘야겠다."

문철이가 말했다.

"야! 여자들이 바보냐. 냅둬. 알아서 할 거야."

"그게 아니다. 저것들 강제로라도 할 놈들이다. 일단 따라가 보자."

문철이 말에 기철이가 동의했고 나와 기영이는 몇 걸음 뒤에서 어쩔 수 없이 걸었다. 여자들이 가는 길은 그 시간에 사람들이 다니는 곳이 아니었다. 대영타이어가 있는 공단 쪽으로 가는 길이었다.

아니나 다를까. 태평동을 지나고 대영타이어 바로 앞에서 군인들이 여자들을 거칠게 멈춰 세웠다. 우리는 그들이 걸어가는 길 건너 30미터 정도 뒤에서 그들을 주시하며 걸었다. 우측으로는 남한산성에서 내려오는 물이 마르지 않는 개울이 있었고, 버드나무 가지가 축 늘어진 길이었다. 그 개울에 있는 징검다리를 건너면 중동이었는데 골목마다 여인숙이 있었다. 내가 일하던 신정제포는 구정점에서 1시 방향으로 올라가는 단대동 쪽

이어서 가던 길로 계속 가면 된다. 기영이 집은 이미 지났다. 조금 전에 지나온 출렁다리를 건너 골목길에 들어서면 기영이 엄마가 하는 술집이고 언덕배기를 조금 더 올라가면 기영이 집이었다. 기철이 집은 구종점에서 쭉 올라가는 은행동이어서 가던 길을 쭉 걸어가면 된다. 문철이 집은 성호시장이 있는 곳이니 애초에 반대쪽으로 온 것이었다.

"애들아, 잠깐만."

드디어 해군들이 본색을 드러냈다. 그때까지는 한 걸음 정도 옆으로 서서 걸어가며 무슨 말인가를 주고받았는데 갑자기 군인들이 여자들을 가로막고 섰다. 무슨 협상을 하는 듯했는데 군인들이 여자 한 명씩 붙잡더니 담벼락에 밀어붙쳤다. 여자들이 반항했다. 얼른 봐도 폭력이었다. 더 진행되면 몹쓸 일이 벌어질 것 같았다.

문철이가 먼저 달려갔다. 기철이가 바로 따라 달려갔다. 나는 기영이를 데리고 천천히 길을 건너갔다. 그런 일을 매일은 아니더라도 자주 경험하는 문철이 혼자서도 감당할 수 있을 것이었다. 기철이는 자기가 마음에 둔 여자 때문에 본능적으로 달려갔을 것이다. 하지만 나는 그 둘에게만 맡겨두면 군인들과 별반 다르지 않은 일이 벌어질 것이란 생각을 했다.

나와 기영이가 다가가자 문철이와 기철이에게 지지 않겠다는 듯이 대치하던 군인들이 한걸음 물러섰다. 여자 둘은 몇 걸음 뒤로 물러서서 서로 손을 맞잡고 겁에 질린 모습이었다. 기철이는 힘만 강했지 싸움은 해본 적도 할 줄도 모르는 성격이었다. 그래도 우리보다 두 살이나 더 먹은 나잇값을 하는 정도였다. 그만큼 말을 잘했다.

"너희들 영창 한번 가보고 싶지?"

기철이는 사실 군 면제였다. 군인들이 콧방귀 날리듯 대꾸하는 순간이었다. 성질 급한 문철이가 군인 한 사람의 멱살을 잡아 벽에 밀쳤다. 다른 군인이 문철이에게 다가서려 하는 것을 기철이가 가로막았다.

"문철아, 그만해라. 나라 지키는 군인들인데, 사고 치면 안 되잖아."

내가 큰 소리로 말했다. 다들 동작 그만이라는 명령을 받은 듯 순간 멈추었다.

"야, 군인들. 너희들 가슴에 지금 명찰 있지. 지금 여기서 사고 한번 칠래, 잘못했다고 빌고 얼른 엄마한테 갈래?"

내 말에 군인들이 바로 순해졌다. 죄송하다는 말도 군인답게 잘했다. 문철이는 애초에 여자들에게 관심 없는 인간이었고 기철이는 오직 여자에게만 관심 있는 종자였다. 역시 그런 일에 빠른 기철이는 벌써 여자들에게 다가가서 무슨 말인가를 하고 있었다.

"기철아, 너도 그만해라. 많이 놀랐을 텐데 집에 가라고 해"

"알았어, 마."

그 사이 기철이는 자기가 마음 둔 여자에게 자기 전화번호를 적어주고 있었다. 여자들은 고맙다고 몇 번 정도 꾸벅꾸벅 인사하고 총총걸음으로 멀어져갔다. 그 길로 한참 더 가다 삼영전자와 풍국산업 사이의 골목길로 들어가면 소예산업이란 인형 공장이 있었다. 그 공장에 다니는 여공들이었다.

기철이가 여자들을 그냥 보낸 것이 아쉬운 듯 말했지만 잠깐이었다. 우리 네 사람은 갑자기 생각났다는 듯이 서로의 얼굴을 번갈아 바라봤다.

"근데, 우리 왜 여기서 이러고 있는 거냐?"

문철이가 말했다.

"너 때문이잖아. 그런데 너 정말 사람 됐다."

내가 말했다.

"어디 가서 술이나 더 마시자."

기철이가 말했다.

"지금 몇 시냐?"

문철이가 물었다.

"두 시 반."

기철이는 우리 중에 유일하게 시계를 차고 다녔다.

"기영아, 너 얼른 집에 가라. 엄마가 걱정하겠다."

"괜찮아."

"가라면 얼른 가. 나도 갈란다. 새해에는 복들 많이 받고."

내가 먼저 내 갈 길로 나섰다. 가던 길로 가면 되는 것이었다. 기철이도 구종점까지는 같이 가는 길이었는데, 따라오지 않았다. 기영이는 오던 길로 다시 가서 출렁다리를 건너가야 했고, 문철이는 종합시장 앞을 지나서 성호시장 쪽으로 가야 했다.

다들 자기에게 가야 할 길이 따로 있는 것이다. 그런 생각 그 때는 하지 않았지만, 세상을 63년이나 살아본 지금 생각해보면 그래야 했다. 그런데 우리는 그날 그랬던 것처럼 각자 자기가 가야 할 길로 가지 못하고 다시 뭉쳐 스무 살 시절을 보냈다. 소란스러운 세상 탓만은 아니다. 그렇게 사는 게 우리다운 것이었다.

하지만 그날은 정말 외로웠다. 막상 공장 앞에 서니 텅 빈 공장에 들어가기 싫어 사장 집으로 갔는데 대문이 잠겨 있었다. 나는 다시 걷기 시작했다. 거기가 어디든 상관없었다. 길만 있으면 걸었다. 걷다가 보니 해가 밝기 시작했다. 내가 아는 성남시 길 두 바퀴는 돈 듯했다. 엄마가 사는 집 앞에서 몇 번을 왔다 갔다 서성거렸고, 내가 처음 일한 순정다방 옆 공장도 지나쳤다. 나에게 가방 기술 전부를 가르쳐준 공장장 아저씨네 공장 앞도 지나쳤고, 잠깐 다닌 중학교 앞에서 캄캄한 하늘 한 번 올려다보았다. 권투 도장 앞에서 잠깐 앉아 있었고, 문철이가 일하는 남한산성고고장 앞에서 쓰레기가 담긴 봉투를 발로 차기도 했다. 그러다 지쳐 더는 어쩔 수 없을 때 공장 문을 열고 들어가 이불 위에 쓰러진 채 잠을 잤다. 잠에서 설핏 깨어났다가 다시 잠을 자기를 몇 번인가 했는데, 생각해보니 외로워서 차마 눈을 뜨지 못한 것 같았다. 63년을 살았고, 지금은 대한민국에서 멀리 있는 라오스 남부도시 팍세에서 종일 흐르는 메콩강 물을 바라보고 있는데, 그날의 그 외로움이 지금도 내게 그대로 남아 있다.

그날의 외로움 때문이었을까. 내가 살아온 삶은 늘 낯선 곳을 향해 걸었다.

에필로그

나는 지난 2024년 10월 8일, 라오스 비엔티안 왓따이공항에서 인천행 비행기를 타고 한국으로 돌아왔다.

루앙프라방에 가서 만난 17살의 소녀 누니는 씩씩했다. 내가 염려했던 누니 아버지의 수술 후 회복 과정이 더디 진행되고 있지만, 그는 언제나 환하게 웃는 누니가 있어서 역시 수줍음 띤 얼굴로 환하게 웃으며 괜찮다고 말했다. 한쪽 발이 불편해도 아이들을 위해서 더 열심히 살겠다고 말했다.

나는 밤 비행기를 타고 와 이른 아침에 인천공항에 내렸고, 길게 줄을 잇고 있는 사람들 뒤를 따라 입국 심사를 마쳤다. 한국의 인천공항은 아무리 생각해도 내게 너무 크다고 생각하며 짐 가방을 찾아 끌고 내가 가야 하는 숫자를 찾느라 허둥댔다.

공항에서 춘천을 오가는 리무진 버스정류장 번호는 18-A였다. 내가 서 있어야 하는 곳이었다. 좌석번호 9번이 내가 앉아야 하는 자리였다. 리무진 버스를 타고 내가 사는 춘천 집에 도착했다. 80번길 14-3은 내가 사는 집이다.

그동안의 피로감 때문인지 깊은 잠을 잤다. 24시간 동안 나는 잠들어 있었다. 깨어나니 다시 한국의 아침이었다.

내 나라, 내가 63년이나 살아온 대한민국의 아침이 너무 낯설었다. 라오스의 맑고 깨끗한 아침 하늘이 다시 보고 싶었다. 정확한 언어로 소통하지 않아도 되는 라오스 사람들 얼굴이 벌써 그리웠다. 내가 서툴러도, 내가 실수해도 괜찮다고 말해주는 라오스의 사람들이 나는 좋다.

가난하지만 행복하다는 사람들과 나도 섞여 살고 싶다. 내게 남아 있는 생은 꼭 그렇게 살고 싶다. 죽기 전에 나도 한번은 행복하게 웃고 싶은 것이다. 내 웃는 얼굴을 나를 보고 있는 누구에게나 보여주고 싶다.

누니는 여전히 매일 일기 쓰듯 하루 일상을 이메일을 통해 보내주고 있다. 내가 말하지 않았는데도 나와 소통을 위해서 라오스 인터넷 방송으로 한국어 공부도 시작했다는 것이다.

"제가 매일 학교에 다니고, 공부할 수 있어서 진심으로 행복해요. 열심히 공부해서 선생님의 나라 한국에 꼭 가보고 싶어요. 사랑합니다."

나는 먼지 자욱한 한국 하늘이 싫었지만, 그래도 누니가 한국에 오고 싶다고, 행복하다고 말해줘서 내가 정말 행복하다는 사실을 알았다.